中国艺术研究院基本科研业务费项目

（项目编号：2023-2-23）

主　编　秦兰珺
副主编　余文婷

青年文艺论坛

网络时代的
生命经验与文化表征

文化藝術出版社
Culture and Art Publishing House

图书在版编目（CIP）数据

青年文艺论坛：网络时代的生命经验与文化表征 /
秦兰珺主编. —北京：文化艺术出版社，2024.6
ISBN 978-7-5039-7535-6

Ⅰ.①青⋯　Ⅱ.①秦⋯　Ⅲ.①网络文学—文学评论—中国—文集　Ⅳ.①I207.999-53

中国国家版本馆CIP数据核字（2023）第239313号

青年文艺论坛·网络时代的生命经验与文化表征

主　　编	秦兰珺
副 主 编	余文婷
责任编辑	赵　月
责任校对	董　斌
封面设计	赵　薑
出版发行	文化藝術出版社
地　　址	北京市东城区东四八条52号（100700）
网　　址	www.caaph.com
电子邮箱	s@caaph.com
电　　话	（010）84057666（总编室）　84057667（办公室） 　　　　　84057696—84057699（发行部）
传　　真	（010）84057660（总编室）　84057670（办公室） 　　　　　84057690（发行部）
经　　销	新华书店
印　　刷	国英印务有限公司
版　　次	2024年6月第1版
印　　次	2024年6月第1次印刷
开　　本	710毫米×1000毫米　1/16
印　　张	14.25
字　　数	262千字
书　　号	ISBN 978-7-5039-7535-6
定　　价	68.00元

版权所有，侵权必究。如有印装错误，随时调换。

编者前言

青年文艺论坛自创办起,就确立了三个宗旨:一是直面当代文坛现状,加强评论介入现场的能力,努力推动评论与创作良性互动;二是为马克思主义文艺理论研究提供鲜活经验,在实践中提升理论活力,推动理论创新;三是搭建学术平台,联系各方面学人,特别是青年学人,力求使论坛成为砥砺思想、研讨学术、交流知识的学术思想车间。

2021—2022年,我们成功举办了第87—98期论坛(共12期)。不同于以往,这些论坛有很多是在"腾讯会议"这样的虚拟空间中举行的。输入会议号、更换背景、关掉音频、打开视频、屏幕共享、截屏合影,还有与此相伴的掉线和卡顿……不夸张地说,诸如此类的"线上会议"体验,在某种程度上构成了这几年我们重要的"生命体验"和"文化表征"。

本书的主题是"网络时代的生命经验与文化表征",收录了上述12期论坛中有关该主题的6期(未收入的6期,将归入其他主题的青年文艺论坛合集中)内容,涉及"互联网时代的文学生活""赛博时代的真实感""数码资本主义和快感的治理术""算法合成时代的艺术作品""数码时代的恐怖文学""数码时代的亲密关系"等话题。这些话题都试图在"网络时代""数码时代""算法合成时代"的新语境中,重审"真实感""亲密关系""治理术""艺术创作"等老问题。只有把前沿与热点的"新锐"与老问题的"厚重"紧密结合起来,我们才能更好地背靠历史、直面当下、思考未来。

青年文艺论坛刚创办的那几年,针对青年学者的学术平台较少,学术活动也不多，而现在的学术平台剧增，学术活动也频繁，以至于有时去哪里、参加哪个学术活动也要纠结一番。因此，我们尤其要感谢这些年来始终支持论坛成长的各位领导、师长、同道和朋友。青年文艺论坛影响力不断扩大，这绝不只是马克思主义文艺理论研究所这个小集体的工作成绩。论坛日常工作和成果结集出版，更离不开中国艺术研究院科研处、文化艺术出版社等的支持、帮助。在此一并致谢。

目 录

第八十八期　互联网时代的文学生活 / 1

第 九 十 期　赛博时代的真实感
　　　　　　——《编码新世界：游戏化向度的网络文学》
　　　　　　新书发布暨主题论坛 / 33

第九十一期　数码资本主义和快感的治理术
　　　　　　——对福柯中晚期权力技术思想的应用 / 61

第九十四期　算法合成时代的艺术作品 / 109

第九十五期　数码时代的恐怖文学 / 147

第九十八期　数码时代的亲密关系
　　　　　　——《罗曼蒂克2.0："女性向"网络文化中的
　　　　　　亲密关系》新书发布暨主题论坛 / 187

附录

青年文艺论坛各期主题 / 215

第八十八期

互联网时代的文学生活

主持人：秦兰珺（中国艺术研究院马克思主义文艺理论研究所）

主讲人：李　静（中国艺术研究院马克思主义文艺理论研究所）

对话人：国家玮（山东大学文学院）

　　　　霍　艳（中国社会科学院文学研究所）

　　　　白惠元（北京师范大学文学院）

　　　　董　晨（中国社会科学院外国文学研究所）

时　间：2021年4月22日（星期四）14：00—17：30

地　点：北京朝阳区来广营西路81号中国艺术研究院706会议室

主　办：中国艺术研究院马克思主义文艺理论研究所

　　　　中国艺术研究院研究生院中国语言文学系

　　　　中国艺术研究院团委

编者的话

近十年间，关注普通人的"文学生活"成为新的研究视角，而几乎是与学院派的自省与突围同步发生的，是中国互联网近十年来的风起云涌、蔚为大观。智能手机与移动互联网的普及，微博、微信、豆瓣、抖音等对于日常生活的"接管"，都令文学的存在形态、传播方式与接受习惯发生了巨变。但巨变中仍葆有不变，变与不变和谐共存，要求我们不断矫正研究与批判的分寸，而这种身处现场的连带感，更令我们生发出对于互联网时代文学生活的无数追问。

本期论坛从中择取"当文学经典遇上新媒介"这一充满张力的话题，希望借由李静对于诗歌、四大名著、鲁迅等在互联网传播接受状况的系列研究，走进当代国人的精神文化生活。同时，我们特邀对此话题有所钻研的四位文学研究者共聚讨论。对以文学为志业的研究者来说，这是一条艰难而又充满魅力的探索之路。如何穿透互联网的技术壁垒，如何面对来自实证方法的压力，如何理解人文批判的意义，都是不得不应对的挑战，因此我们也尤为期待各位同道的到来！

秦兰珺（中国艺术研究院马克思主义文艺理论研究所）：欢迎大家参加第八十八期青年文艺论坛，本期主题是"互联网时代的文学生活"。说起"文学生活"，有人可能会说，今天，对于很多生活几乎只剩下"996"的精疲力尽的"打工人"而言，既没有"文学"也没有"生活"，更不用说"文学生活"。在这个由信息技术加速推动的时代，文学生活几乎是最奢侈的东西了，文学似乎与我们时代的很多现实有着很遥远的距离。但与此同时，我们也应该看到，正因为有了新的信息技术，给我们带来了非常便捷的媒介，从中又生长出十分丰富的文化生态：我们戴上耳机就可以进入有声文学的世界，打开微信就可以在朋友圈里写写散文，打开哔哩哔哩（B 站）就可以跟同龄人一起"刷"个《红楼梦》，在"爷青回"中重温一下青葱岁月……似乎"文学生活"又并非一件不可能的事情。

我觉得研究现当代文化，最有趣的一个地方就是它的暧昧性和当下性。回到本期主题，究竟文学生活是遥不可及的奢侈品，还是触手可及的现实？这是一个我们需要讨论的问题。这样的文学生活是怎样产生的，呈现出什么样的形态，有着什么功能，我们应该如何看待它？更重要的是，什么才是文学生活？我想它一定不是一种无处不在的消费，或是一种可供炫耀的谈资，也肯定不仅仅只有作家、作品。那么，文学生活的实质是什么，最终我们又是否可以斗胆去畅想和建设网络时代真正的文学生活，让互联网的连接去推动文学与生活产生一种更加丰富、持久且充满意义、频繁互动的连接。

下面有请本期主题的主讲人李静。李静在近两年来做了一系列非常有意思的研究，我愿意把她归在"当经典遇上互联网"这样一个话题下，包括当互联网遇上像鲁迅这样的经典大家、像四大名著这样的经典作品、像诗歌这样的经典体裁。大家都知道李静是北大中文系的学霸，一直以来都是一个好学生，现在她能够做这样一系列看似非常"不着调"的研究，她的勇气来自哪里，动力来自哪里，她收获了哪些乐趣和心得，更重要的是她有哪些困惑，下面请她来跟我们大家分享。

李静（中国艺术研究院马克思主义文艺理论研究所）： 很开心能跟大家分享这一年多来的写作和思考。关于互联网时代的文学生活，尤其是互联网媒介对于文学生产、流通与接受带来的种种变化，比如算法定制、个性化推送、智能交互，等等，在座的各位嘉宾和朋友，一定都有切身的感触，所以今天的话题可以讨论的面向非常多。不过，我只能选择从自己最有感触的经验谈起。作为一名职业的文学研究者，我渐渐发现自己的"研究对象们"有一天在互联网上"改头换面"，融入高科技文化生活之中，其中的变与不变，令我很感兴趣。今天的分享，我从三个方面来谈作为研究议题的"文学生活"何以重要、传统文化与互联网的交叉视域以及高科技文化研究的方法论反思。

第一个方面，看见"文学生活"的重要性。我的研究方向是中国当代文学与文化研究，多年来一直学习和展开的是以作家作品、文学思潮、文学事件为中心的传统文学史研究。对于当代文艺生活的兴趣，大多是以批评文章来承担。在很长的一段时间里，在我的理解中，知识、理论与兴趣、经验、日常生活是彼此隔断的，甚至于说，只有自己的课题足够远离当下经验，具备很高的专业门槛，越古典、越专门，学术上的估值也就越高。

我对于学术与生活彼此隔断的强烈自觉始于2018年底。当时我刚刚来到中国艺术研究院工作，受邀参加了在北京大学文研院举办的"人文知识思想再出发：是否必要，如何可能"的研讨会。会上，来自文学、哲学、教育学、心理学等多个人文学科的研究者们不约而同地反省自己的工作方式以及各自工作的意义，大有一种"坦白从宽，重新做人"的意味。我记得当时自己在会上痛心疾首地说过这样一段话：

> 一旦进入所谓的学术生产轨道，我似乎就习惯性地忘掉了自己。学术语言没有办法准确描述真实的感受和体验，研究话题也开始变得与我最真切的困惑无关（而往往被所谓的学界热点与潮流牵制）。对自我缺乏深度理解，甚至完全忘掉自己在研究工作中的存在，也就必然无法做到理解包括研究对象在内的他人，更没有办法不迷失在日益复杂的现实世界面前。作为学术工作者的自我，

与作为存在者的自我，以及与他人和世界之间，到底是被知识之幕隔断了，还是被无知之幕隔断了？

这段今天读起来颇有些傻气的话，是我学术自觉的起点性时刻。不是说传统的文学研究方法、文学经典研究不再重要，而是说后知后觉如我，也不得不走出学徒阶段，不能再亦步亦趋地跟随别人的问题和观点，而是必须在已有的学术训练之上，努力去培养一种更具现实感、更能调动生命热情、更能回应时代问题的工作方式。这两三年来，可以说我始终朝这个方向努力。

在这个过程中，2020年的新冠疫情对我来说起到了加速器的作用。在科技、资本、机器等现代化文明最强势的力量都无法快速解决生命危机的时刻，文字与书写反而焕发出不容忽视的力量。围绕着事实的讲述、记忆的存留、人与人之间的理解共情、互联网语言的魅力与暴力，都让我产生许多的困惑，也让我真的"看见"，或者说真切地触摸到文学。

艾柯在《论文学的几项功能》一文中说，今天，在一个超文本的世界里，我们完全可以自由地改写各种故事，我们充分拥有了幻想的自由。但文学最重要的功能之一，就是其中那种严厉的不可更改的命运与死亡，那种远超于个人之上的压服性力量。我印象很深的是，在疫情形势较严峻的时候，我偶然间重读韩愈的《祭十二郎文》。这是我很小的时候就学过的课文，但在彼时心境下重读，真的感动到落泪，我才第一次真正懂得，文学就在生活之中。

"生活"两个字，最普通不过了，含义却非常深远。从历史来看，尤其是在所谓的"后革命时代""革命的第二天"，继续解放的思想方案往往就是"生活革命""审美革命"，这意味着需要更深入、细密地重塑人们习以为常的文化与生活方式。学界也一直都在强调学术思想和生活的有机关联，比如王汎森有一本书叫作《思想是生活的一种方式》；雷蒙·威廉斯提出"文化是一种整体的生活方式"；克罗齐在《作为思想和行动的历史》里特别指出，思想"就是生活职能"；列奥·施特劳斯有一篇短文叫作《社会科学与人文学问》，他说："如果要消除专业化的危险，就要再一次回到属于人的常识思维和公民视角，这样一来我们才能够像心胸开阔者那样在社会生活当中去理解社会现实。"类似的例子可以举出很多，文学又何尝不是一种生活形式呢？

随着狭义上的"当代文学"（20世纪50—70年代文学）的某种终结，文学伸张"独立性"的诉求被释放出来，并形成了巨大的历史能量。在批判现实主义、社会主义现实主义、"两结合"等之外，彼时的文学创作试图打破"套路"与"套话"，探寻新的表现生活的艺术方式。文学与现实之间的连接方式，一直都是文学研究的重要关注点。比如，新世纪初以来提倡的非虚构写作，包括非虚构作品在现在的热销度，都在彰显着文学和现实社会关系的持续变动。

以上简单还原了讨论"文学生活"的历史语境与文学史脉络，帮助我看见与发现"文学生活"，真正对此心有戚戚的原因，来自现实处境以及个人成长。

坐在我身旁的国家玮老师肯定特别熟悉，温儒敏老师在2009年就提出"文学生活"的概念。愚钝如我，即便知道了这个概念，也毫无感觉，只是一个修辞从眼前飘过而已。温老师之所以提倡"文学生活"的相关研究，正是想突破学院派研究的内部循环，关注普通民众的文学生活。他所带领的团队，已经出版《"文学生活"调查研究文集》《当前社会"文学生活"调查研究》两本论文集，大家可以参考。时隔十多年后，我出于对过度职业化的文学研究的不满，以及对互联网时代文学生活的好奇，才真正与"文学生活"这个概念相遇。

如此切入"文学生活"，不仅为了共享个人的经验，更有普遍意义存焉。在我看来，"文学生活"的视角，更能帮助研究当代的人们发现真实的问题，而不只是面壁虚构出种种假问题。研究当代与研究古典的最大区别，在于"当代"正发生在我们身边。对"文学生活"的关注，可以帮助研究者打破封闭的学术生产，向更广阔、更富有差异性的新鲜经验敞开，创造出新的理论与话语。

第二个方面，传统文化与互联网的交叉视域。谈到当前普通人的文学生活，脱离不开对互联网的关注。尤其是最近十年来，手机已经成为我们的"义肢"，移动互联网成为数字化生存的场所。如果书籍是随身携带的"避难所"，那互联网就是随身携带的数字化江河湖海、数字桃花源。互联网显然已经成为人们最重要的信息来源与"内容供应商"。

不过首先引起我兴趣的，不是互联网时代文学生活的"变化之巨"，因为终日浸淫在互联网这样的基础设施上，反而觉得网络才是"自然而然"，一切都理所应当。真正引起我兴趣的是有一天我突然发现，传统文学生活是一个陌生的国度。像我这个年纪的人，还残存着前互联网时代的文学记忆与阅读习惯，也算是大变革时代的见证者，经历了双重时空和双重阅读法则。传统的文学生活变得既陌生又亲切。这里我想引入一组例子，我命名为"有限与无限"，以此来为我们谈论的文学生活设置时间跨度。

第一个例子叫作"有限中的无限"，宇文所安在《追忆：中国古典文学中的往事再现》里，特别分析到白居易的《舟中读元九诗》。我们先来看一下这首诗："把君诗卷灯前读，诗尽灯残天未明。眼痛灭灯犹暗坐，逆风吹浪打船声。"这首诗是白居易写给他的朋友元稹的，意思也很浅白，粗读之下都有一种今天熬夜刷手机看到眼睛疼，然后手机没电了的既视感。当然宇文所安不是这么分析的，他把这首诗视作一则断片，他认为中国文学作为一门艺术，最为独特的属性之一就是断片状态，作品是可以渗透的，同作诗以前和作诗以后活的世界连接在一起的。

宇文所安是这样还原诗歌的断片的："他展开诗卷，大声朗读，在灯光下一首一首地读着，一直读到'诗尽灯残'，读到'眼痛'，同结尾的那句诗一样，在这里也可以感受得到这首诗的力量。某些东西把我们同物理世界联系起来，在物理世界里我们老是遇到终结和限度：诗卷到头了，灯油快点完了，眼睛的承受力几乎到顶了。然而，每一次快要终结时，每一次快到限度的临界点时，都转换成一种延续性。他熄灭了灯光，东方却已经晨曦微现。……他的朗读声停住了，然而水浪声仍然哗哗作响。"（[美]宇文所安：《追忆：中国古典文学中的往事再现》，郑学勤译，生活·读书·新知三联书店2004年版，第89页）"最后一句为人们提供了一种不完整的状态。它省去了，而且在省略中寻找着某个以特殊的心理状态在聆听的人。它把我们的注意力抛出它自身之外，抛向此时此刻的感受。它仅仅是一则'断片'，只不过是整个境遇的一则碎片；最后一句是延续性在形式上的具体化，正像不断拍打着船侧的水浪是延续性的形象化……"（[美]宇文所安：《追忆：中国古典文学中的往事再现》，郑学勤译，生活·读书·新知三联书店2004年版，第90页）

宇文所安分析说，其实元稹也是一边写一边读他的诗，白居易也是读了他的诗又写了这首诗。今天的人再去读这首诗，同样是这种情景的延续。诗在表面上是一个断片，但这个断片确实是朝着整体延续下去的。互联网文化经常为人诟病的一点是碎片化，从一个碎片转向另一个碎片。其实中国古典诗歌某种程度上也是断片，是碎片，可是它的整体价值包蕴在断片当中。这个断片是充实和丰盈的，有限的语言形式含纳着完整的生活世界。

第二个例子是"无限中的有限"。与这种有限性形成最大反差的例子，是刘慈欣的短篇科幻小说《诗云》，这也是其"大艺术系列"中的第二篇。故事中的"神"拥有超级技术，克隆成李白的模样，模拟他的所有经历，并且实践了超越李白的技术方案——"终极吟诗"。所谓"终极吟诗"，是指运用量子计算机穷举现有汉字的所有组合方式，发挥"技术在艺术上的极限"。从逻辑上讲，最终由10的40次方片存储器组成的"诗云"中，其中必定包含了超越李白的诗句。"神"到底成功没有呢？小说里这样写道：

> 一直情绪低落的李白长叹一声："看来我们都在走向对方，我看到了技术在艺术上的极限，我……"他抽泣起来，"我是个失败者，呜呜……"
>
> "你怎么能这样讲呢？"伊依指着上空的诗云说，"这里面包含了所有可能的诗，当然也包括那些超越李白的诗！"
>
> "可我却得不到它们！"李白一跺脚，飞起了几米高，又在地壳那十分微小的重力下缓缓下落，"在终极吟诗开始时，我就着手编制诗词识别软件。这时，技术在艺术中再次遇到了那道不可逾越的障碍，到现在，具备古诗鉴赏力的软件也没能编出来。"他在半空中指指诗云，"不错，借助伟大的技术，我写出了诗词的巅峰之作，却不可能把它们从诗云中检索出来，唉……"（刘慈欣：《诗云》，《科幻世界》2003年第3期）

伊依是一名地球上的诗人。正是这果决而恢宏的"诗云"，宣告了"神"的彻底失败，因为"神"无法鉴别好坏，它甚至觉得"啊啊啊啊啊啊"未尝不是一首好诗，亦不能检索出超越李白的诗句。至此，"神"的呜咽声在宇宙响起。神哭了，并不意味着诗人的胜利。毋宁说，《诗云》在极限情境下凸显了技术与艺术难以兼容却又不得不共存的特质。前者的学习能力与计算能力是无限的，而后者的能力虽极为有限，却拥有技术所难以穿透的意义（因此"伊依"也可被视为"意义"的谐音）。在人类的进步需求下，技术与艺术不可避免地共处于世。关于二者共存的后果，另一位科幻作家特德·蒋在《人类科学之演变》中做出了大胆预测，文中写道：人类的能力将从独创性转向诠释学，主要任务是诠释超人（更高级的生命形式）所取得的成果。（参见[美]特德·蒋《人类科学之演变》，载姚海军主编《你一生的故事——特德·蒋科幻佳作集》，王荣生等译，四川科学技术出版社2004年版，第239—241页）也就是说，诠释而非独创，成为人性能力的最后领地。

经过这样一番对比，我们发现《舟中读元九诗》是"读诗—写诗"的原型，《诗云》则是高科技未来艺术与科技并存的设想。而当下的文学生活处于"传统"与"未来"的连接与重塑上，我的研究兴趣也在于文学传统/文学经典、互联网/科技、生活/社会等几重因素的交叉点上。这既可以发挥学术积累的长处,同时也可以在"转折"与"变化"的交叉点上,打开丰富的议题。

用兰珺老师刚才的介绍来说,我的研究定位是"当经典遇上互联网"。这里的经典,大多指的是已积淀为文化记忆、国民常识的经典之作。而且即便是新的技术架构,也必须借助的那些文化资源。这一年多来,我集中在写这些文章,接下来我快速介绍一下这几篇文章的内容。

首先是第一组,关于诗歌的研究。我之所以选择诗歌,是因为诗歌是最古老、最具有语言创造力,一般也被视作最具文学性的文体。研究诗歌在互联网的存在状态与接受情况,也就最具张力和反差。

第一篇,《赛博时代的"创造力":近年诗歌创作中的"机器拟人"与"人拟机器"》关心的是作为人性话语最核心的"创造力"进入赛博空间后,将遭遇怎样的挑战。文章不是在理论辩驳的层面展开,而是清理了近年来诗歌与机器彼此嵌入的语言经验。"机器拟人"分析的是微软人工智能小冰写诗,在其创造者眼中,人工智能制造将迈向人工智能创造,不断向着拟人的方向进化。而且人工智能的创造力是要创造杂糅有机与无机、数字与文化的新现实。"人拟机器"分析的是微博用户模拟"僵尸号"写诗。微博上的"僵尸号"为了伪装成真人,要在网上抓取许多内容拼贴在一起,而在有些人眼中,数字化垃圾场中升腾起一股诗意,这些人甚至会模仿机器写诗。而"僵尸文学"被指认为"文学"的前提,正是高度理性化、彼此疏离、认为"有时人比机器更冷"的社会心理。他们是在以复制的方式进行创造。综合这两个方向相反的案例,我试图超越科技与人文的二元论,寻求阐释的新框架。面对赛博时代的创造力,已有的阐释方案包括:数据主义、超人文主义和非物质劳动的解放潜能。我认为:我们依旧需要回到身体的、政治的、社会—文化—心理的语境中去把握人机关系,并且拥有复合性的批判视野,在人文学、科技与政治经济学等多重学科的交叉点上,去把握赛博时代的复合型"创造力",直面其之于人的意义、挑战与可能性。

第二篇,《当代"诗意生活"的生产原理——解读微信公众号"为你读诗""读首诗再睡觉"的文化症候》首先关注到,诗歌在高科技之地卷土重来的现象。该文以近年影响颇大的微信公众号"为你读诗"与"读首诗再睡觉"为考察对象,可以见出当代诗歌的最新传播形态与大众"诗意生活"的生产原理。其生产原理大体包括四个彼此关联的层面:夜晚的自我时空、听觉的本真性崇拜、情绪的语言疗愈术与植物化的人格想象。借由"诗意"的召唤,这些平台鼓励用户通过"消费"来换取"诗意生活"的快速实现，而平台也由此获取商业变现。新媒体更为民主灵活的信息生产与使用方式，令消费者与内容生产者都获得了参与感、意义感与审美体验，同时也无异于为信息资本主义添砖加瓦。在文化、资本与技术彼此支撑的结构中，"诗意"的征用，构成了审视当代文化状况的重要入口。我觉得很有意思的是，互联网语言表达有很强的诗意化、浪漫化、滤镜化的趋向。我在网上看到一段话，深有同感："我们沉溺在一种浪漫化的想象里，看诗意的人和故事，听诗意的乐队和歌。现实的一百种光谱最终能表现的只是一百种不同的诗意，南方的诗意，北方的诗意，穷困的诗意，坚守的诗意，离散再重聚的诗意……诗意令人向往，但现在的问题是，什么都没有了，只有诗意尚存。"

第三篇，关于诗画结合的论文还没有发表，其论文比较偏向于绘画，这里就不再展开了。还记得去年夏天最热的时候，和在座的董晨老师打了一个多小时的电话讨论这篇文章，特别感谢她的意见。

第二组是关于小说的讨论，我也是特别想考察接受度最广、最具霸权位置的小说文体的接受情况。

《弹幕版四大名著："趣味"的治理术》一文是在论文版的基础上修改出的短文。2020年6月，B站上线四大名著央视老版电视剧，使得配合弹幕重温四大名著成为引人注目的文化景观，也为观察互联网世代的文学文化生活提供了重要入口。首先，区别于正规的文学教育，"弱者的主体性"与"个体的本真性"是弹幕的独特魅力。借由弹幕，年轻群体凭借直接的生命经验与经典名著亲密无间。而名著及其影视化改编也被卷入信息流之中，遵循快速流动、去中心化的运转方式，同时也形成了新的电子社群。其次，这些社群不同于以往的社会性建制，更为灵活自由，兼具高认同度与低风险性，是依托于互联网技术生成的新型群己关系。而电子社群的交流，高度依赖口语而非书面语，弹幕正是"我手写我口"的电子口语。最后，弹幕充分发挥了汉语的特性，充满语言游戏的趣味，而趣味性也是弹幕最鲜明的风格。基于趣味使用弹幕，到底是对人性的发抒解放，还是导致了"电子人"更深层次的异化，尤其值得深思。

四大名著本身就是伴随着现代出版业发展出现的称呼，具有非常强的媒介适应性。我对弹幕版四大名著的研究，刻意相区别于那种短评式的讨论，我非常想触及这种接受方式的机制所培育的接受习惯，以及这些习惯对受众的塑造。

最后，是关于"互联网鲁迅"的研究，《"互联网鲁迅"：现代经典的后现代命运》以21世纪前十年鲁迅其人其文在中文互联网上的存在形式及其文化社会意涵为研究个案，尝试为文学经典与新媒介碰撞融合的进程提供一种兼具批判性与建设性的阐释方案。具体来说，该文择取鲁迅语录的"数字化"运用方式、《故乡》的当代接受状况及其写作传统的嬗变以及说唱音乐《野草》的"新感性"三个角度展开分析，既指出过于日常化、数据化、拟像化的使用方式对于文学经典与精神生活的损害，同时又试图寻找文学经典与当代生活的接榫点，探究新的技术与媒介在形塑文学"新感性"方面的作用。综而观之，深受互联网世界欢迎的鲁迅其人其文构成了当代个体言说自我、探讨问题、连接他人、建立国族认同等现实与精神的"原典"与枢纽，为日益景观化的新媒介提供了可资参照与矫正的思想坐标。

这一个系列计划再写几篇，目前还在进行当中。在写作过程中我给自己设置了一些努力的方向：

第一，尽量避免已有理论和概念的预设、偏见，首先必须充分地投入已有的经验中，观察自己和他人。目的是在尽可能多面的经验中，寻找新的阐释框架。

第二，试图透过表象，理解当代文学生活的生产机制，把握更具结构性和规律性的内容。虽然有些对象是随风而逝的，但我相信好的研究可以提取和留住其中能够刻入历史轨迹的部分。

第三，努力开掘历史的纵深，为当下文化的讨论增添历史的维度，比如对"诗意生活"的讨论，会放在整个现代中国的发展历程中来看。

第四，特别关注文学生活中的普通人。这里也会借鉴文化研究中性别、种族、阶级等细描坐标，而且尤其关注青年文化群体的心理状况。

最后，终于到了我最想讲的第三组，也就是我们作为文学研究者，应该如何研究高科技时代的文学生活？我在研究中遇到了许多困惑，特别希望听到大家的建议和帮助。

首先就是文科生的死穴——那些作为"黑箱"的技术。讨论互联网时代的文学生活，如果不仅是从接收端，也就是"下游"着眼，还想把握它的生产、传播，就不得不深入技术原理中。而对于技术的外行，很可能导致一种泛泛的文化讨论，也就是说把所有问题都"还原"和"抽象化"到文化上，使得问题没有办法推进。不管是对诗歌的研究，还是对小说的研究，不管对象怎么变化，似乎都可以落脚到对于当代文化耳熟能详的种种批判，比如落实到对异化、对数字资本主义的批评等。如何精确地发掘每个对象的问题性，而不是抽象为一种文化还原论，是我非常关心的问题。

与还原论式的文化主义相对，则是数据霸权和实证霸权。有一篇非常有名的文章是大数据已经宣告了理论的终结，因为数据可以说话，是最完美、最科学的理论模型。比如研究"互联网鲁迅"，人文学者说得天花乱坠，似乎都比不过今日头条客户端公布的用户阅读鲁迅的轨迹和数据。文学生活研究，特别需要发现个性之上的普遍性，而数据大概最接近上帝之眼，也是普遍性最完美的代表。

其次，类似社会学、人类学的田野调查方法，也对我闭门造车的研究方式提出挑战。前段时间我翻看《阅读浪漫小说：女性、父权制和通俗文学》这本书，作者就做了一些阅读民族志、文学人类学的工作，尝试找到文化研究的"科学性"。

所有这些都让我在写作时战战兢兢，充满了自我怀疑。不过也正是自我怀疑让我收获了成长，在工作中重新回到常识，回到广阔的生活世界，不断打开和更新自己。

最后，根本的困惑还是在于人文学和人文批判的位置。对大众文学生活的关注，促使我不断反省自己的疑似的精英立场。虽然我努力向所有经验敞开，但一定是有自己的视角和局限的，而我也能感受到自己在充满不确定性的当下，会对经典抱有更强烈的期待。

在做这项研究时，我始终会问自己到底什么才是文学的意义。这几年我们见证了社会学（系统、内卷）、心理学（原生家庭）对日常生活的强势介入，包括哲学（陈嘉映、韩炳哲、刘擎）的火热，因为这些学科能够回答今天生活中火烧眉毛的问题，发挥解题大师的作用，所以影响力也就远远超出了学院和学科的边界。那么，文学呢？近期关于文科生的争议很多，有一种说法是中等收入陷阱是因为文科生过多形成的，关于智能时代的新文科也有很多讨论。

我们知道，文学在20世纪80年代曾经发挥过总体知识的作用，所以文学研究者很容易有"80年代怀乡症"，似乎那里才是文学的故乡。但实际上，那个时候，社会科学还没有重组和发展，到了20世纪90年代，社会科学就以其"科学性"掌握了对社会人生的阐释权，这一趋势延续到今天。讨论互联网时代的文学生活，并非要盲目追逐一个热门话题，它的内核仍是十分古典的，那就是：文学对于人们的心灵、伦理、道德，对于良好的共同体文化，对于我们理解自我、时代和社会能够扮演什么角色？我没有答案，也特别期待今天各位的高见。以上就是我的汇报，请大家批评指正。

秦兰珺： 我想大家都感受到了刚才分享里的真诚，刚刚李静提出来很多问题，其中我印象最深的就是人文科学这种基于思辨和理论的研究方法怎么与实证对话，怎么与实证结合。李静旁边坐着国家玮，他是温儒敏老师的学生，温老师又是最早倡导文学生活研究的老师，现在国家玮老师也在山东大学做了很多跟文学生活相关的课题，尤其是在鲁迅研究方面很有心得，看看他是怎么赞美和批评李静的。

国家玮（山东大学文学院）： 先说一下实证调查切身的感受，我是真的去过"田野"的。富士康在深圳、太原、郑州的工厂我都去过。刚刚李静讲到的"体验"我都有。

"文学生活"的田野调查怎么做？我讲一个好玩的事。我当时做了一个调研，平行比较普通读者和富士康打工的年轻人，谁对《繁花》《长恨歌》《小时代》等与都市上海有关的当代文学作品的认知度更高。结果出乎意料：北京、上海的大学生、中学生竟然没有在富士康打工的年轻人熟悉《小时代》。与一线工人交流之后，我慢慢理解了其背后的东西。对于置身都市中的年轻人来说，他们的生活本身就是小说。而对于富士康打工的年轻人来说，阅读都市文学则提供了想象另外一种生活的可能。当研究下探到文学生活的"一线"，获得的经验是非常复杂的，用既有的知识框架根本处理不了，这反而打开了文学研究中"现实"的界面。这样的研究要处理的不仅仅是文学社会学意义的数据调查整理，更需要深入人在现实的处境之中，借助个体的"文学生活"勾勒当前社会的不同阶层、人的情感结构等复杂问题。所以，"文学生活"看上去是一个文学社会学的课题，但其实又是一个精神史或情感史的问题。

下面回到正题，谈谈李静的"互联网鲁迅"研究。李静谈的是媒介变迁视野下鲁迅的社会记忆问题，注重的是"变"，这自然很有意义。我借题发挥，要提醒李静的则是注意"变化"中的不变。21世纪20年代与20世纪五六十年代的青年读者在阅读鲁迅的时候，是否有相似的地方？为此，我采用了私人阅读史研究的策略，我在孔夫子旧书网上购入了大量20世纪五六十年代有关鲁迅的旧书（其中一大部分是语录），专门挑选那些在书页上做了勾画、写了心得的旧书。我今天带了一本，新一司中学战报《虎山行》编辑部编的小册子《鲁迅文摘》。这本书被山东海洋学院1960级、1961级的两名学生购得，两人分别用油笔和钢笔在书页上做了标记。比如，有重要内容的页面被折叠起来，在关键的句子前面画上了圆圈，更为重要的句子上则以红笔添上下划线。20世纪60年代的青年人究竟是在什么样的意义上关注鲁迅的呢？我先念几段他们圈出的重要句子：

敌人不足惧，最令人寒心而且灰心的，是友军中的从背后来的暗箭……

但倘有同一营垒中人，化了装从背后给我一刀，则我的对于他的憎恶和鄙视，是在明显的敌人之上的。

倘必须前面贴着"光明"和"出路"的包票，这才雄赳赳地去革命，那就不但不是革命者，简直连投机家都不如了。

死于敌手的锋刃，不足悲苦；死于不知何来的暗器，却是悲苦。但最悲苦的是死于慈母或爱人误进的毒药，战友乱发的流弹，病菌的并无恶意的侵入，不是我自己制定的死刑。

我就在想，挑选出这些句子的人，是不是人际关系不好？顺着这个思路走下去会发现，借助"批注""勾画标点"等判读，彼时的大学生汲取鲁迅名言的"思想方法"与互联网时代借鲁迅说自己的话的青年人具有某种同构性。这涉及：a. 人际关系（p.3、p.6、p.11、p.16、p.35、p.41）；b. 个人奋斗（p.26、p.52、p.69、p.112、p.120）；c. 生活指津（p.32、p.58、p.111）；d. 心理困境疏解（p.50）；e. 理解人性（p.56、p.35）。这其实也是将鲁迅文章作为人生指南的读法，与今日并无不同。

李静文章里提到一个现象："鲁郭茅巴老曹"中，为何只有鲁迅在今天仍然这样"热"？一个原因，鲁迅形象是借助社会公共记忆塑造出来的。在个体经验碎片化的当下，被公众塑造出的鲁迅自然容易成为社会议题的最大公约数。李静用一节的篇幅处理了B站上关于《野草》的说唱，她觉得技术处理得很好，但没有关联到《野草·题辞》，而是以《影的告别》作为线索，讲述的是影子如何成为一个战士。怎么理解这点？说唱音乐《野草》是大学生做的，其对鲁迅的理解建基于中小学教材。从小学的闰土，到初中的孔乙己，再到高中的祥林嫂、阿Q，一以贯之的鲁迅记忆都是"旗手"、伟大的"文思革"。这里，一个有趣的事实浮现了：不是大学生们在B站上新发现了一个不一样的鲁迅，而是他们此前被社会记忆规训出的鲁迅形象决定了他们对《野草》的理解——那个自我缠斗的、晦暗不明的、矛盾的、现代中国社会最痛苦的灵魂，正是在这个意义上被化约为了一个与影告别的斗士。

"互联网鲁迅"的另一个"症候"则是各色各样的鲁迅语录或仿鲁迅语录。一句明显不是鲁迅说过的话，加上鲁迅的剪影并配以"我说过"的说明。李静是在消费社会背景下从文化研究的视角切入这个问题的，我还是强调那个变中的"不变"，为什么是鲁迅被这样"消费"，除了上面提及的社会记忆问题外，我想必须回到鲁迅自身的话语方式上来看。首先声明，我做鲁迅研究，但并不希望以鲁迅的是非为是非，或者说，我更希望将鲁迅作为问题而不总是方法来看待。

1925年前后，鲁迅在北京思想界的地位如何，那是"思想界的权威"。这里涉及政党政治兴起之前，北洋政府文化控制能力之弱，与知识阶级彼时因之形成的某种以思想文化解决问题的错觉，问题比较复杂，我不展开说了，诸君可以参见邱焕星一系列的"中期鲁迅"研究。作为思想界的权威和青年叛徒的领袖，鲁迅提供了一整套认知世界的方式（价值观）——不管他自己如何强调不愿做乌烟瘴气的"鸟导师"，但事实上，他的确在很大程度上提供了从生存到温饱再到发展的青年成长构图，并因此客观上成为一个有独特风格的意见领袖。

我读两段鲁迅的话，各位可以感受一下：

> 生活太安逸了，工作就被生活所累了。

> 自称盗贼的无须防，得其反倒是好人；自称正人君子的必须防，得其反则是盗贼。

总结一下鲁迅的话语方式的特点：第一，寓言化；第二，全称判断化；第三，多有整饬修辞。大量的排比、对偶，高度整齐。这种话语方式是联结历史与现实的一座浮桥，一方面，专业研究者在阅读鲁迅的作品（尤其是其杂文）时感到困难，诸君可以想想中学时代阅读《论雷峰塔的倒掉》《为了忘却的纪念》等，其背后牵扯到非常复杂的历史背景。我读研究生的时候，高远东老师总是提醒我们读鲁迅的作品的时候，一定要把《鲁迅全集》中的注释作为独立的文本，这样，借助鲁迅这个"基点"，可以辐射到现代中国内部非常复杂的面向。但另一方面，你也可以毫不费力地、去历史化地在那些难解的鲁迅杂文中随意抽取出那么一两句全称判断，用以说明任何现实问题。鲁迅的小说就可以进行这样套层化的解读，比如《伤逝》，外层是一个痴情女/负心汉的滥套，中间是对启蒙限度的反思，内里则是具有世界反讽意味的、对现代人虚无生存体验的呈现（《伤逝》中"虚空""空虚"这样的词出现了几十次）。杂文同样，现实批判、历史批判、文化批判、人性批评、文明批评全都混在一起，很容易使不同读者从鲁迅的文字中各取所需。从这个意义上说，真正理解鲁迅是需要一定程度的历史洞见与理性判断能力的，否则一定会出现曲解、借用甚至利用的问题。比如，鲁迅谈"立人"，说到"人立后凡事举"，这很容易被本质化，但问题是，谁来"立人"？立什么样的"人"？"人"能立吗？这一系列问题都没有很好得到解决，于是，这一美好理想就可能被曲解甚至利用，以"立人"之名为人"洗脑"。所以说，鲁迅这种语言结构其实孕育了自反性的东西。再看看鲁迅论证的方式。我给大家举一个例子，他说：

> 文艺本应该并非只有少数的优秀者才能够鉴赏，而是只有少数的先天的低能者所不能鉴赏的东西。倘若说，作品愈高，知音愈少。那么，推论起来，谁也不懂的东西，就是世界上的绝作了。

这是讲文艺大众化，听起来很有道理，看上去也是逻辑推论的产物。但仔细想想，这种不容辩驳的硬性推论其实并非没有问题，它绝不可能敞开一个自由讨论的空间，议透这个论题。鲁迅的这套话语就是李静所说的互联网话语。李静说，"鲁迅的语言深深地打入了互联网语言的基层架构之中"，因为互联网语言就是这样论证的：先有一个本质主义的判断，然后再设置一个区分项，通过将其推到极限去否定它，从而证明预设的不言自明、绝对正确。但问题是：鲁迅的论敌真的认为"作品愈高，知音愈少"吗？

这种论辩方式的好处是一刀毙命，直接把一个论题"杀死了"——不用讨论了。难听点说，这不就是所谓的"杠精"吗？还是那句话，鲁迅自身知识结构及其精神世界的复杂是一回事，他采用这种言说方式也可被视为一种策略，但问题在于：正是这种言说方式本身造成了鲁迅的社会记忆在其身后的变形——全称式判断、霸道且简单的推理、不容辩驳的姿态。基于此，你可以在非常积极的意义上说，鲁迅的话语方式深深地契合了互联网时代。如果不去认真对待鲁迅话语系统本身的特点——优势及劣势，他希望抵达的思想深度和语言表述之间的差异，那么我们今天将鲁迅作为思想资源的时候，有可能拿到的都是鲁迅最不希望我们拿到的东西。鲁迅话语系统内在的悖论，造就了今天鲁迅在互联网中种种所谓的文化景观，这是我的第一个判断。

由李静的系列文章，引出的第二个思考是关于技术与文化/文学关系的问题。李静有一个非常重要的觉悟：当下不少知识分子对于资本、科技和文学之间的融合，怎么放到一块去讨论还是很不屑的。如何理解当下社会的文化景观，如果还是在文学和技术二分法的基础上去讨论，或者说还在缅怀理想主义的80年代等这样的框架中展开，我觉得是无效的。

李静在文章中讨论了前两年微信上一些"博士返乡"的文章。这些文章，我看了之后很是感慨。因为我做鲁迅小说研究，太清楚"博士返乡"这类故事正是百年前鲁迅小说处理的议题，我们今天还在讨论。鲁迅笔下那些回不去故乡的知识分子（第一人称"我"）不就是如此，离开故乡，很难真正回去，掌握了一套新的知识系统，却解决不了世俗世界真实的问题（祥林嫂问我灵魂的有无，我只得逃走）。这其实就是一个知识分子的启蒙与自赎的问题，是一个启蒙/理性有效性的问题，在这个圈层里讨论，是永远开不出新局的。所以我说，这些"博士返乡"的网文其实没有超越鲁迅设定的问题域，他们的问题内核仍然是启蒙和被启蒙者的关系问题，是启蒙者能不能启蒙这回事。真问题则是：制度、知识、精神不是独立的，必须在一个新的关系中被讨论。就像李静说的那样，资本、科技、文学之间怎么样形成一个好的互动，这个互动关系里，每一个部分都应得到尊重，都能够自我成全、发展，而不是不断还乡，不断用文学的神圣性批判资本的逐利性，在这个二元关系中，永远开不出新路。开出新局的第一步，就是先拿掉文学研究者的有色眼镜，先去了解技术是什么。

我提供给李静一个技术化的东西，可以在研究的过程中，去看 B 站运作背后技术的底层逻辑。我之前研究过 B 站推荐的算法。同样是关于鲁迅的视频，为什么 B 站不推荐你而推荐我，它的算法与其他短视频网站是不一样的：推荐 = 投币 × 0.4，收藏 × 0.3，弹幕 × 0.4，评论 × 0.4，播放量 × 0.25，点赞 × 0.4，分享 × 0.6。你看到它特别强调交互性，分享是占到最多权重的，而此前不少视频网站，播放量才是权重重点，那是电视时代的产物了。在短视频时代，看完视频并转发出去，转发给最亲密的人，愿意跟朋友分享，这样的视频才会被推广。B 站是很了解人性的，是了解技术背后的人性的，那些技术背后的底层逻辑其实正是人的情感。恰恰是有些人文学科的学者活在幻觉之中，自以为文学是人学，所以自己就更了解人性。我们要不要去反思，我们的研究工作其实本身就是在现代教育学科体制下的一个科层化的建制，在我们自以为其他人丧失掉批判精神的时候，更应该将自身对象化，与真正的文学精神疏远了的，可能恰恰首先是我们自己。基于此，我们当然也可能疏远了鲁迅。鲁迅的战斗、革命、文学、创作、生活是融为一体的，但我们反而是在一次一次去割裂，做二元化的处理。我们轻视技术、轻视算法。但算法是什么？算法就是技术对人性的妥协，因为所有成功的技术一定要了解人的情感复杂性，很多时候技术工作者比文学工作者可能更要了解人性。这样才能保证其建模的结果对不同的人生成最大公约数效应。我觉得李静给我一个大开脑洞的点，不断地去构设技术和文学打通，把二元思维方式砸碎。

秦兰珺： 非常精彩。我特别能理解李静做这一系列研究的难度。因为它们都有一个共同的特点，都是把一个非常老的问题在一个新的时代提出，这就要求研究者既要了解传统，又要了解当下，需要把很老很厚重的东西，以很时尚的方法提出来去研究它。这确实是一个非常费力也非常出力不讨好的工作，不过非常幸运我们有这样的机会，让这样新锐的研究与鲁迅研究界的"反叛者"来进行一个对话，在当中我们也能看到很多很有意思的问题。

我特别感兴趣的是，这些变化中不变的东西，因为人的需求没有变，人性没有变，知识分子对乡村的情感结构没有变，很多东西不会像我们想象的那样，在媒介变化的外表下变得那么快。我想，不管是互联网大厂做用户画像、哲学家写《人性论》，还是我们用文学的方式探索"人"，最终不变的东西还是人本身，最终通向的也都是人本身，这个或许是互联网、市场、社会和文学可以交汇的地方。

下面有请中国社会科学院文学研究所的霍艳老师，霍艳老师不仅是研究者也是实际的创作者、作家。今天我们就请霍老师来讲一讲，她在这个时代怎么思考文学和生活有可能构成的连接。

霍艳（中国社会科学院文学研究所）： 我现在特别期待在不同研究领域有一些年轻人自省的声音，包括这些年"北京·当代中国史读书会"就是对自己固有的研究产生反省，才会坚持做下去。李静的研究不光是对传统的当代文学研究和批评的突破，也是对现在很热门的网络文学、数字人文研究的突破。我很感动于她对自己困惑的分享，这些困惑我也存在，比如说怎么运用数据，怎么避免二元对立，等等。

我首先想分享一下我新书的题目，这个题目代表着我对当代文学生产，尤其是纯文学生产和研究的态度——《我们的时代，他们的文学》。这个书名有一种非常强烈的二元对立的感觉，为什么会用这个题目？是因为我觉得当下纯文学创作和时代的关联越来越弱，时代波澜壮阔，文学却在"自说自话"。可能"波澜壮阔"这个词太宏大，但时代起码是纷繁复杂的。"自说自话"这个词或许也不合适，纯文学作家也在努力书写时代，但始终没能说到点上。

在一个社会大转型的时代，一个文明发生深刻变化的时代，一个重构自我、重构世界、重构知识的时代，每个人都切身感受到了时代的变化，想找到自己来时的轨迹和前进的方向。可是当下大部分纯文学创作对我们没有起到指引作用，既没有让我们看清来路，也很难让我们感同身受。反而把时代当成文学失去影响力的替罪羊，作家常用的一个借口是：因为时代变了，所以文学没人看了。如果说现在对于知识的汲取类型和对主体世界的建构，需要发动一场新的变革或者新的启蒙，那么社科取代了文学发挥着重要的作用。

不光是纯文学创作，我们的文学研究也是如此。学者黄平说："今天很难通过阅读一本现当代文学研究的著作，来理解我们的时代。"连文学研究者自己都更愿意从哲学、历史著作里找寻答案，由此导致现当代文学研究呈现非常明显的边缘化趋势。不久前贺桂梅老师接受北大中文系的采访，题目叫"人文学的想象力"，她将"文学"置换为"人文学"，其实就是在重新思考文学研究者该如何用切实有效的方式，从折射了个体/人群想象的文学作品里透视、解析整个时代的欲望。以"人文学的想象力"打破简单的二元对立，保持敏锐和强烈的现实关怀，培育回应现实社会的能力。

这是我对"纯文学"的不满，但"文学"无处不在。李静这几篇文章都是以文学作为起点的延伸，不管是诗歌、鲁迅的作品，还是四大名著，只不过它们呈现的平台不是纸质图书，而是新媒体。文学有各种面向，比如追求人与人的有效沟通，比如追求经典性，和互联网的反经典、民间性、嘈杂性、民主性，看似有一种错位，但又有一种相通。一些文学的本质在互联网上没有改变，一直在吸引我们。

"什么变了"和"什么没变"之间是一种张力。如果不了解这种张力，而一味地责怪新媒体分走了文学的注意力，就是一种特别撒娇的说法。我认为互联网其实很"文学"，打动人心的产品文案、短视频里的起承转合、商品评测网站对于物质所触发一段场景极其细致的描绘和想象都是文学的一种。

我有一个爱好是收集香水，我发现一个有趣的现象，香水要想销量好，起的名字必须特别"文学"。这个名字具有梦幻般的画面感，让人自觉在脑海里想象喷香水时所触发的情景，举几个例子：无人区玫瑰、柏林少女、林之妩媚、八月夜桂花等。用户给香水打分时写的评论就像一篇小作文，结构是：喷了这个香水后唤起回忆，曾经我跟谁在一起，然后对那段时光进行非常细致的场景描绘，最后落到时光已去人已不在，但是香水能把这段记忆留住。这些都是文学对我们潜移默化的影响，但不一样的是，这套颇具文学性的描绘不是指向审美，而是指向消费。

在互联网上我们对于文学的看法也在转变，知乎、豆瓣充斥着对传统文学审美标准、主题意义和文学史评价的质疑，生成了新的评价体系。互联网对文学知识进行了重构，改变了传统的文学教育方式。作为文学研究者不应该对这些新鲜事物持有傲慢和偏见，而是应该思考经由新媒体中介文学什么变了？什么没变？李静就很敏锐地观察到这些现象。

我参看了一些媒介与文学互动研究的论文，很大一个问题是，他们太把"媒介"当回事了，他们认为变革是因为媒介本身，只要从印刷媒介到互联网媒介就能发生翻天覆地的变化。但我觉得还是人变了，一代人的精神世界和文化生活变了，媒介只是放大和推动了这种变化。当一切讨论集中在媒介，就会催生数字人文、人工智能这种热点话题，这些文章读起来都差不多：罗列现象、梳理演变、举数字说明，再套个文化研究和媒介理论的关键词，看似新鲜实则陈词滥调。网络文学研究也存在这个问题，看似繁荣却一直没有打开，没有进入内在机理，停留在技术层面或模式分析，对里面更核心的东西没有讲明白。

李静也注意到了这一点，她在文中说："对于'诗意生活'的当代构建，不应回缩进新媒介研究或诗歌研究的单一学科领域，而应当首先视之为一种具备普遍性与时代特性的文化现象。它所包孕的各种问题，实则与当代人的精神状况、当代文化的生产机制乃至背后更大的政经秩序密切相关。而对这些宏观状况的逐层探讨，又离不开丰富而饱满的细节阐释。"所以她这一组文章的特点就是试图进入机理进行分析。

今天听李静讲研究思路的变化，她提到受2018年人文思想讨论的影响，我很有共鸣，我这些年也潜移默化地受到读书会和贺照田思路的影响。我也一直在追问：背后那个结构性的东西到底是什么？当下诸种现象呈现出当代人怎样的精神状况？新媒体作品里呈现出的是否真的是这一代人的"兴奋"和"苦恼"？他们的生存经验经过怎样的加工转化为独特的感受？时代变化、社会观念变迁导致了阅读趣味上的哪些变化？贺照田的方式就是不停地追问，一个问题套着一个问题，逼着人自省。我这些年也学会在思考问题时多追问几个"为什么"。

不知道李静、白惠元是不是跟我一样，被特别有趣的现象吸引才有做研究的冲动。我喜欢那种能勾连很多问题，串起一条历史线索，撑开一个讨论场域的话题，不在乎它是不是具有文学性。可能学界一看我们研究微信公众号就鄙视，但只要这个话题能撑开问题域就是一个好的话题。

我还喜欢那种同样一个问题，对比当下是如何回应，带起历史演变线索的研究方法。我上午读到白惠元评论电影《送你一朵小红花》的文章，前面还是文本分析，到后面讲到"分享艰难"是需要被历史化的，它曾经是20世纪90年代中国社会的时代格言。20年后，从"996"到"打工人"，再加上全球新冠疫情对劳动力市场的全面冲击，真正需要"分享艰难"的正是作为普通劳动者的我们。年青一代学者应该努力去尝试建立这种历史线索。

我自己也写关于新媒体的文章，我的优势是曾经深度参与了世纪之交的文学转型，也经历了传统媒介、网络媒介和新媒体的变迁。每个平台都是一个自成体系的社会，有阶层、鄙视链，有秩序和对秩序的突破，有无尽的想象力和创造力，鲜活地折射出当下年轻人的精神世界。每个人都在互联网上有了新的身份，每个人都在努力建构自己的小历史，这个小历史如何汇聚在波澜壮阔的大的历史洪流中，我还缺乏对于背后更结构性的把握和更系统的理论支撑，这些是李静所擅长的，我还要向她多多学习。

我还看到李静这两年发表在《新京报·书评周刊》上的系列评论文章，我们都在努力实践一套新的话语方式，不光对当下的种种变化保持敏锐，还能用清晰的逻辑和普及性的话语把事情讲明白。我是从创作、实践的角度切入，她会有更文学、更历史、更宏观的视角，但都指向同一个方向。

我跟她的观点有一些需要商榷的地方，比如她提到"借助工具—技术—理念的支持，新媒体平台鼓励发挥个人的自主性与创造力，召唤热情与兴趣的加盟。它的组织形态更类似于'社区'而非传统意义上的'公司'。对于平等性与参与感的强调，让个人在其中可以获得强烈的进步感与意义感。可以说，民主自由的文化理念与网络技术的突破互为支撑，共同塑造了'诗意生活'的底层架构"。这是新媒体平台建立的初衷，或者说它对于文学的影响很大程度是因为更"民主"，但这个"民主"很快暴露出虚假性。我通过对"匿名作家计划"的研究发现，说是给读者权利，其实读者选择是最不被尊重的，你只能消费、只能看，但没资格决定人家发什么、选什么。很多互联网文学平台从社区变成了公司，规模之庞大，配备之齐整，资金之充沛，接广告都是经过商业评估，广告呈现方式有的能与文本融合，有的就生硬地塞给你。也就是说当时吸引我们的是"民主"，最后我们发现这个民主是个假民主。

还有年轻人为什么选择四大名著发射弹幕，仅仅因为它们是中国文学最大的IP，能引起集体怀旧？四大名著的弹幕跟其他经典文本上的弹幕有什么区别？当经典文学跟互联网发生碰撞时，怎么对固有文学知识进行重构？

今天也非常高兴见到国家玮和白惠元等诸位老师和同学们。我身边遇到的学生全是读书会的，以至于我误以为年轻人都喜欢读《中国青年》和赵树理，结果有一天我问程凯，他们真的喜欢读这个吗？他说这帮孩子没加入前哪知道这个，他们只看网络小说。所以哪怕我还算是年轻研究者，跟年青一代的阅读之间也存在距离，没能完全进入他们的文学生活。所以我现在只要有机会就喜欢跟高校的老师和学生聊一聊，然后问问学生喜欢看什么和为什么，而不是在家里揣测。刚才国家玮老师讲到去富士康进行田野调查的经历让我很羡慕，只有去调查我们才感觉到纠结和缠绕，才知道我们预设的二元对立都是假的。我也希望自己有机会能多跟学生进行交流，看到他们真实、具体的文学生活。

秦兰珺：也是一个非常真诚的分享，补充一下，霍老师是两届"新概念作文大赛"获奖者，并且创作出了很多文学作品，对于霍老师，反思纯文学不仅仅是反思一个课题，反思的或许是生命本身。正是基于这种对未来的开放态度，霍老师在反思纯文学的同时，真正地希望走入场域去理解文学和互联网的关系，包括文学在今天的处境。下面有请白惠元老师发言。

白惠元（北京师范大学文学院）：谢谢各位老师。我想回应李静的是：对于网络时代的青年学者来说，当代人文学术的前进方向应该是什么？或者说，什么才是有价值的当代人文学研究？

今天的论坛叫"互联网时代的文学生活"。"文学生活"这个词很有意思，它不等于"文学阅读"，同时，互联网时代的文学也不等于"网络文学"。于是，我脑子里首先冒出了一种自我质询：文学什么时候进入过我自己的"生活"？至少在从北大毕业之前，我认为，文学没有进入过我的"生活"。按我理解，"生活"是不包含职业的那部分，是闲暇的、私人的、让我获得愉悦和快乐的。在这个意义上，我的"生活"里包含电影、戏剧甚至电视剧，唯独没有小说。当然，这和求学时代的叛逆情绪不无关系。尽管我的专业是"当代文学"，但是以学术任务为目标的纯文学阅读甚少给我带来愉悦。最近几年，我的工作角色有所转换，特别是从上学期开始，我给学生们讲授专业必修的"当代文学史"，上课时，有两个瞬间是令我难忘的，一个是讲路遥的《人生》，另一个是讲网络小说。在这两个瞬间里，他们全情投入，似乎与"当代文学"产生了微妙的连接感，而我今天要讲的内容就从这两个瞬间开始。

我的题目是"重返文学生活的公共性"，这不等于"重返80年代"，但必须说，"纯文学"在20世纪80年代确实是一种"公共生活"，它是一个公共话语空间，承担了很多社会议题。比如《人生》这样的作品，为什么"00后"对它依然很感兴趣？我想，是因为小说讲述的"进城"主题在今天依然有效，它贯穿了中国现当代的社会史、生活史与文学史，比如《骆驼祥子》《我们夫妇之间》《陈奂生上城》《人生》，甚至比较晚近的《世间已无陈金芳》。

为了让《人生》的公共力量更好地释放出来，我在课堂上把电影《人生》和小说

《人生》做了一个对比。比如，小说终止于高加林对德顺爷的忏悔，他为自己背离故土、始乱终弃而自责。但是，这个"忏悔"到底是作者真诚的情感流露，还是当时因其他原因而采取的策略？可以参照的是，在电影中，这个结尾被改掉了，显然，导演吴天明意识到了这个问题。再比如，我给大家分享一段电影《人生》中高加林去集市卖馍的场景。开始，他在被"戴眼镜"的城里人围观，内心非常屈辱。但很快，他躲进了报刊室，开始看报。从看《解放军画报》开始，电影出现了一处音乐转换：从民乐变成了钢琴。在钢琴声中，高加林看到了城市，看到了工业，看到了现代，看到了未来。回家路上，高加林几乎处于一种主观的"幻听"状态，他想象着，自己应该是一个城市人。那么，乡村／城市可以转换为一种民乐／钢琴式的审美风格对立吗？这种审美格调对立的背后是一种阶级想象吗？换言之，钢琴就比民乐更"先进"吗？如果这是一种潜在的文化意识形态，那么，我们如何理解电影《钢的琴》里工人阶级的优雅趣味？我们如何理解纪录片《我的诗篇》里的"工人诗歌"？我们如何看待余秀华、毕赣的诗意乡村？我们从20世纪80年代的经典文本出发，经由一种媒介化的思路，把文学问题的公共性延展开来，尝试与当下时代发生共振。

然而到了20世纪90年代，"生活"一词的公共性逐渐失落了。我举几组例子。1979年有部电影叫《甜蜜的事业》，主题曲名为《我们的生活充满阳光》，歌里唱道："并蒂的花儿竞相开放／比翼的鸟儿展翅飞翔／迎着那长征路上战斗的风雨／为祖国贡献出青春和力量。"2003年，摇滚歌手郑钧翻唱了这首歌，用一种沙哑慵懒的嗓音，把"阳光"唱成了一种"沙滩上晒太阳"的小资趣味。再比如20世纪90年代著名的女性文学作品《私人生活》，作者陈染在标题上就重新划分了"生活"的领地，"生活"是私人的，没有公共性。我们的生活就是私人生活，更不用说90年代有女性文学的代表，生活是属于私人的，生活是没有公共性的。还有1996年CCTV-2（生活频道）创办的重要栏目《生活》，2009年已经正式改名为《消费主张》，意识很明确了，生活就是消费。最近几年有一档比较火的综艺，叫《向往的生活》，它把"生活"定义为逃离都市高速职业竞争之后的乡村慢享受。这些似乎都告诉我们，"生活"是一种需要历史化的话语。当我们使用它的时候，我们是在什么维度上使用？我们想和谁对话？我们是在怀旧，还是在告别？

有趣的是，随着近年来网络文学的崛起，文学生活的公共性似乎有重新归来的趋势，这种公共性体现为一种互联网时代的公共思维方式。网络文学用一种特殊的话语模式，某种程度上改变了互联网时代的民众思维——CP（Couple的缩写，配对），一切皆可 CP。我原本以为，CP 就是文本内部的足够般配，但在 B 站，CP 粉丝的"萌点"似乎在于将两个根本不可能的人物形象组成一对，距离越远，越有张力。2021 年，一组被称作"名著联姻"的新 CP 迅速火爆 B 站，即孙悟空和林黛玉组成的"圣黛"CP，弹幕有理有据地说：这是"木石前盟"。面对这些新现象，我很想追问：大家想从 CP 里获得什么样的快乐？我可以给出一种猜测，这是网生代们在想象一种相隔遥远却彼此呼应的亲密关系，而这种亲密关系是通向"公共"的一个步骤。CP 粉丝通过自组 CP 这种行为，逐渐形成了一个 CP 共同体。与此同时，以上 CP 关系得以建立的根本原因，是网民普遍习得的视频剪辑能力，新的意义生发于影像的蒙太奇再组合，这不就是著名的"库里肖夫实验"吗？这是文字媒介做不到的，《西游记》和《红楼梦》的小说原文无论如何是 CP 不了的，是无法剪辑组合的，但电视剧可以。

所以，面对"文学生活"近四十年的种种变化，我想，我们新一代的学者必须用自己的学术研究进行正面回应。也就是说，当下的文学研究如何才能通往公共性？在这里，我只能用我自己的研究作为案例，并非自夸，只是想谈谈我的方法和问题意识。这本《英雄变格：孙悟空与现代中国的自我超越》（生活·读书·新知三联书店）出版于 2017 年，是我的博士学位论文，现在看来依然有很多问题，但回想起来，我执行得比较好的理念就是媒介意识。在梳理孙悟空这一文学形象在 20 世纪中国社会文化历史的变迁历程时，我希望每一章节都能变换一种媒介，同时，又希望这种媒介具有时代典型性。所以，从 20 世纪上半叶的上海市民通俗文学，50 年代到 70 年代的戏曲，80 年代的电视剧，90 年代的电影，再到新世纪的动漫，在这样的媒介变化中，我试图串接起 20 世纪中国的一个具有连续性的历史片段。后来我问自己，为什么在写作中如此"偏执"地坚持媒介变换？或许是因为，我是一个成长于互联网时代的研究者。我们常常引用福柯的那句话："重要的不是故事讲述的年代，而是讲述故事的年代。"当代人文学研究本身也是一种"创作"，它应该展现互联网时代的思维方式与研究方法。

再比如，我在研究中解读了网络小说《悟空传》。我反复思考的问题是：《悟空传》的经典性在哪里？首先我不是一个网络文学读者，我的生活里没有网络文学，但我又被《悟空传》深深打动，这是为什么？必须说，以当下网络文学的类型标准来看，《悟空传》是不合格的，它的类型不清晰，又带有文青趣味。但为什么网络文学读者与研究者依然捍卫它的经典地位？我想，在文本之内，还是因为它切中了独生子女一代的成长之痛，这也是我不喜欢电影版的原因，我当时写了一篇文章批评电影，题目就叫

《强制热血，不如直面悲情》；而在文本之外，《悟空传》是一部中国早期网络同人小说，它在受众传播（《西游记》《大话西游》粉丝再创作）意义上的媒介性是其经典意义所在。因此，如果说互联网给网生代研究者的"情感结构"植入了一枚小小的"芯片"，那么这枚"芯片"应该叫"媒介意识"。

不只研究，当代文学创作也应该具有一种媒介意识，基于媒介意识，当代文学创作才有可能重返公共性。刚才国家玮老师谈了"田野"，我觉得特别好，我的有限"田野"经验大概在戏剧这方面。我自己创作话剧，也参加国内一些戏剧节。我的观察是，戏剧在影视及新媒体时代的文化位置，其实是和"纯文学"比较接近的，它们在不远的未来都将是博物馆艺术。目前，戏剧只是北、上、广大城市青年们的小众娱乐。究竟有多少观众真正想要走进剧场看戏呢？其实我们心里都很清楚。大部分戏剧工作者其实没法自负盈亏，只能依托体制。这两年，由于新冠疫情，更多戏剧工作者退场转行。2021年初，一档爱奇艺自制综艺试图重新唤起公众对戏剧的关注度，名为《戏剧新生活》，录制地点就是我熟悉的乌镇。所谓"戏剧新生活"可能是想重建一种具有公共性的戏剧生活，但最后达成的目标仅仅是展现了职业戏剧人安贫乐道的精神而已，戏剧人似乎因为苦情而高尚。

另一个案例是陈建斌的新片《第十一回》。电影讲述了一个这样的故事：三十年前的一桩拖拉机杀人案要在三十年后被改编成话剧作品，男主人公是当事人，他希望通过"改戏"的方式来洗清自己的冤屈。看完之后，我觉得电影剧作的文化前提是不成立的，因为那个具有公共性的"戏剧生活"已经消逝了。作为一种当代小众艺术，一场话剧可以毁掉一个人的名誉吗？短视频可以，电影可以，戏剧做不到。一方面，我们看到了作者对于"先锋戏剧"时代的真诚缅怀；但另一方面，这种自我崇高化又显得矫情。我觉得，创作者应该正视现实，不要自我悲情化，更不要试图经由悲情通往崇高，甚至通往英雄主义。我想，真正的英雄应该是在理想失落的年代多做有意义的事，而不是一味抒情。

如果戏剧生活不再有公共性，那么，戏剧创作能不能通往公共性？我觉得是可以的，包括纯文学创作，这个不矛盾。当我们看到《哥本哈根》和《雷曼兄弟三部曲》这样的作品，我们可以深切感受到它们切入20世纪世界历史的公共诉求，它们甚至做到了影视都无法做到的事情。当我们读出《两只狗的生活意见》背后的农民工问题，当我们读出《北京法源寺》背后的政治史诗性，当我们在青年戏剧创作中发现对校园霸凌问题的关注（《花吃了那女孩》），对跨性别群体的书写（《十六块五》），我们还是可以感受到戏剧创作的勇气。可以说，这些坚持公共性表达的作品影响了我的创作，近两年，我也开始调整自己的创作方向，在剧场里讨论体育兴奋剂的问题、代孕的问题，并且将其放置于一个全球化的经济图景之中。在这里，我特别想重提布莱希特，因为布莱希特给世界戏剧带来了间离性，他打破了第四堵墙。但我发现，当代戏剧创作者越来越多地把布莱希特变成一种游戏，一种方法，而失落了他的政治意图。布莱希特真正的目标是通过打破幻境来抵达一种社会真实，他是一个马克思主义者。老实说，前几年参加乌镇戏剧节时，我最关心的都是我的竞赛结果，就像李静关心学术界怎么评价她。恰恰是创作经验有所积累以后，我慢慢想通了。其实，没有完美的创作，也没有完美的学术。我必须对自己足够真诚。这个真诚是什么呢？对我来说，就是试图通往公共性。

最后做一点总结。如果我们把当代文学创作和研究视作一种媒介，那么，我们应该完成几个任务。媒介是干什么的？媒介的首要功能就是传递信息。然而当下中国大多数纯文学创作是没有信息量的。读完这些小说，我们不知道自己生活在一个什么样的时代。反观"布克奖"每年的入围名单，单看梗概就十分引人入胜，因为看得出公共性。为什么我们的很多作家无法通往公共性？一个原因可能是职业化写作的问题，他们背对社会，背对市场，也背对读者，文学奖项也变成了圈内游戏。职业化加深了"信息茧房"的困境，创作者每天只看到他们想看到的。因此，我提倡无论是创作还是研究，都要有一种网民写作的业余精神——反职业化写作，越职业化就会越束缚你。同时，应该把人文学研究也视作一种创作，释放想象力，提供信息量，展现新的方法。杰弗里·哈特曼提出"作为文学的文学批评"，他是在说，文学批评的本质是一种虚构，它应该传递研究者本身的思想性与创造力。那么我认为，在当下，这种思想性与创造力的核心就是一种稀缺的"公共性"，它必须经由一种媒介意识才能达到。在这个意义上，我今天信马由缰的发言可能是对李静的一种呼应。

谢谢。

秦兰珺： 确实是非常松弛，一点都不纠结的分享。或许和白惠元的研究对象——"孙悟空"这个 IP 有关。作为一个国民 IP，它肯定会穿越不同的时代，不同的媒介，不同的艺术门类，因此对于白惠元，从毛笔到钢笔，再到"0101"的穿越，这都是有可能的，一切都这么自然。除了非常轻松的话题，白惠元也提出了一个非常严肃的话题，就是重返文学的公共性，让文学的想象和它提出的问题重新出现在我们的公共空间。

下面我们就有请中国社会科学院外国文学研究所的董晨老师分享。董晨老师在《文艺理论与批评》发表过关于韩国电影《辩护人》的文章，这部电影因涉及社会问题推动了韩国法律进程。有请董晨老师为我们分享她对文学与社会互动的思考。

董晨（中国社会科学院外国文学研究所）： 非常感谢李静的邀请，也很荣幸参加这次青年文艺论坛跟各位老师交流。

大家都是中文系背景，我是外语系出身，朝鲜语专业，学科背景也很"混乱"。我先去韩国念韩国文学，写硕士论文碰到困惑又跑回来跟着孙歌老师读书。读中文系，但是做的不是中国文学。这样一路"混乱"的背景令我忐忑。但在阅读李静的文章以及听到大家的讨论以后，我反而又不是那么忐忑了。因为我发现即使跟大家的视角不一样，但关注的问题是一样的，大家都想通过文学生活跟现实发生关联，深入现实，理解中国社会的现实。

读李静文章的时候，无论是描述网络现象还是做分析，我都读得很开心。我是一个重度网瘾患者，尤其是去年下半年把腿摔坏了，在家闲着没事，就看B站、知乎。在李静的文字描述下，我能回溯到当时的场景之中，很真实而且很贴近我的个人经验。但是，李静在谈完这些现象，最后试图解释的时候，似乎也遇到了困境。当然可以借助一些社会理论，比如倦怠社会、晚期资本主义社会出现的问题等去解释，但是，我的一个感觉是这些解释放在任何一个国家都可以，有点放诸四海而皆准的感觉，我看不到中国。李静描述现象的时候让我看到非常鲜活的当代中国文化现象，但在推到结论的阶段，那个鲜活的感觉流失了很多。

我能深切地感受到，李静是很想把自己看到的现实问题回溯到历史中，做一个知识谱系上的整理。而且她很想用现实中的问题，去激活那些看似离我们很远，实际上潜在地影响我们当下的历史问题，这个也是特别可贵的。我之前跟李静说，我有时候读她写的关于网络现象、网络文化的论文，老是有一种跑回去读贺照田老师文章的冲动。贺照田老师很关注中国民众的精神史，他认为要以人为本，要关注人的精神状态、精神困境。我能感受到李静对这些问题的在意，因为其实她看到了被那些披着温情脉脉外衣的微信公众号付费弹幕锁定的用户，看到了他们的精神困境。对李静今后的写作，我有个期待，就是能否更加关注他们的心理状态和精神问题？

我最近读了韩国社会学家赵惠净写的东西，谈韩国社会的青年问题。她提到韩国是世界上青年问题最严重的国家之一，韩国人自己也这么认为。韩国青年最大的问题是，他们好像真的丧到什么欲望都没有了，他们对政治毫无兴趣。像白乐晴这一代人还有后来做中国研究比较有名的白永瑞这代人都非常关注朝鲜半岛分断问题，以及韩国内部政治问题。当下韩国青年统统不关注这些问题，他们只关注自己能不能通过公务员考试。这也就让韩国青年受到很多批评。但是韩国社会学家赵惠净就说了，如果深入青年的日常生活中，观察他们遇到的问题，就发现他们不关心政治问题是很正常的。韩国青年未来不确定性太强了，无论有工作还是没工作，都不知道自己下一刻会怎样。韩国体制给他们的解释是，你们没有准备好，不具备一个合格的职场人应该具备的素质。面对生活的不确定性，他们只能集中精力关注自己的生存问题，跟生存问题搏斗，去考各种各样的资格证，为就业做准备。赵惠净说，这就是韩国青年丧失参与政治欲望的原因。生存压力下，韩国青年只能说，我是一个社会多余的人，我就这样活着就好了。

当然，韩国青年的问题不等于中国青年的问题。但是，一些中国青年之所以能让温情脉脉的公众号赚到钱，说明他们的精神困境的确存在。精神困境是怎么存在的呢？去年年底，我把腿摔断了，个人还是有一些体验的。摔了腿之后有段时间没办法工作，我就躺着看B站、知乎，李静文章描述得非常对，玩儿一段时间就发现弹幕有套路，最初能让你感动的点很快就消失了，那个东西只能是短暂的"精神鸦片"，让你兴奋的时效很有限，之后怎么办？我讲这个例子就是想说，中国有大量的所谓"空巢青年"，就是从自己的家乡跑到北京过独居生活的人，无论是B站用户还是那些公众号用户，他们背后都有这些人的影子。我有一些高中同学、大学同学毕业以后就在二三线城市工作了，我在跟他们的交流中发现，他们对这些网络文化产品的消费跟北、上、广、深这些一线城市是很不同的，而且好多人的关注点不在于此。

我妈过来照顾我之后我又有了新的人生体验，我也是从有这个新体验开始，对李静论文里的一些判断有些怀疑。论文谈到，喜欢开弹幕和不喜欢开弹幕是两种文化机制与主体状态，在描述主体状态的时候谈到，厌恶者所代表的乃是印刷文明培育的读写习惯，推崇经典讲究逻辑与秩序。喜爱者所代表的是互联网文化中跨媒介、多感官、娱乐化的接受方式，注重趣味性与参与感。我觉得这个描述挺有道理的，但是，对于主体状态的判断可能还可以再丰富一些。我想，开不开弹幕也是主体需求的差异。我非常习惯于纸质书，我是在看纸质书的氛围中成长起来的，包括日常写论文也是纸质书用得多。那么，我什么时候需要看弹幕？一个是看恐怖片的时候，需要网友提示"前方高能预警"；另外一个就是吃饭的时候，因为我一个人吃饭的时候比较多，会开着弹幕看一些美食博主做饭的视频。对我来说看弹幕是一种社交活动。

当我没有办法出门，一天到晚在家里待着的时候，我看弹幕会感觉自己跟这个世界是有交流的，甚至比跟朋友发微信得到的快乐感更强。

后来我妈来照顾我，我发现对她来讲，不开弹幕看视频不是出于对逻辑的要求，而是她纯粹觉得那个东西晃眼。他们那代人跟我们接触社会的方式不一样，对陌生人敞开的程度也不一样。我妈来了没多久就在小区里交了两个朋友，对我住处附近几个超市每一样蔬菜的价格都有对比。我就不行，我跟周围环境是相对隔离的状态。我在小区遇到同事会打招呼，我没有跟不认识的人主动说话的习惯。我发现我妈正因为有这种社交能力，以至于不太需要像我这种通过弹幕来进行社交。基于这些经验，我希望李静论文中的一些判断可以再丰富一些。

最后还是要谈一下我对李静接下来做网络文化研究的期待。我其实一直觉得李静内心是往贺照田老师那个方向走的，这是她真正关注而且一直在努力的方向。但是我觉得目前来说，她描述了现象，也提出了问题，但是还没有真正开始往分析人的主体状态的方向走，没有真正走进去。当然现阶段能做到这样已经很了不起了，我自己做不到。正因为我做不到，就特别希望别人能做到。希望以后她描述的现象和论文最后下的判断，能让我感受到非常鲜活的中国。

秦兰珺：董晨老师讲得特别好，我们不仅仅应该关注互联网上的现象，更应该关注这背后的人的心灵和世界，这是思辨研究和实证研究的结合点，需要对社会、对人类经验有更加深刻和敏锐的感觉。现在我们进入讨论环节。

任腾飞（中国艺术研究院中文系）：李静老师最开始讲到《诗云》小说，小说里的李白最终也没有找出一个在诗云里筛选出诗歌的机制。另外您提到了"僵尸文学"，微博上有一个账号叫"僵尸文学bot"，它的"僵尸文学"大概是这样的："僵尸号"在微博随机抓取一些句子发微博，比如上一句是流行的八卦，下一句又到了什么比赛，后来紧接着就喊一句"妈妈"，其中有的微博特别文学，但有的又特别不文学。"僵尸文学bot"就把这些微博中有文学感觉的内容摘出来，形成了"僵尸文学"，这个bot后面有一个皮下的运营人员，同时又有bot读者筛选出来一些来投稿，总之对它来说整个微博数据库像《诗云》里的诗云，而这个皮下加读者筛选的机制，到最后就做出了诗云里想做出来的筛选机制。这个机制算不算互联网的文学与生活的紧密结合？

李静：把"僵尸文学"数据库加读者筛选，类比成《诗云》所需要的筛选机制，这个观点挺有意思的。你这个角度提醒了我，讨论互联网文学生活容易陷入"数据拜物教"，看不到背后主导的人的力量。人和技术的关系很复杂，可能背后还是人的力量在主导、在阐释。正是人在文学里找到价值和意义，去阐释，才使其焕发出文学性。

秦兰珺： 今天来的吴长青老师做过网络文学网站，自己有创作还有做过研究和评论，现在我们请他也来讲几句。

吴长青（安徽师范大学）： 今天老师们谈得很棒。我现在也发现了一个现象，很多老文青的文章在杂志期刊上发不出去，就到我们这来发。他们很多都是"50后""60后"的长辈，他们来找我，更多的是出于对互联网的心悦诚服。他们觉得自己是被这个时代淘汰的人，自己现在的文学能够在网站上登出来，他们觉得有一种被尊重和被发掘的感觉。另外，刚才白惠元老师讲到戏剧和文学的对称，在现象学中就是视域融合，我们的文学研究在方法论上可能需要做出调整。

耿弘明（清华大学人文学院）： 我想分享自己和互联网文学生活有关的两个经验。先说写网络小说的体验。我自己写过挺长时间，但不成功。网络小说的写作没有规则，没有法度，没有传统，没有殿堂，厉害的写手都企图写出一个前所未有的东西。而经典的文学写作，脑子里必然有经典，不是要写出前所未有的东西，而是要写出类似托尔斯泰的东西。我写过一个搞笑幽默类型的小说，脑子里边就躲不开钱锺书对我的话语干扰，因此必然失败——一种文学生活移植到另一种文学生活时的失败。

我后来学编程，了解自然语言处理及其从业者的状态。我感到那个行业没有那么机械，也没有那么神奇。计算并非像一般人想象中的无限排列组合，里面有神妙的算法，但也不像其他人想象的那样可以一蹴而就替代人类写诗，它是数据式和进化式的。从研究角度来说，它类似结构主义或者精神分析，提供了一个重看问题的视角。我以前统计了一些文学文本，发现《平凡的世界》里频率出现很高的词是"痛苦"，《红高粱》最高频出现的是"屁股"等词，在这一基础上用精神分析来观照颇有意思。在这个过程中，机器不只是一个工具，而是在和另一种文学语言打交道后的视角。

我写小说失败，学编程自然也不专业。不过，在这个过程中，我的广义的"文学生活"改变了。这也是李静老师的写作体现出的文学田野或者文学生活的力量。比如，李静老师形容弹幕为"超乎个体想象力的'集体智能'"——可谓一针见血。我想，把《水浒传》的弹幕印出来，真的比金圣叹的评点差吗？金圣叹才华横溢，但毕竟出于一套前现代话语体系内部。现在的网友接触到各种神奇的世界，大脑里天马行空，而且相当于几千万人一起写眉批，多有意思。这是人民文学的汪洋大海，人民文学评论的汪洋大海。

文学的田野肯定不只是数据收集，也不只是厚描或民族志。要唤醒一种沉睡的文学生活，让自己先被新事物包裹、影响、改变，是文学最基础的田野，在此基础上再调动专业知识和理论工具，和没有田野而单纯利用理论工具生成研究，效果会是天差地别的。

崔柯（中国艺术研究院马克思主义文艺理论研究所）： 感谢大家来到今天的论坛。本期论坛是围绕李静近期做的研究做一些延伸的讨论，今天李静对自己的研究成果也做了一个系统的梳理，提出了一些问题。作为一个身处文学知识生产场域的"从业者"，是可以游刃有余地直接进入知识生产体系，生产一些不乏巧思的成果的。但因为文学和人的心性直接相关，有它的特殊性，所以有自觉反思意识的学者会对文学的现状、文学在当今时代的位置，以及文学研究的路径等有一些反思，做进一步追问。

刚才讨论提到文学和技术的关系、文学研究面对来自"实证"的某种压力等问题与困境都是客观存在的，平时我也常碰到。但是，另一方面，其实文学也有自己的傲慢，比如做文学研究的人，是不是对"实证"也曾存有某种偏见？是不是也对"技术"有过抵触？现在文学面临着同样的问题，其实我觉得我们的心态不妨放平一些，这有助于我们从中反观文学界的真问题。我们知道，文学的地位曾经很高，近些年来似乎有一些下滑，尤其是面对新媒介，面对更多的文化产品的冲击的时候，文学似乎显得没那么重要。这里面有复杂的原因，但是从内因考虑，文学的从业者有没有对文学自身存在的一些问题真正重视？有没有针对性地提出对策？李静提到温儒敏老师2009年的一篇文章，文章提到的文学研究的内部循环问题，到今天也还是存在，而且似乎一直也没有得到真正的重视。那么这是不是文学的一种固执，甚至一种傲慢呢？我们设想一下，这种情况在技术领域是不太可能发生的，比如，我们很难想象，互联网从业者到今天还没有解决2012年电脑系统的一个程序错误。但文学存在的问题似乎就可以拖延下来。

新时期以来，文学研究一直倡导"内部研究"，认为"内部研究"比"外部研究"更根本。那么，在互联网时代，在文学的"外部"环境日新月异的当下，文学更应该先解决"内部"问题，即只有真正地、真诚地面对文学自身存在的问题，才可能恢复大家对文学的期待和信任，文学才可能真正具有公共性。

李静： 我最后说几句。今天特别感谢各位老师，给了我很多鼓励。这次论坛的初衷是请你们来问诊把脉，现在看来目的达到了。今天收获了非常多刺激我思考的点，比如说像国家玮老师谈的历史中的"不变"，这个问题我也想触及。一个很有意思的现象是，当下做文化研究的学者更加强调"变"，而做历史研究或者古典研究的学者更关注"不变"。在我看来，处理"变"和"不变"的关系，还是要落实到历史性的机制上，观察我们的文化记忆怎样延续，怎样变化，朝着现实更贴近一点。

今天这个场域很特别的一点是非常松弛。大家带着各自的背景、视角聚到一起，真诚地反思。这给我的启发是，永远不要对象化彼此，而是要互为主体。不要把别的学科妖魔化，而是要培养理解彼此的能力。

另外，我们讨论"文学生活"，总是在无形之中把20世纪80年代作为一个参照系，所谓"祖上曾经阔过"的时候，给我们留下了哪些遗产和债务。这也是挺大的命题。包括董晨老师提到的，我目前研究中缺乏鲜活的中国与中国人，但这些历史与现实的课题都令我心向往之。

白惠元老师说要警惕自我悲情化。这是对的，但有一点确实特别可悲，文学研究者会感到自己丧失了文学生活。我以前好像没有这样认真思考过，我们的职业生涯、专业训练对我们来说究竟是什么。最后还是要反省一点，过去一年写得有点快了。人文学的魅力在于需要时间、阅历与整个人的成熟，在合适的准备下才有可能产生更好的研究。今天是我第一次正式分享近几年关心的学术话题，算是继2018年后的又一个起点性时刻，特别感谢在座的各位。

谢谢大家！

第九十期

赛博时代的真实感

——《编码新世界：游戏化向度的网络文学》新书发布暨主题论坛

主持人：杨　娟（中国艺术研究院马克思主义文艺理论研究所）

主讲人：王玉玊（中国艺术研究院马克思主义文艺理论研究所）

对话人：邵燕君（北京大学中国语言文学系）

　　　　韩思琪（北京大学艺术学院）

　　　　冯　巍（中国文联出版社）

时　间：2021年7月5日（星期一）14：30—18：00

地　点：北京朝阳区来广营西路81号中国艺术研究院103会议室

主　办：中国艺术研究院马克思主义文艺理论研究所

　　　　中国艺术研究院研究生院中国语言文学系

　　　　中国艺术研究院团委

编者的话

数字化与互联网极大地改变了人类的生活方式。无论是影视特效、VR 技术，还是21世纪第二个十年以来蓬勃发展的游戏化向度的网络文学，都以全新的想象力，刷新着人们看待世界的角度与方式，也滑动着真与假、虚与实的边界。真实与真实感，这一组古老的概念再次成为新时代的新问题。真情实感、szd（是真的）、is real/rio（是真的）……这些流行词背后的社会心理是什么？高度设定化的网络文艺创作又何以带来真实感？

从柏拉图的洞穴隐喻开始，真的问题就被抛出来了，无论是小说还是其他形式的艺术作品，这些本质上的虚构何以被感知为真实？关键或许在于"藏"——将所有人为的痕迹隐匿，将技法训练为艺术的成规，将一切中介都视作透明，于是文艺成为镜与灯，照见现实、照亮现实。在数码媒介转型时期，人们却开始毫无芥蒂地将这些人工的痕迹暴露出来，人们在如数据库一般的（数码）人工环境中进行着文艺的创作与解读，当人物变成了"人物设定"，当环境变成了"世界设定"，当作者与读者相约在"不必当真"的虚拟世界中纵情遨游，人们何以还能"扮假作真"（make-to-believe）？

本期论坛，我们邀请《编码新世界：游戏化向度的网络文学》一书的作者王玉玊，以及长期从事网络文学与网络文艺研究和评论工作的邵燕君教授、韩思琪博士，《北京大学网络文学研究丛书》的责任编辑冯巍共同对话，希望从游戏化向度的网络文学入手，与各位同道一起就"赛博时代的真实感"问题展开讨论。

杨娟（中国艺术研究院马克思主义文艺理论研究所）： 欢迎大家参加第九十期青年文艺论坛，今天论坛的主题是"赛博时代的真实感——《编码新世界：游戏化向度的网络文学》新书发布暨主题论坛"。首先请玉玊介绍一下她的新书《编码新世界：游戏化向度的网络文学》。

王玉玊（中国艺术研究院马克思主义文艺理论研究所）： 大家好，非常感谢大家来到今天的论坛，很高兴能向大家介绍我的这本新书《编码新世界：游戏化向度的网络文学》，我发言的主题是对这本书的写作构思与核心观点的一些说明。

首先，我新书的名字是《编码新世界：游戏化向度的网络文学》，里面有两个很容易被大家关注到的关键词，一个叫作"游戏化向度"，一个叫作"网络文学"。但是实际上在写这本书的时候我始终有一个问题意识，即这本书最核心的研究对象实际上既不是电子游戏也不是网络文学，而是人的经验的变迁。

我在这本书里面反复提到这样的想法：实际上相比于实际发生了的文学事件，或许更加重要的是人们如何理解这些文学作品，如何理解自身与世界，如何看待文学与叙事。举一个非常简单的例子，比如说《红楼梦》这本书的出现是一个文学事件，但很多时候我们更加看重的是在不同时代人们是如何看待、如何理解《红楼梦》这个作品的。在不同的时代这种理解是不一样的，现在有很多以《红楼梦》为原著的同人小说，将原著中的人物拆解成各种各样的萌要素，重新组合起来变成人设，讲述新的故事。

更加奇怪的一点，比如像"伏黛"CP同人这样的作品，把伏地魔和林黛玉这样两个身处不同的世界和故事中的人物拉在一起去写他们的爱情故事，这个时候我们会发现林黛玉不再是我们所理解的那种古典而丰满的文学人物，而变成了人设化的人物。

所以我想讨论的，很大程度上就是在人的经验变迁之中，我们如何看待今天的文学，特别是如何创作和阅读今天的网络文学作品这个问题。

更具体地说，我想讨论的是，身为"数码原住民"的"90后"与"00后"们，对于网络社会中的后现代情境有着前代未及的自觉意识，他们对于时间与空间、真实与虚拟、行动与价值的新的感知方式，形塑了游戏化向度的网络文学中新的文学世界，而我想要去发现和探讨的就是这样一个新的文学世界、新的经验和想象力。

首先这本书分为三个部分。

第一部分"把虚拟现实游戏写进小说"，是纵向的历史梳理。这个部分主要讨论的是电子游戏最基本的概念，比如NPC（非玩家控制角色）、副本、蓝条、血条、技能、宝物等，以及它的底层逻辑是如何进入网络文学之中，从而形成了我称为第一波典型的游戏化向度的网络文学作品的。第一波典型游戏化向度的网络文学作品，实际上也就是通常所说的打怪升级换地图的玄幻修仙升级文。代表作品有大家比较熟悉的像《斗破苍穹》《斗罗大陆》等。实际上因为这些作品非常有名，直到今天依旧有很多研究者认为网络文学就长成这样，认为《斗罗大陆》和《斗破苍穹》就是网络文学最典型的形态，可见这样一批作品在网络文学中有着非常大的读者量和非常高的认知度。总体而言，这批作品的结构和叙事都是比较简单的，是走简单粗暴的风格。随着网络文学更加灵活地借鉴和吸收来自电子游戏、日本的ACGN［Animation（动画）、Comic（漫画）、Game（游戏）、Novel（小说）］等作品的叙事资源，在21世纪第二个十年，网络文学开始突破升级文相对单一、简单粗暴的叙事模式，从而完成了我所定义的网络文学的第二次游戏化转向。第二部分和第三部分分别叫作"副本、支线与再造世界：以游戏经验结构叙事"和"平行世界狂想曲"。第二部分的重点实际上是游戏化向度网络文学的叙事结构和叙事程式，或者叫作叙事范式。第三部分更加关注在这样的结构和程式之下，网络文学究竟呈现了怎样的新经验和新的想象力。在这本书中，我希望呈现网络文学文本的内部世界和孕育出网络文学作品的外部网络亚文化空间之间的一种参照和对话关系，所以从第二部分的最后一章，也就是第九章"生成故事的系统与生成系统的系统：作为游戏的网络文学创作"开始，我的讨论重点逐渐从文学文本内部转向二次元青年网络亚文化社群的社群组织和社群经验，这大概就是我这本书整体的逻辑结构。

接下来我将讨论这本书里面的核心概念，"游戏化向度的网络文学"和"（数码）

人工环境"，为了更好地解释这两个概念，我要先从"（数码）人工环境"开始，然后解释什么叫作"游戏化向度的网络文学"。

实际上，自从网络文学进入了文学研究的范畴，就始终存在一个问题，网络文学区别于传统文学的本质特征是什么？也就是说，网络文学这个概念的核心是什么？

最初占据主导的意见似乎是说，网络文学是一种超链接文学，这与其说是对网络文学实际形态的总结，不如说是一种延续了启蒙与自由理想的乐观主义的乌托邦畅想。从实际发展来看，中国的网络文学从来没有沿着现代主义的道路走向先锋的实验性的小众超链接文学，而是恰恰相反，它凭借着草根、大众的力量，发展成一种覆盖了中国5亿人口的流行的文艺形态，也即原创超长篇网络类型小说与网络粉丝社群同人小说所共同构成的叙事类的文艺形态，它包含两个部分：一个是在商业文学网站上连载的超长篇的类型小说，比如刚才说的《斗破苍穹》就属于这一种；另外一个是在网络粉丝社群之中生产出来的同人小说。

以此为依据，我们可以看到，网络文学从实践上来讲不是一种超链接文学，于是，第二种主导意见就出现了，这种主导意见认为网络文学其实并不是什么新鲜的东西，不过是通俗文学的网络版而已。由于网络文学在中国如此蓬勃地发展，确实在很大程度上受惠于中国的纸媒通俗文学的先天不足，这个说法似乎很能自圆其说。但是实际上，如果让任何一个熟悉纸媒通俗文学传统的读者来读一下当下的网络文学作品，他一定会发现眼前的一切都是如此的陌生。当前的网络文学作品可以放弃传统的通俗文学中的长篇小说的情节结构，可以放弃现实主义的叙事原则，可以放弃成长型的圆形人物，可以放弃一切现实主义小说所谓"文学性"的来源，以及通俗文学所要求的那种寓教于乐的功能预设，但是放弃了这一切以后网络文学依然是成立的，或者说恰恰是因为网络文学放弃了这一切才变得更像它自己。

时至今日，网络文学依旧坚定地在向前发展——朝着远离纸媒通俗文学的道路，同时我认为这也是网络文学走向的一条充分自我实现的道路。

2015年，坐在我对面的邵燕君老师发表了一篇文章叫作《网络文学的"网络性"与"经典性"》，她在这篇文章中提到了网络文学的"网络性"这一重要的观察维度。这篇文章借用麦克卢汉的理论，提出了一个极富洞见的判断，她说网络文学的"文学性"势必要从"网络性"中重新生长出来，也就是说网络这个东西不仅仅是网络文学赖以生存的媒介和外部环境，同时还势必内化于网络文学的文学形态内部，成为网络文学的底层逻辑和基础特性。

邵老师的文章中提出了网络文学的"网络性"包含三个层面：

第一，网络文学是一种"超文本"。

第二，网络文学根植于"粉丝经济"。

第三，网络文学具有与ACG文化的连通性。

ACG指日本非常成熟发达的文化产业链，"A"是Animation（动画），"C"是Comic（漫画），"G"是Game（游戏）。因为日本这几种文艺作品类型频繁相互改编、相互联动，所以可以把它们统称为"ACG文化传统"。

我认为这是一个非常有洞见的结论，同时我也会想，网络就是这么一个网络，但是网络性却有三个层面，至少从形式上来讲还应该有更进一步概括的可能性。

如果把这三个层面视作网络文学的网络性衍生出来的三种现象，而不是这个网络性本身，我们会得出怎样的结论呢？我们会发现，实际上超文本、粉丝经济、ACG文化传统确实可以找到共通的底层逻辑。

我们一个一个来说，第一点是超文本，网络文学的超文本，并不是以超链接的方式实现的，而是以公共设定的方式实现的。实际上因为我们有大量的文艺叙事作品，特别是当代全球流行文艺的作品，任何的叙事要素，无论是世界观、人物还是情节的类型与桥段都积累了无数的公共设定，这些公共设定就像数据库一样，存在于作者和读者的脑海中，为他们所共享。比如说人物设定有很多，通常叫作"萌要素"设定，如大家很熟悉的像傲娇、腹黑、呆萌，等等；还有人物关系的CP设定，如相爱相杀、破镜重圆，等等。这些东西同时存在于作者和读者脑海中，当作者写一个人物具有傲娇属性，读者立刻能明白这个人物的基本特性是什么。

每一个作者进行具体文学创作的过程中会调用这些数据库中的公共设定来完成叙事，所以每一个公共设定会在不同的文本中出现，从而把无数使用这一设定的文本链接起来。反过来讲，以公共设定为叙事基础的每一部具体的网络小说都经由公共设定与无数的作品连接在一起，以公共设定为基础的每一部具体的网络小说都是不完整的，要在公共设定的场域之中完成自身，同时超越自身，这就形成了所谓网络文学的超文本的特性。

第二点是网络文学的粉丝经济。公共设定的公共性一定要在粉丝社群中去实现，是粉丝社群共同创造、共同享有的公共财产，粉丝经济只是粉丝社群运行方式的一种。如果我们说现实主义小说曾经假定自己创作的参照系是无边无际的自然、现实和人类社会，网络文学真正的创作参照系就是粉丝社群。一切公共设定之所以有能力成为公共设定，必然是因为其有助于满足某一个粉丝社群的某一种叙事欲望。公共设定就是这样，像蘑菇一样围绕着粉丝社群的欲望模式不断生长出来，然后自成世界。

现在常常说网络文学是一种大众的文学，其实在这个时候我们所强调的无非是网络文学把5亿多人卷入其中。实际上网络文学从来不是默认可以被所有人接受的所谓"大众文艺"。这里说的"大众文艺"的典型形态类似于春晚，默认是男女老少、不同身份地位和不同知识水平的人都可以看、可以理解的节目。但网络文学从来不假定自己是一种"大众文艺"，它首先需要对所在的粉丝群体的欲望模式和公共设定负责。

实际上我觉得今天这个时代越来越是"分众文艺"的时代。今天的视频网站都是内容分发平台，它把各种各样类型的节目分发给观众，可能我是这个平台的用户但只对某一个类型的节目感兴趣，我根本不知道这个平台上还存在其他的内容，在这个意义上今天这个时代实际上是"分众文艺"的时代，是不同人群从不同的角度凝视并生成千差万别世界的时代，是不同的文学群体在不同的世界中创造着不同的文学样式的时代，网络文学也共享着"分众文艺"的特征。

网络文学的超文本特性来源于公共设定，而公共设定是在粉丝社群中发挥作用的，网络文学"网络性"的第一个和第二个特性就这样连接在了一起。

第三点是ACG文化传统。我认为ACG文化传统实际上是一个文化范例，或者说它其实是在后现代社会之中进行大规模文艺生产的第一个成功的范式和案例。我们知道日本有很特殊的历史条件，"二战"战败再叠加20世纪90年代的平成大萧条，使得日本实际上比世界上大多数国家都更早地进入了一种后现代的语境，这也是ACG文化得以生长和繁荣的重要土壤。所以无论是公共设定的体系，还是粉丝经济里面分众化的大规模的文艺生产，都最早在ACG文化中获得了第一具完成形态的肉身，在这个意义上说ACG文化传统是一个文化范例。

网络文学的作者和读者在今天，特别是在网络环境中，也在面临着后现代的个人经验和困境。也是在这样的情境之下，他们找到了ACG的文化叙事资源。网络文学对ACG文化资源的借鉴，不仅仅是因为网络文学粉丝社群的主导者是看日本动漫长大的一代人——当然这是一个原因，但不是唯一的原因——更重要的是这两种文艺形态存在先天的联通性，这种联通性指向在后现代的情境下进行文艺叙事的可能性。也就是说网络文学"网络性"的第三点，对ACG文化资源的借鉴，实际上服务于其第一点和第二点。

解释了我对这三个特征的理解之后，我觉得网络文学的"网络性"已经呼之欲出了，在我的定义中这种"网络性"实际上是区别于现实主义的新的文学"世界"。"世界"这个概念，我使用的是艾布拉姆斯在《镜与灯》中说的文艺四要素中的"世界"概念。他说文艺有作品、艺术家、世界和欣赏者这四个要素，大家应该都很熟悉了。

他对"世界"是怎么解释的呢？他说：

> 一般认为作品总得有一个直接或间接地导源于现实事物的主题——总会涉及、表现、反映某种客观状态或者与此有关的东西。这第三个要素便可以认为是由人物和行为、思想和感情、物质和事件或者超越感觉的本质所构成，常常用"自然"这个通用词来表示，我们却不妨换用一个含义更广的中性词——世界。

既然在艾布拉姆斯的定义中，"世界"可以是人的行为、思想和情感，则显然不是我们通常所说的文学作品中的环境。既然"世界"直接或间接导源于现实事物，那就必然不是作为其源头的现实本身，当我们将现实主义的创作原则，简单理解为文学艺术反映现实世界的时候，其实常常就忽略了在文学文本与现实世界之间作为中介存在的"世界"这一要素。

当艾布拉姆斯在《镜与灯》中使用"世界"这个概念的时候，现实主义的原则看起来是自然而然的，以至于人们其实不需要去区别文学的世界和我们生活于其中的现实世界的差异，但是文学世界与现实世界不证自明的重合或许只是历史上的偶发现象。

现在，文学世界与现实世界不证自明的重合正在消失，或者可以说现实世界本身的坚固性、绝对性、公共性正在消失。新的文学世界无法再假借自然之名自我隐匿，没有办法说自己是透明的，自己就是现实自然世界本身，所以就开始作为人工环境显现自身。

日本学者东浩纪首先在文学世界的意义上使用了"人工环境"这个词，东浩纪是日本的"宅学"研究者，他对于二次元的动画、漫画非常熟悉，他在讲人工环境的时候其实也是以日本ACG文化作品为例的。

东浩纪在《游戏性写实主义的诞生》这本书中，以日本角色小说为例提出了"人工环境"这个概念，他说：

角色小说创作的增多，以最简明易懂的形式显示了如下事实：被置于后现代化环境下的日本小说（至少是其中一部分）在这十余年间，开始依赖于与现代的自然（大叙事）不同的另一种人工环境（大数据库）。

角色小说的问题，不只是御宅族历史中的一章，必须在宏观的社会、文化视野中把握它。我们称作"漫画、动画写实主义"的东西，很可能是现实主义衰退之后，后现代世界中产生的多种多样的人工环境现实主义中，在日本发展起来的一种。

东浩纪使用了一些他自己创造的概念，如萌要素、数据库、游戏性写实主义等去描述日本角色小说中的人工环境，同时，他的理论阐释给文学的人工环境提供了三点洞见。

第一，人工环境的兴起与后现代状况，与现实主义的衰落密切相关。

第二，当前文学作品人工环境的底层逻辑深植于数码环境、网络空间与计算机程序逻辑。为了区别于其他的人工环境，我把这样的文学人工环境称为"（数码）人工环境"。

第三，后现代人工环境是多种多样的，而非如现实主义那般，假设只有一种现实，一个世界，日本角色小说的人工环境是（数码）人工环境中殊为重要的一种，但并非唯一一种。

简单解释一下东浩纪的概念，叙事其实也就是讲故事，如果故事要成立，让别人理解，让读者看了故事能明白故事在说什么，需要一个条件，这个条件东浩纪将它称为想象力环境。想象力环境就是一个公共平台，对于现实主义作品而言，这个公共平台就是宏大叙事，我们都有同样的价值观念，我们都有同样的常识，所以当我们看到这样的故事的起承转合之后会对它做出相似的理解和判断，这个东西就叫作"想象力环境"，或者叫作"叙事公共平台"。

但他说后现代社会有一个典型特征，就是宏大叙事的崩解与局部小叙事的无限增生。在这样的情况下实际上公共平台就消失了，大家并不能被完整笼罩在宏大叙事之中了，每个人看到的现实开始变得千差万别，每个人对于价值的理解开始变得千差万别。这个时候现实主义的叙事变成一件有难度的事情，就可能没有办法再被所有人理所当然地理解和接受了。

于是，我们需要替代性的想象力环境，宏大叙事这个想象力环境已经不好用了，我们需要一个新的想象力环境才能使故事重新成立和被理解。新的想象力环境就是我所说的（数码）人工环境，其典型形态就是庞大的数据库。因为大家都知道数据库里每一个小模块是什么，指向什么，所以我们可以共同理解这样的作品。

东浩纪说的人工环境，实际上比较明确地被限定为萌要素数据库，也就是人设数据库。他认为日本的轻小说应该被称为"角色小说"，角色是这些小说绝对的主体和中心。他所说的人工环境主要指人设的萌要素数据库，但是实际上我们在网络文学中可以看到的数据库远不止人物这么简单，像世界设定、人物设定等，实际上都以数据库化的状态存在着。

我大致从理论层面简单说明了（数码）人工环境是什么东西，因为有点太抽象了，所以接下来会进入相对形而下的层面，也就是说在网络文学的创作实践中，作为一种基于（数码）人工环境的创作，网络文学究竟有着怎样的形态和特征。

我认为基于（数码）人工环境的网络文学创作，它的核心特征叫作模组化叙事，理解这个特征最便捷的方式就是把网络文学想象成一个电子游戏。大家多少了解过电子游戏的形式，电子游戏就是在数码空间里运行，用计算机编程的语言写的程序，玩家看到的游戏表面是光滑的图像、声音和互动，但实际上在那之下是无数0和1构成的数码洪流按照预先设定的规则在演算生成。

当然游戏工程师肯定不是从0和1编写代码的，他们是怎么做的呢？不管现在使用像C++这种编程语言，还是电子游戏的制作软件，基本逻辑是一致的，就是要把一些特定的功能代码打包封装成一个工具，这个工具有一个名字，程序员通过这个名字简单调用这些工具实现工具对应的功能。程序员把各种各样的工具连接起来形成新的模块，小模块组成大模块，最终形成了整个游戏。所有这些模块都可以被妥善保存起来，当我们再需要用它们的时候就重复调用它们，这些被保存起来的模块就构成了数据库。

基于（数码）人工环境的网络文学作品也是如此，我们可以在里面清晰地看到这些模块结构，如人物、事件、主线、副本、情感线、事件线等都可以被拆开来分别编码，而每一个原件又是由（数码）人工环境数据库之中预制的材料结合在一起形成的。现在所有的模块都完成了，每一个模块包含初始值和算法，然后就可以自己运算了，所有的模块井然有序地组合在一起，这个游戏里面静止的状态已经形成了，我们在脑海中按下 Start（开始）键，这个游戏就开始运行起来，所有的模块都在运行，人物与世界碰撞，男孩与女孩相遇，世界法则乘以人物性格就运算出了万千悲欢传奇。

如果我们说理想的现实主义作品是一种文学有机体，就是像生物一样统和的、生长的连续体，那么（数码）人工环境产生的网络文学作品更像是齿轮和链条交织在一起的精密仪器。现实主义的范式要求典型人物从典型环境中生长出来，而基于（数码）人工环境的作品中，人物和世界本身是不同的模块，所以它们各行其是，这两者既不同源也无因果，当它们碰撞在一起的时候就像"世界大爆炸"一样，开始产生出无穷无尽的故事。

再具体一点来说，我觉得网络文学的（数码）人工环境主要由以下三个部分组成。

第一，人物设定与人物关系设定，就是我刚才说的萌要素构成的人设，大家比较熟悉了。

第二，世界设定。如果看过一些网络文学的朋友其实也好理解，很多网络文学类型是以世界设定来命名的，比如玄幻、修仙、科幻等，这些都是世界设定。

第三，梗。我来简单解释一下，梗是语言层面的东西。日常生活中，网友离开梗基本不会说话了，像刚才杨娟老师念的开场白里面的"is rio"（是真的），其实这些东西都是梗。梗有什么特点？一旦一个东西从原本的生活环境中被提炼出来变成一个梗之后，它就是一个没有意义的纯粹的形式。我和一个同好粉丝初次见面，我说了一个梗，他瞬间就能接上，我们就对上了暗号，可能我们两个完全不认识，也不知道对方什么性格、我们两个喜欢同一个作品的原因是否一样，但在那一刻我们就是对上了暗号的志同道合的朋友，这是梗的特征，它实际上是一种悬置意义的公共性。宏大叙事是在意义建构的层面上提供公共性的，我们大家共享价值系统，对于什么是对的、什么是错的有相同的判断，但梗是排除掉意义系统之后的公众性，它只从纯粹的形式层面上去完成一种公共性，所以在这个意义上我把梗也视作网络文学（数码）人工环境中非常重要的数据库，因为这个（数码）人工环境承担着公共叙事平台的作用。

说完（数码）人工环境，就可以开始说什么是游戏化向度的网络文学。实际上当前全球的流行文艺生产是非常复杂的现象，根深蒂固的现实主义传统、基于（数码）人工环境的创作倾向，以及一些现代主义的创作技巧总是复杂地混杂在一起，在不同的地区、不同的题材的文艺创作中比重也各有不同。

总体来讲，一种文艺生产中包含的数码媒介要素越多，传统媒介要素越少，它基于（数码）人工环境的创作特征就会变得越明显。具体到中国的网络文学而言，一方面，中国网络文学在20世纪末诞生于中国的网络空间，相比于日本轻小说或者欧美的奇幻文学这些依托于成熟的纸媒出版行业发展起来的流行文艺形式来讲，从一开始就更少受到纸媒出版惯性的掣肘，因而在广泛借鉴全球流行文化资源的基础上，形成了非常丰富、发达而且成熟的文学（数码）人工环境，这在全球范围内是独一无二的，这样的（数码）人工环境也是网络文学真正的底层逻辑所在。

但与此同时，我们也不得不看到，网络文学不是凭空就出现的，而是诞生于社会环境与既往的文学传统之中。在网络文学诞生之初，有大量难以通过传统的期刊和出版渠道进入作家行列的业余作者和文学青年，他们在网络空间找到了一席之地，成为网络文学第一批创作者中的重要力量。与此同时，这些作者与他们的创作也不可避免地将各种各样的文学理想和文学传统带入了网络文学这个全新的领域，这也就是网络文学曾经一度和纸媒文学非常相似的重要原因。邵老师在另外一篇论文《网络文学的"断代史"与"传统网文"的经典化》里说，以2015年前后为界，网络文学可以分为前后两个阶段，前一个阶段属于"传统网文"阶段，后一个阶段属于"二次元网文"阶段。"传统网文"是"以'起点模式'为主导、以'拟宏大叙事'为主题基调和叙述架构、以传统文学为主要借鉴资源、以'起点模式'为基本形态的'追更型'升级式爽文"；"二次元网文"则是"以'萌要素''玩梗'为中心的'角色小说'"，在文化资源上主要借鉴了"二次元"ACG文化。

在2013年前后，传统网文转向二次元网文的趋势实际上已经非常明显了，而邵老师所说的二次元网文实际上基本就等同于我所说的21世纪第二个十年网络文学的第二次明显的游戏化转向。传统网文与二次元网文，或者说与第二次游戏化转向的网络文学，它们之间到底是什么样的关系呢？真的只是一种创作方向上的转换或者说代际更迭导致其借鉴的主导文化资源的置换吗？我觉得可能并不是这样的。

我觉得可以做出这样粗略的理解：现实主义的文学传统和基于（数码）人工环境的创作趋向，这是两股力量。这两股力量互相拉扯然后共同决定着网络文学的形态，而从传统网文到二次元网文的过程，或者说到网络文学的两次游戏化进程，实际上也就是基于（数码）人工环境的网络文学，逐渐甩脱现实主义文学的惯例，趋于一种自觉化和自我实现的过程。现实主义的传统与惯例、（数码）人工环境的创作趋向这两种力量同时存在于网络文学创作的场域中。一开始传统的现实主义文学惯性可能更强大，所以我们看到的就是传统网文的形态，但即使在传统网文的形态之中，（数码）人工环境的底层逻辑依旧是存在的，只是更好地被掩藏起来了。渐渐地，网络文学开始走向更充分的自我实现，渐渐甩脱了一些现实主义的文学传统和惯例的影响，于是我们看到了一种更加明晰的基于（数码）人工环境的网络文学。

到此为止，实际上我已经多次提到了"设定"这样的关键概念，比如世界设定、人物设定等。设定是什么呢？我给它的定义是：设定，简而言之就是从那一套（数码）人工环境数据库里面取出来的东西，而游戏化向度的网络文学就是高度依托于设定进行叙事的一种文学类型。对于具体的网络文学文本而言，所谓"设定"，在文本的外部实际上是一种协商，也就是说作者和读者都知道文本写的这个东西在现实中是不存在的、是假的，但是我们在这里达成一个共识，在文本内部将它感知为真。而在文本内部，设定则是故事世界建立之初就已经存在的法则，它不需要被讨论只需要被接受，所有的故事都在这样的设定基础之上发生，就好像现实世界中一切物体的运动都要依照于万有引力定律，不以个人意志为转移。在这样的定义下，设定有一个重要的功能叫作"屏蔽现实"或者叫"悬置现实"。这里所说的"现实"肯定不是实在界意义上的现实，而是象征界意义上的现实，也就是说是一个被宏大叙事包裹和阐释的现实。

宏大叙事这个东西，实际上它的生成过程一定有一个允许、纳入和排除的机制，如果宏大叙事允许某些东西进入，那么自然就有话语去表述这些东西，这些东西被赋予意义。但同时它必然要将另外一些东西放逐在外，于是这些东西不会被话语和意义覆盖，所以那些不被宏大叙事话语和意义覆盖的放逐之物是没有办法用现实主义的方式去表述的。而依托于设定的叙事，其实在一定程度上绕过了宏大叙事所规定的现实规范的范畴，所以一些在传统话语中被选定为虚假的、虚幻的、无意义的东西，在游戏化向度网络文学之中以设定之名重新得到了表达和审视。

所以设定作为一种基础的创作方式，在游戏化向度的网络文学中普及的时候就提供了一种新的创作可能，也就是说作者和读者可以用文字探索一切既有之物应然或者或然的模样，而不是它们已然的现状，作者与读者以这样的方式创作自己的乌托邦。

如此创作出来的游戏化向度网络文学之中，作者和读者自然而然日益鲜明地感受到这样的事实：定义真实是一种权力。现在我们终于来到本期论坛标题中的关键词："真实感"。实际上现在这个时代有很多争论都是直接面向"真"和"假"这个问题展开的，比如说虚拟现实是不是有意义，比如说可不可以在电子游戏里面追求意义和梦想，比如说能不能活在二次元世界，比如说可不可以真情实感地追星，比如说能不能"和'纸片人'谈恋爱"。动画、漫画、游戏里的角色因为在屏幕里，是二维的，就像纸片一样没有厚度，所以叫作"纸片人"，当对"纸片人"角色投入非常深的情感的时候，就叫作"和'纸片人'谈恋爱"。

去年日本芥川奖的一部获奖作品叫《单推，炎上》，作者叫宇佐见铃。这本小说的女主人公就是追星的粉丝，她这本书写的就是女主人公以追星为主轴的生活和心理。这部小说语言非常好，但是现在没有中文译本，这是我自己翻译的，翻译得不好大家将就看一看吧。

书中说："在这个世界上有朋友、恋人、熟人、家人等等各种人际关系，这些人际关系相互作用，日复一日地缓慢运动，一直追求这种平等的相互关系的人就会说，打破了这种平衡的单方面的关系性是不健康的。他们会说'毫无希望的单相思是浪费时间''为什么要为这么个朋友做到如此地步'之类的，明明我并不想要什么回报，他们却自说自话地觉得我悲惨，真是厌烦透顶。对我而言，爱着我推的存在本身这件事就是幸福，我们之间的关系因此而成立，所以希望他们不要对此说三道四。我并不想与我推结成互相想着对方的对等关系，这大概是因为我并没有希望别人注视现在的我，接受现在的我之类的想法。我不知道我推实际上是否以友善的态度看待我，反过来我自己也是同样。（虽然我是我推的粉丝，但）如果问我是否愿意一直陪伴在他身边的话，那就另当别论了。"

实际上宇佐见铃这本小说还在尝试和主流对话，所以它会去争论单方面的关系性为什么是不健康的。但是网络文学作品之中没有这么麻烦，因为反正（数码）人工环境已经把现实悬置起来了，我们不用管现实中各种各样的说法和评价，我想和"纸片人"谈恋爱那就谈就好了，我们就轰轰烈烈地谈一场恋爱，然后把我所有的心情、想法尽情地写进去就可以了，如果我要在电子游戏里寻找意义和梦想，那我先打游戏打爽了再说，所以在这个意义上，有能力悬置伦理价值标准的（数码）人工环境奉行着"萌即正义""有爱即合理"的原则，开启了一条通向宏大叙事未曾抵达或者拒绝抵达的地方的通路。

雪莉·特克尔在《群体性孤独》这本书里面，讲到了这样一个案例，她说美国自然历史博物馆把两只从厄瓜多尔远道运过来的巨大海龟作为他们一次展览的镇馆之宝，但是来参观的孩子们却宁愿看到更干净、更活泼的机械假海龟，而不是这两只脏兮兮的、被囚禁的、纹丝不动的真海龟，他们觉得真海龟很无聊。雪莉·特克尔很受刺激，她评价说，那些孩子对于海龟的真实性无动于衷，他们认为真实性没有内在价值，只有在实现特殊目的的时候才有意义。

我觉得这个评价是部分正确的，对于网生代的青少年而言，真实大概确乎不再是"危险的、令人困扰的，是禁忌也是魅力"的东西。但与此同时我们不得不承认"真"这件事仍然是重要的，当然，这有一个前提，就是将刚才宇佐见铃所感受到的那种单方面的强烈的爱也视为是真的。雪莉·特克尔所说的"真"和宇佐见铃理解的"真"差异在哪儿呢？我觉得或许关键就在于，对于我们这一代人而言"真"和"实"分离了。或多或少失去了神秘性、绝对性和内在价值的是"实"而不是"真"。近代科学体系的整个建制让"实"成为"真"唯一的尺度和标准。无论是维多利亚时期的性爱，还是哲学肉身化运动都包裹着对于"实"，也就是实在、实体、肉身、物理世界的无限的依赖与信任，肉身和灵魂是不可分割的，正如"真"和"实"是不可分割的，性与爱也是不可分割的。

在雪莉·特克尔所说的仿真文化里，"真"是唯一的、一元的，是对唯一的物理世界，对一切既存之物之存在的一种肯定。我将这种对于真实的理解命名为"实存性真实"，在鲍德里亚的拟象和超真实理论之中，真实已经变成非常暧昧难言的东西，但与此同时它仍然明明白白是一元的，也就是说依旧有一个本原之真的存在，其余的"真"是衍生的、复制的。但是虚拟现实的想象力包含着一种对于"真"的新的理解方式，也就是说真实不是一元的，真实是复数的。"实存性真实"因而就变成了我称之为"或然性真实"这样的真实观。

韩思琪博士也使用过"后真实"这样的概念，她曾经把"后真实"定义为一种以情感锚定的真实。我看了她的毕业论文，她已经对这个概念做了一些补充和修正。我在这里还是以情感锚定这个阶段性定义来说，我是部分认同这个说法的，实际上我认为情感上的认同、喜爱和信任确实是"或然性真实"的判断依据。不过与此同时，这种判断依据还应该包括可能性、合理性与内部结构的自洽等。而最重要的一点或许是，"或然性真实"尽管拒绝承认唯一真实的存在，但不是一种彻底的个人化的情感体验。尽管现实世界的情况异常复杂，总体而言"或然性真实"必然包含着对其他真实的发现以及对他者之真实的承认。也就是说，任何一种真实都是有自己的限度的，同时，选择相信这样一种真实的人会意识到这个限度的存在，这样的真实坦陈自身的限度，因而不构成一种暴力。我刚才有提到，定义真实是一种权力，当宏大叙事笼罩一切，真实是一个唯一的真实，它是没有限度的，所以我认为某种意义上讲这是一种暴力。"或然性真实"则是诸种真实并存且大家都有自身限度的状态。

我要分享的暂时就是这些，非常期待对话人们的真知灼见，谢谢大家！

杨娟： 感谢玉玊分享了她的新书，让我们对她这本书的整体内容有一些了解，对网络文学核心概念有了进一步的认识，我想这对于理解她的观点以及她的新书是非常有帮助的。

在我看来，这是一本基于自身经验、试图与世界对话的书，至少于我自己，也可以由此去理解他们，从小玩游戏长大的"90后""00后"们，他们的生活、思想、困惑，而这些很多对于我来说是比较陌生的经验和观念。在阅读这本书的时候，我时时被她朴素文字背后清醒的认知和真诚的态度感动。再次谢谢玉玊的分享。

下面我们先请邵老师对玉玊的发言做一下回应。

邵燕君（北京大学中国语言文学系）： 玉玊这本书是我们《北京大学网络文学研究丛书》的第一本。我们网络文学的研究团队最早的一批学生是林品他们，林品现在已经是"明星学者"了，他当初就在我们的课堂上介绍过日本二次元的文化。但是总的来讲，在这十年的研究中，团队是分"前浪"和"后浪"的。王玉玊在年龄上属于"前浪"，却是"后浪"领头人。最重要的原因是，玉玊更是受了ACG文化的影响，她的文艺资源更是二次元，而不是文学。"后浪"推"前浪"的过程，其实是让我们进一步看到了网络文学中的游戏化向度。和网络文学亲缘关系最近的到底是电子游戏还是文学？这是他们提出的问题。

这是一个全新的观点，可以看到王玉玊在讲述的过程中，她是小心翼翼的，对传统读者"友好"是这本书的优秀品质之一。这是一本阐述这一代人新生命经验、新艺术表达形式的专著，有一些原创的概念，但又有明确的对话对象。这个对话对象，在经验上说就是我们生活在其中的"现实环境"，但实际上这个"现实环境"也是需要被表述出来的。所以，我们可以直接说，这本书的对话对象就是文学上的现实主义表述方式。

这本书要表达的意思是，"我们是这样的，而你们，其实也是这样的，只是你们不知道"。玉玊为了说"我们是这样的"，创造了一个新学术概念"（数码）人工环境"；为了说"你们，其实也是这样的"，把我们深信不疑的如实自然地反映现实的现实主义的视域边框凸显出来了。然后她说，"你们是暴力的，因为你们不知道自己的限度，所以我们要争取权力，命名'真实'的权力"。

从大的方面看，这本书的对话对象是传统学者根深蒂固的现实主义，如果从网络文学内部看，它有一个更贴近的对话对象，就是"传统网文"。"传统网文"这个概念是我从网文界捡来的，后来，在与玉玊的讨论中，我把它界定为一个学术概念，这个概念玉玊也介绍了。传统网文将现实主义的宏大叙事变成拟宏大叙事，二者在结构上有连续性。

我是2010年前后进入网络文学研究的，当然是从文学的脉络进来的。所以，我虽然一直强调"网络性"，但并没有意识到"网络性"到底是什么，和电子游戏到底是什么关系。到了2015年左右，我发现了以王玉玊为代表的"后浪"新生力量。刚开始，我以为是网文转型了，现在我们看到，不是转型了，而是原来这一脉一直在，我无法辨识。随着网生一代的成长，他们越来越获得话语权，今天我们终于认识到，在网络文学的生成空间中，文学的影响力与电子游戏、ACG文化的影响力，一直处在一个拉扯博弈的状态中。形成今天网络文学更主流的脉络是什么？原来我用过一个比喻，我说网络文学是文学在网络时代的"遗腹子"，也就是说它的父亲是文学，母亲是网络。而今天要重新考虑这个问题，网络文学的父亲是谁？还是有几个父亲？网络文学到底是游戏化的文本，还是网络时代的文学？这是今天要讨论的问题，王玉玊这个论文正是在全面具体地讨论这个问题。

如果说现实主义的宏大叙事是"模仿说"，传统网文的"拟宏大叙事"就是模仿的模仿。"拟宏大叙事"与"宏大叙事"最大的不同在于可以修改参数。修改参数跟现代主义的夸张变形不一样，现代主义是"反宏大叙事的宏大叙事"，它的目的是求"真"，哪怕真相是丑恶的。而现实主义的终极目的其实倒不是求真，而是向善，背后是人类对自己、对世界、对未来的信心。而传统网文的目的是求"爽"，修改参数，就是可以让读者在"拟真"的代入感中，通过"金手指"一类的办法修改参数，以达到"爽"的目的。简单地说，现实主义是"以善为本"，现代主义是"以真为本"，拟宏大叙事的幻想文学则是"以爽为本"。

下面是我这一段时间最关心的问题，我想向玉玊和思琪提出来。你们关心的是"真实的权力"，我关心的是"爽的权利"。在处理传统网文和现实主义小说之间区别的时候，我以为"爽的权利"是必须要争的，我指的是"爽"本身的价值，从低处说是消费者的权利，从高处说是生命政治，人有没有自由处置自己生命时间的权利？我最近有一篇文章《以媒介变革为契机的"爱欲生产力"的解放——对中国网络文学发展动因的再认识》（《文艺研究》2020年第10期）就是讨论这个问题。李强和吉云飞在他们的论文里说，邵老师不惜以窄化网络文学的方式争取网络文学的独立性。他们说得有道理，如果不论证"以爽为本"的合法性，网络文学很容易在"寓教于乐"的现实主义文学功能中被吞没。

但在这篇文章中,我确实是有意退了一步。我在这里自我反省,这些年来我不断问学生一个问题:网络文学如何处理不爽? 我为什么要在"以爽为本"的文学中问人家怎么处理不爽? 这个问题背后的想法是什么呢? 就是我期待网络文学成为主流文学,我希望它承担所有的功能。我在这里的解决方式是让"爽文学观"和"精英文学观"并列存在,各司其职。但你们的书、你们的论文让我重新思考这个问题,我也确实是不甘心。我的问题是,"爽"和"真"有必然联系吗? 如果深刻的"爽"是必须以"zqsg"(真情实感)为基础的,那它就可以处理"不爽"的问题,换句话说,可以是"严肃"的。

接下来我问几个问题。

第一,你们说真实是一种权力,为什么真实对你们这么重要? 这里有网络文学发展阶段的关系吗? 在网络文学发展初期的时候,可能还不到"真的权力"的问题,因为那会儿没有机会"爽",只要爽就是善。那时也是现实主义独撑天下的时代,但现在对很多"二次元人"来说,现实主义已经在他们的文艺天空中不占什么比例了。现在这个问题需要重新提出来了。

第二,深刻的爽是不是一定要以真情实感为必要条件? 我稍微说明一点,比如说"老白"和"小白"的关系,我们看最早的"小白文"(如《我是大法师》),爽点非常低幼,没有什么逻辑,想什么是什么,吃地瓜可以长力气,但"小白"还是觉得好爽好爽。但后来,"小白"渐渐成为"老白"。这个学期我们把网文界的元老(龙的天空网站创始人)、资深网文从业者段伟先生请来讲课,我一再追问他怎么界定"老白"这个概念? 他还没有完整地回答,但基本观点是,"老白"就是资深,经验够丰富,读得够多,更讲究这个作品本身世界的平衡感、逻辑自洽,和我们所说的"文青文"更有思想性更有情怀完全不在一个向度上。但在均衡、逻辑自洽的意义上,"老白"追求的就包含了"真"和"爽"关系的问题。如果不能体会为"真",就不能达到"爽"的满足感。

第三,游戏化向度网络文学的严肃性问题,它是否可以是严肃文学? 在数据库写作过程中"真"和"实"分离了,变成了真实感,变成了韩思琪说的"液态的真实",这个真实感又指向"爽""萌""萌即正义"的心理满足感,它们之间构成的关系是否可以在某种意义上承担"严肃文学"的职能?

第四,在这个意义上来重新讨论文学与现实的关系是什么? 或者说基于人工环境的网络文学是否一定要如此地"屏蔽现实"? 这个问题我有一个特殊的向度,因为玉王的论文确实是从日本 ACG 向度进入的，我们团队还有人更多是从欧美的游戏向度进入的。我想问的是，中国网络文学之所以如此深地受到日本 ACG 文化影响的原因是什么？换句话说，如果在一个更有参与现实可能性的社会环境之中，二次元青年亚文化是不是仍然是偏于"屏蔽现实"的形态？这可以与欧美游戏网络文化谱系之下的文学创作对比，不过，更有参照性的可能是韩国的网络文学。

第五，像王玉王刚才说的世界设定，积木摆好了，在这种创作下作者、读者、作品和世界的关系是什么？作者到底是什么位置，是一个玩家吗？读者是什么？是一个游戏直播的看客吗？这个想象力环境和现实是什么关系？是不是人们把现实的经验感受通过设定、梗抛进这个游戏的世界，使游戏的世界获得新积木？

杨娟：邵老师的发言谈到了两个问题：一是介绍了北京大学网络文学研究团队的代际更迭问题，包括是"前浪"还是"后浪"的问题；二是用提问题的方式回应了玉王的发言。下面请冯巍老师发言。

冯巍（中国文联出版社）：我尽量节约时间，因为特别希望听到大家更多的讨论。很坦率地讲，我接到这本书稿，心里略有一点忐忑，首先游戏我不熟，我最钟情的游戏不过是"空当接龙"，一种扑克牌游戏，再就是网络文学我也不熟。

既然如此，我下面就要讲为什么这本书做出来我能很满意。除了玉王书稿的底子非常好之外，我也是中文系出身，对传统的文学研究类的学术著作是比较熟悉的。在做这个系列之前，我很清晰地认识到网络文学研究作为一个新生的学术领域，可能会遇到很多新问题，但新问题具体是些什么，有很多是我没有预料到的。

做这个书的过程，玉王配合度特别好，我就不详细夸奖这个了。我逐渐发现由于网络文学研究是"新兴"的研究领域，在惯用语的设定上，包括论述上某种意义的设定，以及更严格地讲学术层面上的设定，从出版图书的角度是需要琢磨的。做《编码新世界：游戏化向度的网络文学》这本书的重点，就是在做这个。

比如说，第134页这个我印象特别深，我跟玉王具体探讨了怎么做。这里引用了当时的网络小说《步步惊心》里的一段文字，按照传统学术上的说法，这叫作直接引文，相当于是双引号里边的部分，要求跟原文完全一致。我后面还要讲即便原文有错也要保持一致，当然这里也有具体的处理方式的不同。我们发现网上找不到原文，于是诞生了一段比较长的注释。当时玉王把答案给我的时候，我就心想："难道我们在做考古学吗？"这是我的第一感觉。现在全书已经正式印刷出第一个版本了，我在想，网络文学难道没有它的严肃性吗？网络文学研究难道也没有它的严肃性吗？玉王担心书名里"游戏"这两个字给人的印象不严肃,但她的写作自身却否定了她的这种担心,这是必然的悖论。这一定是严肃的写作,不然撑不起一个学术研究领域。

再比如说,第324页有一个表,我看书稿看到一定程度就建议玉玊做了这么一个表,为什么呢?因为有很多英文缩略词不能在每次提及的时候都用中文的全名,既不符合网络文学的表达习惯,有的全称用中文的说法又太长,会很影响论述的节奏。但如果只有缩略词,有时看到后边就忘了缩略的是什么意思了。附上这个表,就可以随时查了。

另外,也是与此相关,在正文写作部分,玉玊在原来的博士学位论文的基础上系统地做了注释的增补,解释那些第一次出现的英文缩略词,第一次出现的游戏术语、网络文学术语及研究术语,甚至介绍某一游戏或网文的相关情况。因为游戏也不熟、网文也几乎没怎么读过的读者需要这样的注释。以后看篇幅和体例,看要不要考虑把术语整个拿到后边做个附录。当然这本书自身是独立的,虽然里面也有很多引自《破壁书》的注释,那是邵老师在前几年出的一本网络文学用语词典。好多网络文学术语我至今还不知道,它们就已经死掉了。这跟以前词语出现之后人们接受的逻辑其实是不一样的。这么做也是一种新的设定,当然不是我们有意主观这么来设定的。这么补加了以后,玉玊和我都觉得效果很好。

之所以今天想来想去决定不谈学术而谈学术出版,是因为我知道各位将来不管做什么领域的研究,都会是一个编辑未来要遭遇的作者,我希望能进一步为编辑们的工作铺平道路。邵老师应该觉得这本书作为这个系列的第一本出版特别合适,因为除了有理论,还有趣,覆盖面广,游戏的相关群体也很感兴趣。

我在做这本书的过程中越来越了解网络文学,甚至网络游戏。既然网络游戏、网络文学诞生了,既然它们在这个社会存在,虽然不能说存在即合理,但是它们确实已经深深地扎根在社会文化当中。我看过电视剧《斗罗大陆》,它就是网络文学改编的。我刚刚突然意识到《何以笙箫默》《三生三世十里桃花》都是网络文学改编的电视剧,那时我还没有主动关注网络文学。电视剧、网剧的影响太大了,当微信朋友圈各个向度的朋友都说哪个电视剧好的时候,我就会去看。不管我们主观上怎么认为,不管我们有没有主观明确地意识到网络文学、网络游戏的存在,它们已经渗透得非常非常广了,所以这本书的读者群体其实蛮大的。

再说一点细节,如第191页大篇幅提到《小黄鸡之歌》,原来的写法因为网络上没有统一的规范,所以有的写成鸡鸭鹅的鸡,有的写成叽叽喳喳的叽,但是在正文论述的句子里，写法就必须是统一的。这是在做网络文学研究或者网络游戏研究时需要把握好的标准。

在统一的时候选择哪一个字，我目前是尊重作者的意见，因为我对网络文学和网络游戏不熟悉。假如我自己有把握的话，原则之一是使用上的广泛性，就是实际出现的时候哪一种用法更广泛。那么，是不是只要尊重所谓的网络上的约定俗成就行了呢？其实也不是。因为还有原则之二，就是作为研究者选取的用法，要有一个内在的逻辑性，用哪一个字更合乎使用情景的逻辑。这两条综合在一起，相对而言是比较理想的选择。我认为玉王主要不是遇到了理想的编辑，而是遇到了一个理想的读者，我就是那个理想的读者。

虽然说网络文学研究是新领域，但是研究得越多越可能发现，无论是从一些作品的脉络上还是内在的核心上，研究的时候完全可以找到一些相对来说比较成熟的、传统的理论资源。我是很看重这一点。我本身是跨学科，从文学到影视，从文艺学到艺术学。我甚至做过五年的电视剧研究，最初半年很痛苦，因为对那个领域不熟悉，要恶补好多东西。我老师后来对我唯一的批评是你电视剧看得不如我多。我肯定始终追不上他，他参与审片的，审了好多年了，我怎么可能追上他。我那时候写电视剧批评文章的时候，都是先写文章，然后因为不适应那些研究电视剧的文章没有注释，我就给我已经写好的文章找一些我自己认为权威的、适合的注释，再倒着把注释加进去，然后才觉得这个文章像样子了。我那时候文章都这么写，也是一种把传统模式化用到新生领域的做法。

跨领域资源的借用，应该是有助于网络文学研究走向成熟。我不认为这是走向定型化，要换个词来形容，应该是不断在成长。在帮助网络文学研究成长的时候，关注其他领域的研究，其实往往会很有启发。就像传统的美术研究、音乐研究一样，如果严格地把自己限制在这个领域之内已有的学术资源上的话，就算不追求什么突破，但要想有很蓬勃活跃的思考，往往是无法从内部获得有效的给予的。这是我对网络文学研究发展的一个建议。

我对玉王的书名有一个理解，编码应该是作为动词来使用的，是要编码一个新世界。这个新世界不止于一个新的文学世界，为它来寻找编码，以批评或者理论研究来推动它的发展，或者介入它的发展，更是要编码一个新的文学艺术研究的世界。期待看到玉王后续的大作。

杨娟： 冯老师从学术出版的角度分享了在编辑玉王这本书时遇到的一些问题：比

如将来面对的作者群和读者群更为年轻化,作为编辑应如何处理;传统学术规范与网文天然不那么规范之间的冲突如何处理;在对电子游戏、网络文学不那么熟悉的情况下,如何编辑一本网络文学研究专著,针对这些问题讲出了她的思考。谢谢冯老师。

下面请韩思琪老师发言。

韩思琪(北京大学艺术学院):玉玊这篇博论里面有一些问题在写作过程中我们曾讨论过,尤其关于虚拟与真实的问题,以及一些新范畴,比如设定、世界观、梗和真情实感的问题。

这些问题看起来既新又旧,说它"新"可能对于既有的文艺理论相关研究来说是新现象伴生的一系列新概念、新范畴。我做过一个统计,以人设为例子,与之相关的研究基本是2011年之后开始出现的,在2015年有一个折线式上升的峰值。"新"是指出现时间的新近,相应地,对这些新问题的研究和理解既是多样化的,也是处于协商和寻找定义的过程之中的,也就是说,十年间的研究状态更多地处于廓清定义、划分领域、寻找合法性的状态。还是以人设为例,新闻传播领域是以营销学和广告学的概念来分析人设是什么,动漫画论中人设等同于人物立绘图,相较之下网络文艺或者网络文学可能是从叙事学或符号学的角度去研究何为人设。如果从传统艺术背景来看,这些是首先会被拒绝的概念,比如相较于圆形人物、扁平人物,人设会被认为是扁平化的对真实的一种亵渎,对人物做降格处理的设定没有血和肉、没有骨骼,一定不真实,这些网络媒介搭载的新型文化样式包括玉玊研究的游戏化向度的网络文学,必定被认为是人工属性极强的虚假。说"旧"是因为与之相关的研究路径、切入视角,仍是以一种"旧瓶"来打量"新酒",但这一次"旧瓶"的解释力或许就显得捉襟见肘了。在新与旧之间,如何言说和理解当下的真与实,是网络文艺理论亟待填补的一块空白,在这个意义上,玉玊论文命名为"编码新世界"恰逢其时。仍回到"人设"的例子,我认为这个现象背后的问题其实是真实感的问题,如何理解这些带有人工数据库属性的、事先设定好的、自带语境与文本的新型文艺样式,对此我与玉玊的观点稍有不同。

刚刚玉玊有提到,我更关心"真"这个问题。"真实"也是一个脉络庞大的,甚至是不够新的理论命题,也被认为几乎被充分地讨论过了,从柏拉图的洞穴隐喻开始,"真"的问题就被抛出来了。"真实"是本质?是理念?是典型?是自然或社会现实?抑或是情感的真实?倘若按照韦尔施的说法,"真实"始终是一种建构。问题或许在于,在被媒介中介着的后现代生活方式出现、网络文艺成为这个时代主流的文艺样式之前,"真实"的禁忌性、崇高性是不言自明的,而在今天讨论"真"首先被拉到了一个技术的平面上。甚至于,"真"与"实"也不再等而视之,这是我们讨论网络文艺的游戏性、人工性、系统性等问题的起点,也是我们重新定位其为"真"的起点。刚刚玉玊有说到真实是权力,我想在前面加几个字,定义什么是真实才是权力。真实不是权力,但如何定义是权力。我认为定义更重要的原因是,我们立某一类为正统或者论述其合法性的时候,通常会拒斥某些经验,认为它们是不真实的,而网络文艺提供的经验往往是被拒斥的那一部分,首先都会遇到证明自己的合法性的问题。对此,玉玊是很自洽的,她充分相信这些二次元的文化是被未来选中的,我不算是完全的二次元,可能算是二点五次元吧,我没有办法完全确信,也会在这个过程中不断地怀疑。我心目中预想的对话对象,是从传统概念处而来的,如果说人设是从人物过来的,那人设和人物到底有什么不一样?设定和世界观从故事背景过来的,那它和故事背景究竟有何不同?现实主义的这些美学传统或者艺术传统是那样的一些成规,无论是扮假作真,还是把虚构作为真实,这本身是艺术的成规与训练,但是这些在后现代发生了怎样的变化。我想我们的工作和研究,可能更像是两种语言和文化的翻译者,把网络与二次元的文化阐释给传统听,同时去廓清现实的新面向、理论的新发展。

刚才邵老师提到一个问题,您说的中国"特色现实"其"特色"是指与日本ACG经验不同的现代网络文艺吗?我可以这么归纳您的问题吗?

邵燕君:不是,我讲的是中国现在在玉玊这本书里面反映出来的,我们会理解成泛二次元的经验,或者网络原住民的生命经验和文艺经验,这样的经验与中国社会环境以及日本当时社会环境有直接关系。

其实我想问的是,社会给你提供更大的参与空间、能动性的时候,青少年亚文化在网络文艺之中,是否还会呈现包括设定在内的现代性?传统现实主义批判现实的精神,有没有可能在网络空间中直接呈现?

我问题的出发点是,无论是严肃文学应对切切实实的自然现实,还是网络文学应对赛博空间的虚拟经验,其实根是一样的,写作的作者面对现实生活的经验,如果不能联通,想象力环境看似无限,但也可能会很贫乏。

韩思琪:我有一个这样的观察,像这一代做网络创作的人都有自己的焦虑,他们的焦虑首先是觉得自己的现实经验也被赛博化了。网文作者白鹭成双,她曾这样表达自己的困惑:觉得自己出门太少与人的接触也少,写小说时作品里正派、反派写多了都是一个样,性格不够丰富、立体——她对自己的创作是不满的,但问题的解决是在玩游戏的互动过程中观察人性，据她称通过游戏遇到各色各样的人，看到很多性格丰富的人，成为她灵感与素材的来源。在我看来，她的创作经验是被媒介化的体验，不是我们现实主义层面上自然的现实。

玉王讨论游戏化向度的网络文学，部分是在证明虚拟经验有真实性。虚拟经验具有真实性还是真实感？落脚于某种使其被感知为真实的"性"，还是概括为某种心理层面的"感"？关于这个主题我们斟酌讨论过，真实感虽能最贴切地形容受众感知的变化，但极易滑向某种不可证论——心理层面的真实感，每个人都可以感知到不同的真实，心外无物，只要我认为是真的，即便它被其他人指认为"假"，也不妨碍我认为它是真的——这样的辩解十分无力且苍白。所以我认为，这种新型的媒介经验、感受，本质仍有真实性的坚硬内核，虚拟的何以真实？恰是在这种略带矛盾的修辞里，道出了我们今天的处境。当然，其中缠绕的另一个问题是，真实性有着复杂的哲学脉络，一旦完全进入形而上层面的思辨，又极易抹掉今天我国网络文艺带有生命力的独特体验。在这个层面上，玉王的论文始终将思考立足于大量的相关案例分析之上，是非常重要的。

过去的艺术成规是如何扮假作真，让虚构为真实，即老师提到的仿造现实。现在的虚拟真实和人工环境，是主动把虚构之物提前展示给你看了，但在让渡了一定的权利放飞想象力后，在设定的人工环境里，它对逻辑的严密性要求反而更高。刚刚邵老师也提到"爽"和"真"的问题，我倾向于认为设定类似一种爽感的遥控器，设定参数是为了达成在现实语境中无法满足的愿望。玉王的观点设定是屏蔽现实的，我认为设定在屏蔽现实的同时可以代入另一种现实，所以说不能说以虚拟性为突出特征的网络文艺就与现实不相关了，只不过其提供的是另外一种现实经验。这个就是绝对承诺的问题，我们有现实主义传统，老师认为现实主义有"爽"，那是严肃文学的"刺"与"重"，这些是自成体系的，但是从我感性经验判断这些经验其实是让我"不爽"的。

邵燕君： 我插一句，关于我们用"爽"的概念去讨论现实主义的问题。为什么在我看来把问题核心的东西在一个作品之中彻底撕开是爽的，是因为撕开之后我有可能改变它，看它撕开的过程我就爽。比如《骆驼祥子》当然不是爽的作品，但我们之所以可以承受那样彻底不爽的作品，是因为把这个问题撕开本身有意义。如果不可能改变当然不爽，当然很痛苦，这就是鲁迅说的"铁屋子"，刚才我说的问题就在于"中国特色"和"日本特色"的问题，这个处境本身会影响爽感模式。刚才你说的设定我也同意，其实想探讨的就是设定折射现实的方式，折射欲望的方式，因为现在的设定让我看到的是，它把所有现实问题产生的内在的焦虑与渴望，以问题解决作为基础设定的方式呈现，而不能把问题本身作为设定呈现，是因为我们无法在想象的文本中解决问题。

韩思琪："爽"其实是替代性的解决，可以这样理解吗？

邵燕君：是心理解决。

韩思琪：这种替代性的解决，我们为之辩护的时候最多会说它养成了一种心理的经验。

邵燕君："既然世界不可改变，就让我们改变世界观吧！"但如果世界可以改变呢？

韩思琪：当世界观改变，是否可以指导下一步直接改造现实呢？

邵燕君：这也是无可奈何之举。我指的改变世界和在网络设定里改变是两件事。人们可以进入（数码）人工环境设定一个新的世界，并不意味着我们身处的三次元世界不可改变。我觉得应该有一个更广的参照系。

王玉玊：我是觉得设定的存在，它的前提条件并不是现实不可改变，而是首先需要提出问题然后才能解决问题，但是在既有的系统里很多问题无法被提出，然后我通过设定的方式首先把问题提出来，之后才能谈到解决或者改变的话题，它是一个前置条件。

邵燕君：我部分同意，如果现实可以改变的话，提出的方式也许不一定是这样的。假如我们这代人，在20世纪80年代赶上了网络时代，我们设定的世界，未必是现在这个形态。

王玉玊：我依旧不认为这仅仅是"中国特色"加"日本特色"，我认为是具有全球普遍性的新现象。

邵燕君：我同意是个全球的新现象，但是"日本特色"和"中国特色"可能也起了相当的作用。我提这个问题也是提一个参照系。你的这本专著让我们对现实主义深信不疑的人看到了自己的环境边框，现在我也把这个问题返给你们。而且在我看来，所谓"特色"，很可能意味着某种特殊。

王玉玊：我可以理解您的意思，我强调日本确实有其特殊性，只是我觉得这个特殊性是相对的特殊性，在全球流行文艺中我所描述的状态是有普遍性的，不管在欧美还是在日韩。当然这肯定有代际的特殊性，如果是另外一代人，会有不同的做法。

另外，我觉得"爽"跟"不爽"这个定义实在太暧昧了，我很难理解老师说的"不爽"具体是指什么。

邵燕君：我说的"爽"，当然是那种高级的爽，是指内心深层愿望的圆满达成。

我所说的"爽文"，"以爽为本"，就是作者与读者有一个终极承诺，文本组织形式为了这个愿望最终达成而设，这个过程中可能有虐，但目的是爽。在这个相对封闭的机制内，现实是另外一个维度的问题。现实主义文学不一样，它要处理现实的问题。在写作的过程中可能有爽的情节，但不能以爽为目的，对于读者没有这样的大承诺。它的大承诺应该是善，现代主义的承诺更是真。

汤俏（中国社会科学院文学研究所）：我是中国社科院文学所的汤俏，我觉得这是很有意思的话题，邵老师设想他们那一代人遇到网络文学怎么样，我想应该会很撕裂，我刚才跟云飞讨论这是代际的问题，因为那一代人的知识构成和修养都跟我们是不同的。在座有"60后""70后""80后""90后"，我们是"80后"那一代，处在邵老师和玉玊之间，我们可能算上下勾连的存在，我记得上大学网络开始流行，那时候QQ上慢慢有最早的网络文学，我是亲历者。

玉玊他们更年轻，你们接触网络文学那种冲击已经没有我们那么大了，我们从没有网络进入有网络，你们叫"网生代"。我能理解邵老师问的问题，我也理解玉玊不太理解壁垒在哪儿，我今天到现场才真正体会到这个叫"赛博时代"的真实感，刚开始没有体会到这个妙处，到时候可以再好好探讨一下关于真实感，真的挺有意思的。

提问者：我今天听王老师讲座有很多想法，因为我自己是做游戏研究的，我在学校里面把游戏跟网络文学命题联系起来。我想请问一个问题，在日本后现代社会所设立的语境——因为日本情况比较特殊，是"二战"之后经济的遗留，造就社会的情况——这个文化背景在我国社会语境下是否改变？这是我内心中的一个疑问，希望在座老师能够不吝赐教，帮忙解惑。

王玉玊：这个问题难住我了，我这篇论文从答辩到后来修改过程中一直有老师和朋友向我提出这个问题，日本的这些理论会不会有太强的日本本土特性，能不能直接搬过来讲述中国的现实。我也意识到这个是我相对薄弱的环节，可能我接触的理论还不够多，我觉得首先我要承认这是我的不足，这是我应该继续去深入的领域。

同时，我觉得要信任我的经验，当我在读东浩纪的理论的时候，我能够感受到深刻的共鸣，这种共鸣来自我阅读中国网络文学、看中国文艺作品的直观鲜活的经验，因此我相信它对于中国的作品是有解释力的。当然，一时一地的理论是不可能完全解释另一时一地的问题的，但相通性一定是存在的。

提问者： 老师们好，我想提一个问题就是刚才老师们在讨论的时候提到的，我之前是一直在关注公众号和读邵老师的书，我一直有一个疑问，"爽"这个词到底是什么？老师们提到的"爽"和我个人经验里的"爽"是不是一个东西？老师觉得比如像甜宠文是一种"爽"，或者毁灭性的东西是"爽"，我觉得可能只是一个情节，而这种情节多次重复变成一个套路，其实在我看来有点不爽。

邵燕君： 我们原来的文学理论中不用"爽"的概念，"爽"的概念是网络文学内部核心词汇。现在我们是在把"爽"的概念提出来，作为一种文学理论的概念，这个概念就大了，需要进一步界定。我对"爽"的理解，它的根本特点仍然是"愿望达成"，是在这个意义上总括，而不是局部满足了一下——我有一个愿望，通过一个叙述根本性、总体性愿望达成的契约称为"爽"。

提问者： 之前听过一个讲座，这种爽感可以说是剩余快感的达成，现在在现实里我们不能达成的东西，在网络小说或者游戏世界里某种程度实现了，我们身体包裹在虚拟的身体中实现了。

邵燕君： 如果只说"爽感"，那可能和"快感"差不多。但如果在"爽文""爽文学观""以爽为本"的意义上用"爽"的概念，就与局部的快感，作为愉悦手段的快感有区别了。"爽"是"爽文"的根本目的，作者与读者的根本契约。"爽"不必然与"真""善"有冲突，但如果有冲突，就是要回避的了，或者直接用设定屏蔽。在新的设定上建立"zqsg"（真情实感），再达到"爽"。我想说的是，在现实参与度更强的社会环境中，人工环境中的设定未必是解决矛盾之后的理想起点，而是也可以展现矛盾，在文本内部解决矛盾，同样可以愿望达成。玉玊书里谈到的"二次元存在主义"可能就涉及这方面的内容。我目前还了解太少。总之，中国的网文更倾向于回避矛盾，屏蔽现实。像我们的甜文、宠文流行，恰恰是因为现实中女性地位越来越不利，像晋江文学城站长冰心接受我们采访时说的，"因为现实太苦啦，大家只能接受甜的"。

崔柯（中国艺术研究院马克思主义文艺理论研究所）： 首先祝贺玉玊新著出版。在邵老师作的"序言"里提到早些年崔宰溶对中国网络文学研究提出的批评，比如精英化、抽象化、过度理论化等，我觉得这个批评还挺精准的，当然不只网络文学，在文学研究其他领域也是常见的。其实网络文学研究起步很早，我印象里，在读硕士的时候——2002年、2003年前后——就是一个新的热门话题。当时有一个比较流行的框架，就是放在口头文明、印刷文明、电子文明这样一个比较的视野里面，去看网络文学的一些新特点。这个框架当然是一个必经的研究阶段，不过，由于印刷文明的历史太长，也形成了一套稳定的理论模式。这样的框架下，更多是在传统的文学观念里面去审视这个新生的文学样态。

近些年，文艺的形态变化过于迅速，新的媒介催生了新的生产模式，产生了全新的文本类型，包括写作、传播、接受在内的一系列生产环节都发生了特别明显的变化。在今天做文学研究，需要根据新产生的文艺实践去调整、更新研究框架，仅靠传统的理论设定远远不够。玉王这本书其实就是从海量的网络文学的文本里面，抽出了一些特别内核的东西。

这本书不仅仅是一部网络文学研究的著作，也是一个具有普遍性的研究，所谓"普遍性"，是说它不仅是处理一个新的文学类型，而是面对更根本的问题，就像开场讲的，是回答在一个新的历史阶段，"人们如何理解自身与世界，如何看待文学与叙事"这样的问题。我印象最深的就是谈"二次元存在主义"那部分。存在主义在上一代学者心目中地位非常高，这里延伸出"二次元存在主义"，我觉得是一个很精彩的表述。这里处理的不仅是一个网络文学读者、研究者关心的问题，也是现代以来具有普遍性的理论问题。需要探究的是：面对这些问题，二次元文化给出了什么样的解决方案？比如说对一些普遍性的议题如正义、自由、自我等，二次元文化其实是做出了自己的回答。本书其实是对这些"回答"做了自己的"解答"。

杨娟： 今天的讨论特别真诚，也非常丰富，我想每个人都会有收获。最后再次感谢大家参加今天的论坛。

第九十一期

数码资本主义和快感的治理术

—— 对福柯中晚期权力技术思想的应用

主持人：邓　剑（北京大学新闻与传播学院）

主讲人：傅善超（北京大学中文系）

对话人：姜宇辉（华东师范大学哲学系）

　　　　董树宝（北方工业大学中文系）

　　　　祝佳音（触乐网）

　　　　叶梓涛（腾讯 NExT Studio）

　　　　刘金河（清华大学公共管理学院）

时　间：2021 年 11 月 28 日（星期日）14：00—18：00

地　点：腾讯会议

主　办：中国艺术研究院马克思主义文艺理论研究所

　　　　中国艺术研究院研究生院中国语言文学系

　　　　中国艺术研究院团委

编者的话

近几年来，共享单车与网约车平台，饿了么、美团等外卖平台，抖音、爱奇艺、哔哩哔哩等视频分享平台，以及各式各样的电子游戏和网络化的娱乐形式，日益加速渗入我们日常生活的各个领域。在这样的环境中，我们可以明显地观察到权力技术与科学技术的结合。更重要的是，这种结合并不是按照"知识—权力"的模式展开的，也不遵循"规训技术"的逻辑，而是创造了自己的运作模式与逻辑，即在这些数码资本主义的文化逻辑中，有一种"快感的治理术"在运作。

本期论坛我们邀请傅善超博士，以他对电子游戏的研究为案例，展开对于"快感的治理术"的讨论。我们希望通过批判理论、公共治理、新媒体研究学者和垂直媒体从业者的跨界对话，对数码资本主义提出文化与技术批判的任务，并探究福柯中晚期的权力技术思想能够为我们带来怎样的启示与可能。

邓剑（北京大学新闻与传播学院）：非常高兴大家在这个阳光明媚的午后，于线上参加第九十一期青年文艺论坛"数码资本主义和快感的治理术"，我是今天的主持人邓剑。今天的主讲人是傅善超博士。让我们有请傅善超博士打开他的界面给我们"喊学术麦"！

傅善超（北京大学中文系）：感谢邓剑兄的介绍，也非常感谢秦兰珺师姐这么用心和热心的组织，也非常感谢中国艺术研究院给我这样一个机会来分享我的研究。

我这个题目选得稍大了一点，前面一个关键词是"数码资本主义"，第二个关键词是"快感的治理术"。"数码资本主义"是整个讨论的视野，也被我用来作为引入，"快感的治理术"是我讲座的核心内容，也是我博士论文最主要的关键词，我这次最首要的任务是介绍这个概念到底是什么意思。从副标题大家可以看出来这个概念是从福柯而来的，主要是他中晚期的权力技术思想，因此我另外一个任务就是要梳理福柯中晚期的权力技术思想。实际上，我这次发言最主要的三个目标可以这样概括：在数码资本主义大视野的背景下，从对福柯中晚期权力技术思想的阐发之中，来介绍什么是"快感的治理术"。

首先，我想讲四个例子。

第一个例子是我和一个朋友聊天的时候听说的故事，我朋友的朋友是一个编剧，写剧本的时候有一次忽然碰到某互联网公司大数据部门的人来找她对接，让她改剧本，要求她把其中的吻戏从第三集提到第一集，理由是"就得第一集接吻，因为数据说了，观众就喜欢看这个"，我觉得这是个还挺有意思的小事。

第二个例子是我看游戏直播时听到的故事。如果大家看直播的话可能会知道直播的内容是比较松散的，主播除了直播游戏之外有时候会聊聊天。这个主播或者UP主（上传者）同时也是视频的作者，聊天的时候他大概提过几次，他曾经做的视频现在被叫作"长视频"。他抱怨现在哔哩哔哩这样的视频和直播网站，对于视频作者的业绩计算算法做了改变，他们的新算法是明显偏向于短视频的，而长视频是非常不占优势的。他有句话让我印象非常深刻，他说："你的播放过半才算是一个播放数，这种情况下长视频是根本比不过短视频的。"

第三个例子是去年下半年的时候，有一篇非常好的媒体深度报告，就是《外卖骑手，困在系统里》，和这个相关的研究是，北大社会学系陈龙的博士论文，主要研究外卖平台和外卖骑手，是深度参与式的人类学研究。他接受媒体采访时提到，曾经有一个政府基层官员体验过一两天外卖平台，觉得真的非常辛苦。然后陈龙评价这个事，他当时做人类学研究送了大半年外卖，他说："其实再多跑两天可能就习惯了，不仅不觉得辛苦，甚至还想多要几单，会觉得系统怎么还不给我多派几单？我还能跑。"这个例子也是很有意思的。

第四个例子是关于哔哩哔哩直播平台的手机界面的。最近几个月哔哩哔哩的直播平台发生了一个变化，主要是它界面里面的交互逻辑变了。过去直播最基本的交互是，在屏幕左侧上下滑动是调节屏幕的亮度，在屏幕右侧上下滑动是调节音量，这就是一个很简单的交互逻辑，它包含了看直播时候最需要的两个操作。现在哔哩哔哩直播的交互完全变了，我已经养成的习惯完全不适用了，我还在想上滑下滑的时候，结果都是一个操作，就是换台，直接切换到另外一个直播，而且我完全不知道它切换到的直播是什么，这是算法推荐的。

哔哩哔哩曾经是所谓"长视频"的平台，同时是一个直播平台，如果大家熟悉短视频平台的话，就不难知道，哔哩哔哩是在试图模仿、挪用抖音以及快手这样短视频平台的操作和交互逻辑。

但是，哔哩哔哩现在的模仿给我的感觉是非常不合适的，原因是它和我的观看习惯还有我对平台的期望是相违背的，并且它的一些交互设计的细节和抖音是不一样的，导致这个操作所包含的内涵和一些基本的感觉是不一样的。比如说在抖音里面，它的上下滑动是非常顺滑的，它的视频多数是竖屏的，沉浸感是比较强的，而不像哔哩哔哩现在是疙里疙瘩的感觉。同时，抖音的上下滑操作是有内涵意义的，它相当于是把观众"换台"的这个行为当成了一个投票，变成了一个评判的操作，我说的主要不是直播，而是短视频。你看一秒钟就把它划走和你把它看完了甚至又重复看一遍再把它划走，这个意义是完全不同的。不仅如此，据我所知，已经有很多游戏公司在借助这个机制，也就是用抖音的这个反馈评判机制来做游戏推广、投放的实验。

这里面大致可以看到几个趋势。

第一点，是数据已经变成了一种生产要素。中共中央、国务院 2020 年初下发了《关于构建更加完善的要素市场化配置体制机制的意见》的文件。这个文件的题目虽然说得有点间接，但是它基本上把数据和资本等并列在一起作为要素，认为数据也是一种重要的生产要素。

第二点，从刚才的例子，尤其是关于视频 UP 主业绩计算方式的算法更偏向于短视频这一点，我们可以看出，数据不仅仅是一个生产要素，而且在这个平台里面也是一个权力要素，它至少是非常显式地作为算法或者规则的一个中介。

第三点，可能没有办法说得这么确切。我们在四个例子里面基本上都可以看到"快感"这个东西，比如第四个例子里面，我提到抖音的滑动操作本身是包含快感的，它的沉浸感、顺滑感以及用户本身划动就作为投票的一种拥有评判权的权力感，看起来好像都模糊地指向快感。包括第三个例子中提到的外卖小哥，尤其是陈龙博士的研究，其实多送两天外卖不仅不觉得辛苦还想多要几单，好像也是在劳动中产生了一种快感。

我上面说的两类快感，一类是平台方会假设用户或者观众喜欢什么，它很在意这个事情，至少在它的模型里面是有这个变量的。另外一类就是它在试图对快感模式进行某种诱导和塑造，诱导和塑造的对象有可能是劳动者，比如说快递小哥，也有可能是用户，都是有可能的。

下面就这几个例子做一个比较粗略的分析。我尝试使用一个三元关系的模型，参与其中最主要的三个行动者是平台、劳动者和用户。

首先平台作为一个垄断性的中介而存在，上面提到互联网公司要作为 IP 也就是版权的持有方，它要制作电视剧，视频播放平台、短视频平台和外卖平台，它们都是类似的，所以都有某些共同属性。

下面的两个行动者，一个是劳动者，一个是用户，我想强调的是，这里指的是身份而不是人群。有些场景我们可能会觉得用户和劳动者是完全分开的，比如编剧和观众是截然分开的，外卖骑手和点外卖的人也好像是截然分开的。但是我想强调他们是身份而不是人群，因为他们有些时候是可以重合的，界限也可以是比较模糊的。

举个例子，很多时候，所谓"免费游戏里面的免费玩家"，一部分是作为付费玩家的用户体验而存在的。这时候有个很有意思的事情就发生了。我们假设一个在互联网大厂工作的白领，他上班的时候"摸鱼"，在玩这家互联网公司另外一个部门出品的免费游戏。他作为一个免费玩家在上班时间"摸鱼"玩免费游戏，这个行为应该怎么认定？其实严格来说，不能说他是在旷工，应该说他是在"处理跨部门业务"。在这个情况下，实际上他作为劳动者和用户的身份是重叠在一起的，或者说这两个身份是可以重叠在这一个个体身上的。

我们来简单地做一点行动者的策略分析。首先以平台的角度，从这一类互联网平台的商业模式来看，我们至少可以注意到，平台更多的是用规则和算法来中介自己的意志和意愿，而不是直接扮演一个大他者的角色，不会像一个管事很多的中学老师一样，对学生各个方面做严格要求，它更少地直接规训劳动者。劳动者直接面对的不是平台方，而是平台方制定的规则和算法，以及来自用户的评判。

平台方的另外一个策略是让用户在一定范围内掌握评判权，不仅是简单地掌握评判权，而且平台甚至还给用户提供一些技术支持，让用户可以以某种方式凝视甚至监视劳动者。这在外卖平台里面是最典型的，用户点了外卖之后可以看到外卖小哥在哪里，估计还有几分钟送达，这时用户好像掌握了全知视角一样。如果大家熟悉福柯，就会知道这个视角非常接近于福柯所定义的"全景监狱"里面最中央的监视哨所的位置。互联网公司特别喜欢谈用户的"赋能"，也就是"赋权"（empowerment），其实就是在提供这样一个权力视角。

接下来可能还有稍微不那么确定的一些观察。第一个观察是这种商业模式的互联网平台经常在推广期以某种快感来和用户、劳动者做交换，交换的结果是某种同意或认同。希望大家简单地想一下，各种优惠券，各种所谓共享经济，平台推广的时候会宣传它这样的工作方式是灵活的、自由的等。

此外，在用户"赋能"的例子中，我提到用户掌握评判权，这个评判权不一定是平台简单地将权力交给了用户，它其实也隐含了一种交换。比如对于视频平台而言，无论短视频还是长视频，用户评判本身是用来判定视频，或者说是评判信息和数据的价值的。如果大家对人工智能尤其是深度学习有所了解，就会知道用户评判实际上也是一种人工标注，而这种数据对于深度学习来说是非常有价值的。也就是说，用户在评判的同时也在生产一种有价值的数据，所谓"交换"，实际上就是用用户赋权的感觉来交换一种非物质劳动。

现在我试图把数码资本主义的权力模式与福柯曾非常细致地分析过的权力模

式——规训权力的模式，做一个简单的比较。现在没有办法得出很具体的结论，我只是大概勾勒一下，点出几个方面。

首先，规训机构一般行使的是一种否定性的权力。还是用刚才讲的例子，一个非常严厉的中学老师，他在对学生的教育过程中会用训斥、训诫甚至一定程度上的惩罚等方式来塑造学生，把学生塑造成他认为的那个理想的样子。但是数码资本主义这种平台的模式，比较少动用这种方式。当然也会有，它需要维持一定的边界和一定的规则，但至少在明面上，同时也是它自我宣传的，它运用的是某种肯定性的权力。它告诉你劳动是自由的，观看视频是快乐的，你需要的只是去实现这种自由和快乐。

其次，规训机构一般是以凝视为媒介的，就是我提到的福柯"全景监狱"模型里面的中央哨所，这也是一个很经典的分析。还是用中学老师的例子，那个扒教室后门，时不时出现在那里，透过小窗户偷看学生状况的老师的形象可以很典型地说明这种凝视作为权力媒介的状况。在平台资本主义里面似乎不是这个样子的，它可能更多是以快感而不是凝视为媒介，这点我还需要再详细展开。

最后，规训机构是非常典型的中心化权力，而数码资本主义可能看上去很多时候像是一种去中心化的权力，当然平台本身是一个中心，所以我在这里先管它叫作"伪去中心权力"。

现在我们进入第三部分。我做 PPT 的时候觉得我把模型建立起来的过程可能稍微走得太快了一点，所以我要稍微往后撤一步，说一下我为什么要讨论权力。

如果我们是从福柯顺下来谈权力的，首先要追问一个问题：福柯当时为什么把权力问题抛出来？从我自己阅读的角度来说，福柯其实很少直接讲他为什么要谈权力，他的理由其实更多是在他的语境里面的——他的语境是"冷战"，是全球 20 世纪 60 年代，当然还有非常直接的一点就是，法共的声誉在法国的衰落。我们现在所面临的语境和福柯的语境事实上是完全不同的，这个时候我们当然需要重新找到比较合适的讨论权力的理由。如果我们现在来谈这点的话，当然不是不可以继续顺着批评理论和西方马克思主义的方向谈，实际上已经有很多研究是这样做的，比如最典型的就是奈格里和哈特的《帝国》。但我想要在这里面再稍稍退后一步，或者说换一个角度。我想要给出一个所谓更"理性"的回答，而不是从立场出发来给出一个回答。我自己的答案是这样的：如果我们把社会构造视为关于多元行动者的、由多层次尺度综合而成的动态过程，"权力"的角度是一个在这样复杂的动态过程中寻找稳定性和确定性的捷径。经典马克思主义是提供一套对社会历史动态过程的一个基本原理，有点像自然科学中的第一性原理，权力的角度与经典马克思主义不同，它不是出于基本原理，但是它可以为复杂的动态过程提供在其中发现稳定性和确定性的捷径。

那么，什么是权力？

福柯本人虽然不是严格意义上的哲学家，但从他受的训练和他行文的很多方式可以看出来，他基本上是在欧陆哲学传统里面的，因此不太喜欢运用下定义这个方式。对于福柯来说，什么是权力，为什么谈权力，以及描绘出来的权力图景是什么样子的，所有这些东西都是纠缠在一起的，你需要在整体上把它理解之后才能逐渐分别去回答这些问题。这当然是一种传统，同时对于福柯来说也确实是他有待澄清的一部分。那么，我自己怎么看待定义权力的问题呢？我还是希望给出一个工作定义的。除了福柯之外，我还参考了一点社会学方面的研究——主要是马克思主义社会学和法国组织社会学，它们对工厂空间有比较经典的研究。这些大概是20世纪六七十年代的研究，主要是布雷弗曼、埃德沃兹，还有克罗齐耶的研究。

我大概归纳一下他们关于如何定义权力的观点。

第一个方面，权力是对不确定性的掌握。这点又可以分为两个小方面：一是对不确定性本身的控制，也就是让自己调遣不确定性，并且缩小对方可调遣不确定性的能力。二是对不确定性后果的分配，也就是让自己承担和不确定性相关的收益，让对方承担损失的能力。

第二个方面，权力需要能够再生产其自身，只有权力作为再生产其自身的过程，它才能最后形成一个稳定的权力构造或者权力结构。

这样讲是比较抽象的，我再试着把它稍微说得具体一点。首先关于权力是对不确定性的掌握，这是什么意思？一是对不确定性的掌握，就是让自己能够掌握更多不确定性，缩小对方掌握不确定性的能力，这个往往体现在自由裁量权上，很典型的例子就是霍布斯的国家理论。他讲个人实际上就是把自由裁量权让渡给国家，这本身就是对不确定性的分配。二是从不确定性中受益的能力，这个主要是从我刚才提到的马克思主义社会学还有法国组织社会学对工厂空间的研究里来的。在20世纪六七十年代工厂空间的研究里面，企业家和管理人员是掌握发展和变革的权力的，而且他们可以从这里面受益。最典型的相关论述或者现象，一个是美国经济学家奈特的表述，他认为利润是资本家或企业家承担不确定性的创造行为所赢得的报酬，但是工人很少能主动掌握变革的权力，并且还从中受益。另一个是关于中国南方工厂机器换人的研究，这相当于在说技术革新。技术革新本身是一种带有不确定性的改变，然而社会学或者人类学的研究却发现，这个过程是能够提高老板的议价权的，它可以降低工人之前掌握的劳动技能的价值。

关于第二个方面，也就是权力是再生产其自身的过程。我其实已经提到了权力必须能够自我再生产，才能形成稳定的社会构造。而强调"过程"这一点，有比较多的社会学家包括马克思主义学者，主要是政治学者也都非常强调这一点，这也是福柯权力非常内在的一个东西。

以上是我对权力做的工作定义。我们下面讨论权力就会在这个范围内讨论。那么我们就正式进入福柯的权力思想。

我首先要做的事情是把福柯权力思想的一个基本理念，即福柯权力思想的主轴，与我刚才讲的东西做一个对比。

这个基本理念是：主体性形式是作为权力与技术的相关项被历史地构成的。这个表述涉及的关键词比较多，有点复杂，但是非常重要，所以我之后会不断重复。

下面我来做一些简单的解释。首先"主体性形式"应该是"Form of Subjectivity"，在福柯自己的文献里面他其实有时候对这个术语用得比较随意。我前两天翻文献的时候，看到有一处用的是"主体性形式"，但是福柯很多时候用的词就是"主体"，这个其实不够准确，更准确的是"主体性形式"。权力就不用说了。然后说技术。技术指的是比较宽泛的，它不仅指科学技术，也指福柯喜欢强调的所谓"实践技术"。"相关项"这个词基本上按照字面直接来理解就行了。"历史"实际上是福柯一贯的视角，他拒绝自称哲学家，说自己是历史学家。这个"历史"具体的意思相当于我刚才提到的，把权力视为一个过程，对于福柯来说更具体的就是视为一种历史过程。

把福柯思想中非常核心的基本理念和我们刚才讲的东西来做对比，我们可以看到福柯关心的是更加微观的东西，比如权力的类型、所谓的权力配置和权力策略的形式，以及主体性形式被构成的具体形态和方式，或者福柯也会讲的，"权力游戏"里面一些细节的形态。

将主体性形式被构成的结果和我们刚才讲的东西来对比，实际上就是福柯切入"对不确定性的掌握"和"权力的自我再生产"的角度。我前面说，权力已经是讨论比较复杂的社会动态过程的一个捷径，福柯讨论主体性形式又是其中的一个捷径。因为主体性形式也就是关于人的某种固定因素，它作为特定类型的权力技术的相关项，实际上集中反映了权力掌握不确定性与自我再生产的过程。

这样讲还是比较抽象，我需要用点例子。我们就简单地用之前那四个例子里面提炼出来的平台、劳动者还有用户的关系来讲解。我刚才提到我们似乎能够观察到平台方试图在塑造某种快感模式，这可能是劳动者的快感，也可能是用户的快感。如果能让大部分的用户都符合这种快感模式，那实际上就削弱了在其中用户和劳动者的不确定性。并且，如果平台方能够一直不断地重复这种诱导和塑造，让更多用户进入这种快感模式，并且不只是更多用户，而且是一代代的用户不断地重复这种快感模式，那么它也就是部分地实现了商业模式的自我再生产。

然后，我想跳回到西方马克思主义，再与柄谷行人的思想做一个对照。柄谷在《世界史的构造》里面有一个很经典但是没有完全阐明的论述，他认为资本主义的"世界构造"是由国家—资本—民族的三圆环构成的，更准确地说是由博罗梅奥圆环的结构构成的。这三个圆环紧密地扭结在一起，每一个都依赖于另外两个，形成了三位一体牢不可破的效果。

按照柄谷行人他自己的"交换样式"理论，国家和资本相应的交换样式都明确对应于一种权力样式，这两环都是稳固的。但是有一个问题，他提出的第三环——民族所依赖的交换关系是"互酬"，这并不是一种明确的权力样式，或者说它的权力样式和前面两种是非常不一样的，这种交换关系是很难形成中心化权力的稳定构造的。这是柄谷行人提出的这个思路的一个薄弱之处。作为意识形态的民族，应当是补足国家与资本权力运行机制空白的环节，而填补这个空白环节的方式并不唯一，它可以是各种各样"人的要素"，因此，我想要把柄谷行人提供的这个公式修正为：国家—资本—X。

柄谷行人挑选的作为意识形态的民族主义是他理想的"普世宗教"的替代物，我认为这仅仅是其中第三环 X 展现为人的集体形式的一种可能性。人的集体形式就是指一种集体性的意识形态或思想因素。我认为，X 同样可以展现为某种普遍或者共同的个体类型而不一定要是集体形式。我刚才提到的福柯所说的"主体性形式"恰好就是这样一种共同或者普遍的个体类型，我认为它同样也可以去弥补国家和资本之外第三环节的空白。

这样我就又把福柯和柄谷行人——也可以说是西方马克思主义的宏观图像做了一个对比，这个对比让我们可以把福柯的思想放在更大的社会动力学或者社会历史发展的背景中。

以上这部分一方面是我没有写到我论文里面的，另一方面也是我最近在做的一些思考，我自己也感觉到确实比较抽象和理论化，所以我在这里做一个简单的小结。

首先，我说讨论权力是一种定性研究的捷径，就是讨论复杂社会动力系统的一个捷径。权力，我目前给出的定义：权力是对不确定性的掌握；权力是再生产其自身的过程。国家和资本都有与这两方面明确对应的机制，并且已经有相当经典的研究。但是这样的机制本身并不完整，它们永远需要依赖某种"人的因素"的补足才能正常运转。我刚才提到西方马克思主义尤其是柄谷行人，他们喜欢关注的是实践的"集体模式"，这个实践并不一定是直接的行动，思想也经常被西方马克思主义视为一种行动，所以他们关注的实践的集体模式也会包含意识形态。而福柯喜欢关注所谓的"主体性形式"，这很接近一种"先验类型"，他在这里的思路和他做《词与物》的思路是非常接近的，也就是齐泽克曾经在一次访谈里面提到过的，他认为福柯是某种先验哲学家。

下面我就要从福柯权力思想的主轴开始解释福柯的权力思想。

"主体性形式是作为权力与技术的相关项被历史地构成的"，这不是福柯直接的表述而是我的概括。说它很重要，首先的一个表现是它在福柯的整个学术生涯里面基本上是不变的。如果大家对福柯有所了解，就知道他在中后期有一个比较大的转向，甚至还可以更细化，中期有一个转向，后期又有一个更大的转向，但是在这样的转向过程中，我们可以很明显地看到这个表述是一直贯穿福柯整个思路的。

我们来看一下福柯在1982年发表的一篇小文章，这篇文章是在拉宾诺夫和德雷福斯编撰的对福柯思想解读的一本专著里面的。福柯给他们这本专著写了一篇后记，这篇后记相当于福柯对自己研究的一个总结。参考这篇文章来概述他整个学术生涯研究的总体思路，应该说是比较恰当的。在后记里面，他说他研究"将人变成主体的三种客体化模式"，这三种模式是什么？

第一个是质询，这个主要讲的是《知识考古学》和《词与物》里面的东西，用质询的方式赋予主体科学的地位。

第二个是区分，他说主体既在内部自我区分，也和他人区分开来，这点稍微讲得模糊一点，但基本上讲的是规训技术和他后面治理术的研究。

第三个是"自我的技术"，他认为从自我与自己的关系也可以令自己成为主体，这点也就是福柯最后自我技术转向所涉及的内容，福柯这部分思想实际上还需要花费相当大的精力去做一些澄清，但这不是我此次发言能够展开的。

福柯在1983年或1984年的法兰西学院讲座里面又重新对这三段做了一个概括。他明确给这三段赋予了新的名字，第一段是《词与物》这段，叫作"Forms of

Veridiction",所谓"真言化",就是生产真理话语的真理游戏的形式;第二段是《疯狂史》《规训与惩罚》《安全、领土与人口》这一段,他认为讨论的是"Procedures of Governmentality",即"治理的程序",这里指的是广义的治理,我后面要辨析;最后一段是所谓"自我的技术"这一段,最主要的是关于《主体解释学》还有《治理自我与治理他者》(Ⅰ、Ⅱ)的几次讲座,这一段的研究关注的是自我的实践。

这里面我要澄清一个东西,就是福柯的表述。福柯说将人变成"主体"有三种方式,我已经提过福柯运用"主体"这个术语的时候不够准确,我想把它替换成"主体化形式"。我之所以觉得福柯对"主体"这个概念的运用不够准确,是因为他这里有歧义。尤其是我们用精神分析和西方马克思主义典型定义的主体来做对照的话,我们会发现,福柯说的主体化形式有些时候是主体,有些时候不应该叫作主体。

刚刚提到的三段,中间有一个细分,所以我在这里说成了四段。第一段是关于《知识考古学》和《词与物》,人是作为知识的对象;在《规训与惩罚》中,人的主体化形式是作为规训技术的相关项;再后面就到我这次主要想讨论的治理术和人口的方面,人的主体化形式作为自由主义治理术的相关项;再到最后,福柯说的"自我的技术"那块儿,主体化形式又是不一样的。这里面实际上只有和规训技术相关的这一种主体化形式才是精神分析和西方马克思主义经典定义的主体,其他的都不是。

我们可以再概括一下:在《词与物》和《知识考古学》中,很简单地,就是把人客体化了;和规训技术相关的这一段,产生的就是精神分析意义上的主体;和自由主义治理术相伴诞生的,是我后面会非常详细展开讲的人口;最后就是福柯所谓"自我的技术"里面的自我。

再强调一下,我们刚刚概括的实际上是:客体,再加上三种主体化的形式,也就是主体、人口和自我。这相当于是类型学的划分,而这个类型,我认为和福柯讲的知识型是非常接近的概念,也就是非常接近于"先验类型"。

下面就刚才提到的三种主体化形式以及和它们相对应的三种权力技术形式进行比较和分析,把它们放在一起来阐述,它们到底是什么意思,以及尤其要阐述"人口"和"治理术"是什么意思。

这部分的讨论也就是我在《文艺理论与批评》上发表的论文最核心的内容,主要基于对福柯1977—1978年在法兰西学院做的讲座的阅读,这个讲座叫作《安全、领土与人口》。福柯比较完整地定义了什么叫"人口",以及和它相关的狭义的"治理术",或者叫"自由主义的治理术"是什么东西,然后解释他怎样继续展开的方向。

因为福柯的法兰西学院讲座本身是有实验性质的，他每年都更新最近关心的问题，这个讲座也并不是以专著形式发表的，所以去读福柯几年之间的表述可能会看到他在做一些修正。所以，我们以一年的讲座为核心来阐述的话可能会遇到一点麻烦，因为福柯自己无论是对概念还是对整个理论的阐述其实都是不完整的，我们可能就要按照自己的理解做一些修补和改进。这是没有办法的，如果我们完全按照福柯的原意就会发现自相矛盾的地方。

我想从福柯举的最核心的一个例子来展开解释什么是"自由主义的治理术"和什么是"人口"，实际上就是把两种权力技术以及这两种权力技术相关的主体化形式来做对比，也就是把狭义的治理术和规训技术做对比，把人口和精神分析的主体来做对比。

我下面就来讲这个例子，这是福柯从历史文献当中发掘出的经济学的例子，讲的是重商主义到重农主义的转变，大概是在18世纪。

当时欧洲经济领域面临一个很突出的难题，也就是粮食短缺的问题。重商主义解决这个问题的方案是以禁令的方式禁止农民囤积粮食，禁止商人出口粮食，相当于把粮食框在本国国内，用这种方式来稳定粮食的价格。

重农主义稍后提出了一种稍微不同的方案。首先重农主义不认为粮食短缺应当是一种彻底杜绝的异常，它认为粮食短缺应该是调控在安全范围内的正常现象，就是说粮食短缺总是或多或少会出现，只要把它控制在一个可承受的范围内就可以。

在这个基础上，重农主义给出的方案是试图通过鼓励粮食的交易流通，尊重粮食生产和交换市场上所有参与者的欲望和自由，也就是尊重农民想要囤积卖高价的自由，尊重商人的一些操作，包括出口等的欲望和自由，让所有的这些行动者在他们经济行为的互动中能够通过大量的参与，最后"自然而然"地把粮食短缺控制在一个安全的范围内。

从这个表述已经可以看出重商主义和重农主义的方式是非常不一样的，甚至有些地方是截然相反的。我需要指出一个细节，重农主义把粮食短缺问题当成了一个正常的现象，只是要控制在一定范围内，这个时候它对粮食问题解决的标准和重商主义是不一样的。重商主义是要彻底杜绝，要没有，要为零，而重农主义实际上是在统计和人口的意义上解决问题。

这也就是说，即使重农主义把粮食短缺问题控制在一个安全范围内，它仍然不能避免有"不幸的个人"因为粮食短缺而死，杜绝这个是重农主义所做不到的。

福柯认为此处有一个"在知识—权力的内部，在经济的技术和治理的内部"的"完全彻底的断裂"，他在分析这个断裂的时候说："一个属于政府的政治经济行动，这是人口的层面；而另一个层面是一系列各种各样的人的层面，人口与此无关，得到应当的治理，受到应有的控制，接受应有的鼓励，它将得到在它这个层面上相应的东西。杂多的个人是不相关的，而人口是。"

这个表述并不是特别清楚，但是我想提醒大家注意，福柯首先认为这里面是一个断裂，而且是在知识权力内部以及在经济技术和治理内部的断裂。他说是"完全彻底的断裂"，实际上对我来说有一点夸大其词，我后面会再提到。但是至少，我们可以看到福柯认为有某种类似知识型断裂的那种断裂。

再具体展开的话，福柯认为重商主义发布禁令的这种权力方式是对多样性行为的规训，而另一方面，重农主义的策略则是对流通和人口的治理。

福柯进一步强调"人口"这个概念的意义：

> 人这个主题，通过把它作为生物、工作的个人和言说主体加以分析的人文科学，必须从人口的诞生出发来加以理解，而人口是作为权力的关联物和知识的对象。人，说到底，不是别的什么东西，而是从19世纪所说的人文科学出发加以思考和定义的东西，是在19世纪的人文主义中加以反思的东西，最终，人不是什么别的东西，它是人口的形象。

如果大家熟悉《词与物》，从这个表述中会很明显地发现福柯在试图重复并扩展《词与物》里面的讨论。但他有一点很轻率的地方就是，他把"人口"这个概念讲得过大了，好像"人口"对整个19世纪、整个人文学科都是非常核心的东西，他认为对于19世纪的人文学科来说，"人不是什么别的东西，它是人口的形象"。从科学史的角度来说，"人口"对非常多的学科，尤其是进化论、经济学和社会学来说是很重要的，但是还有别的许多学科。我们看到"人口"是一个对于19世纪来说非常重要的概念，但当然很难说它就是定义了整个19世纪知识型的东西。

我下面想要顺着福柯对"人口"这个概念重要性的夸大来做点辨析，从这个辨析里面我就能够更好地阐明"人口"到底指什么，当然也就是顺便和之前讲的规训技术以及和规训技术相关的主体做一个辨析。

如果我们对照《词与物》里对19世纪的判断，它是以萨德为17世纪、18世纪到

19世纪转变的一个标本的。福柯把"表象之隐退""欲望的诞生"设定为古典时代知识型终结的标志，也就是说，19世纪的"主体"，乃是"欲望着的主体"。

但是，"欲望着的主体"事实上和"人口"是不一样的。如果大家熟悉精神分析，从"欲望着的主体"的表述就可以看到他在《词与物》里讲到的"表象之退隐、欲望之诞生"这种人的主体化形式，应当是非常接近于精神分析的主体的。但是，福柯在讨论从重商主义到重农主义转变的时候提到的人口是不一样的，福柯实际上混淆了"欲望着的主体"与"人口"。他是怎么表述的？他在《安全、领土与人口》里面说："从总体上看，人口只有一个，并且只有一个行为动机，这个动机就是欲望。"他认为人口是有"欲望"的，所以他才认为人口就是主体，然后又进一步把它上升到19世纪最核心的知识型上。

但是，这一点是非常有问题的。从我们对福柯规训理论的理解，以及把福柯对规训技术的阐述和精神分析做对比，我们可以看得很清楚：规训技术所相关的"欲望着的主体"，它的欲望是有结构的，以小客体a为原因与媒介，这个小客体a的背后有大他者的凝视，还有大他者所包含的秘密信息，并且最终这种借助小客体a产生的欲望是包含主体的自我指涉的，自我指涉这一点在福柯的《词与物》里面也都讲过。

而在重农主义所相关的权力技术需要的中介，也就是人口里面，其实并没有这种严格意义上的欲望。比如，重农主义最核心的是希望借助人在经济行为中最大化地满足私欲，来在市场机制中控制粮食短缺，稳定粮食价格。可是，这种私欲和我上面提到的精神分析的以小客体a为中介，背后是大他者的欲望是不一样的，它是没有结构的，并且它也没有自我指涉，它准确来说就是一种倾向，它和欲望是不一样的。

还有一点。"人口"这个词在英文和法文里面都是"population"，实际上也不只适用于人，也可以适用于一个物种种群的数量，比如在达尔文的《进化论》中这就是一个很重要的概念。所以我们也可以很明显地看到，人口如果一定要有某种"欲望"，它应该不是人独有的欲望，它也可以是动物的欲望。那在这个情况下，如果我们严格地和精神分析对比的话，就不该再把它叫作"欲望"，应该把它叫作"倾向"。

这个时候我们还可以继续来把人口的概念和规训技术里面的主体做对比。刚刚谈到的第一个最重要的差别："人口的欲望"不应该叫作"欲望"，而应该叫作"倾向"。这里没有精神分析的那种欲望结构，而被规训的主体是会形成一套明确的精神分析的欲望结构的。

第二个差别是福柯讲到的,他认为人口依赖于一系列的变量,因此它对于统治者的行动来说不可能是透明的,也就是说,人口是不透明的。与此相反,主体是在不断被透明化的,这在福柯自己提出的"全景监狱"模型里面是很清楚的,所有被监视的行动对中央哨所是一览无余的,并且监视者想什么时候监视就什么时候监视,这一点是差别很大的。

所以,结合我们刚才讲到的第一点差别。主体有的是欲望,人口有的是倾向。对于相关的权力技术来说,对于重农主义或者说自由主义的治理术来说,人口的倾向是权力技术得以实现的接口。它仅仅提供了一个非常有限的接口,而不是试图把人口彻底透明化,彻底掌握人口的所有行动。也正是因此它才给了人口很大的自由空间,让他们可以去顺着这种倾向实现经济上的私欲等,借助这种方式最终实现秩序。

福柯实际上对术语的运用是有比较大变化的,我在《文艺理论与批评》上发表的论文里花了挺大的篇幅做技术上的澄清,在这里就不再展开了,我就直接跳到一种我认为还不错的命名方式上来。

我刚才已经提到很多次和人口相关的权力技术可以叫作"从重农主义而来的自由主义治理术",而对于福柯来说,顺着他法兰西学院几年的讲座来看,可能把它叫作"狭义的治理术"比较合适,因为在《安全、领土与人口》之后,福柯又把这个治理的概念更加扩大了,治理又可以把规训也包含进来,这样会引起一些不必要的困难。我们这里就不再去纠结福柯的命名方式,就管和人口相关的权力技术叫"狭义的治理术",并且多数情况下把"狭义"省略掉,就叫作"治理术"。

德国学者兰姆科(Lemke)在2011年的一篇文章里面重新回顾了福柯权力技术的分类,他认为可以从两个维度来划分福柯讨论过的权力技术的类型。(表1)

表1

维度分类	生命(zoe)	生活(bios)
个体	身体的技术	自我的技术
集体	人口的技术	社会的技术

第一个维度是看其中关心的是生命还是生活,也就是古希腊语的"zoe"还是"bios";另外一个维度是,看其中主要关注的是个体还是集体。

福柯所说的规训技术，也就是关于个体生命的技术，被兰姆科称作"身体的技术"，也就是规训；如果是关于个体生活的技术，就是福柯在法兰西学院讲座最后几年以及在《性经验史》——更多是《性经验史》第二卷里讲的——自我的技术；如果是关于集体生命的技术，就是兰姆科认为的人口的技术，也就是我们定义的狭义的治理术。

还有一种福柯基本上没有提及的可能性，就是关于集体生活而不是集体生命的技术，兰姆科把它叫作"社会的技术"，这也是福柯留下的一个空白。

这样就大概解释清楚了治理术或者人口的技术最基本的特点。那么，我要再总结一下。第一个特点，人口是不透明的，它依赖于一系列的变量，正因为它是不透明的，所以它又有一个倾向，至少从权力的角度来看，它是有某种内禀的属性的，也就是福柯所说的它有"自然性"。

第二个特点，和人口相关的治理术也是一种知识——权力，它经常伴随所谓"真言化"（veridiction）的效果。"真言化"是福柯紧接着《安全、领土与人口》后面的讲座《生命政治的诞生》里提到的一个概念。他讲的是，在自由主义的经济学里，市场本身不仅是一个权力的场域，同时也是一个生产真理的场域。治理术确实是有这个特点的，治理术对"人性"是有一定的基本假设的，并且它通过一系列的实践，通过完成治理之后的结果再反过来印证它的这些假设。

第三个特点，最开始提到的人口的行为动机，也就是人口的倾向。这个时候，治理术和规训技术非常不一样的是，规训技术主要在于说"不"，它要告诉主体这个不行、那个不行，并且有些时候具体不行的事情和不行的行动可能还不是最重要的，最重要的是权力说"不"的这个动作。通过这样的规训和训诫才形成了一套权力构造，相当于权力才占据了大他者的位置。治理术的策略是相当不一样的，它主要在于说"是"，也就是治理术把自己理解为一种"调节"，它只能借助每个人的自由——比如说在自由主义或者重农主义的例子里面，只有通过每个人自由地实现自己的私欲——才能够运转。

最后再补充几点说明。人口这种主体性形式以及它相关的权力技术——狭义的治理术是相对晚近才产生的，追溯到福柯基本上就是源头了。我刚才也提到"人口"这个概念对达尔文是很重要的，达尔文之前还有马尔萨斯的人口论。这个概念对于社会学的诞生也是非常重要的，因为据我所知，社会学最开始是做犯罪学研究的。犯罪学研究是从大量的卷宗和数据而来的，这些数据来源于法国从大革命前后到路易·波拿巴时期对法国人做的日常监视，他们对监视内容做了事无巨细的记录，形成了很多卷宗，犯罪学就是从对这些卷宗的研究开始的，在大量数据研究的基础上才有了"人口"的概念。所以至少社会学发源的时候一个非常重要的方向就是和人口直接相关的。

当然这里也包括经济学，也就是福柯梳理的。"治理术"这个概念确实是比较晚近出现的，跟福柯分析的规训技术相比，它的历史是比较短的。

但是有一点我还需要澄清。如果我们按照福柯说的，用规训和治理的范式来划分时代，这样是不妥的、过于简化的。福柯有过类似的表述，认为过去是规训的时代，更新的时代是治理的时代，一些欧洲学者也受此启发有过类似的表述，比如说德勒兹提过控制社会替代规训社会，还有奈格里和哈特的《帝国》里面又进一步对这个表述做了一些翻新。从我的角度来说，在对福柯的思想做了比较细致的梳理之后，我觉得用它来划分时代是不太合适的。只能说规训技术更老一些，治理的技术更新一些，它们两个其实本身并不矛盾，甚至，它们经常是可以结合在一起的。

我这里简单举一个例子来说明。齐格蒙特·鲍曼，波兰裔的英国社会学家，他曾经写过一个小册子，这个小册子里面对福柯"全景监狱"的例子做过一个重新阐释。福柯的"全景监狱"来源于边沁，福柯把这个解释为一个最经典的规训模型，即权力者匿名，类似于隐身地在中央哨所监视被监视者的行动。

鲍曼说，不是这么简单的。在边沁的模型里面，更下层的直接被监禁的人，以及监狱更底层一点的工作人员，他们确实是被监视着的。但是，把这个权力层次往上挪一些，我们就会发现，更上层的人是有一些自由的。而且边沁有一些很有意思的表述，他认为，更上层的这些人受到的是经济规律的约束。在边沁原始的表述里，他认为应当把这样的"全景监狱"承包给企业家，对于企业家来说，他运营"全景监狱"实际上是出于经济利益，虽然他在监狱内部主要实行的是规训技术，但是他本身接受的是更大范围内的经济方面的治理。

从这个简单的例子我们可以看到，规训和治理其实并不是矛盾的，甚至可以是结合在一起的。

我刚才主要解释了"人口"的概念和什么是"治理术"，下面我要再加入一个重要的维度——快感的维度。

这方面的讨论我拆成了两个部分，我在前面一部分主要是从理论方面来讲什么叫"快感的治理术"；第二部分我将用电子游戏的例子来解释"快感的治理术"实际展开是一个什么形态，并且可能有什么样的后果。

首先从理论方面来阐释什么是"快感的治理术"。

我要先做一点名词解释，关于"快感"和"享受"，也许还有"快乐"。这个概念实际上不可能不和精神分析发生关系。我个人算是对精神分析有一个基础的认识，但是我没有办法做精神分析本身的研究。从精神分析来说，"快感"和"享受"有非常严格的区分。"快感"一般在英语里面的术语叫作"pleasure"，而"享受"叫作"enjoyment"。"享受"是与小客体 a 和原乐（jouissance）紧密联系的，它和溢出、禁止和不可能性相关，有比较复杂的结构，和我之前提到的精神分析的主体相关。而"快感"比较简单，"快感"其实很多时候也可以翻译成"快乐"，它基本上就对应着弗洛伊德所说的"快乐原则"。

齐泽克在2017年有篇小文章大概解释了这里面的差别，我觉得还是讲得比较清楚的。他讲道："利润的敌人是更多的利润。"所谓"更多的利润"，就是利润的溢出，就是剩余价值（surplus value）。与此非常类似的是，"快乐的敌人是更多的快乐"，齐泽克对这句话的解释是"Enjoyment is the surplus-pleasure that goes 'beyond the pleasure principle'"，也就是，享受是一种"更多的快乐"，是一种溢出的快乐，是一种剩余快感，而它是超越快乐原则的。

这时候我面临一个小问题，齐泽克有一本专著叫作 *Metastasis of Enjoyment*，中文被译成了《快感大转移》，这里把"enjoyment"翻译成了"快感"，把"pleasure"翻译成了"快乐"。这是完全可以的，但是如果我要遵循这个翻译的话就会带来比较欢乐的效果。我这里谈的"快感的治理术"是"Governmentality of Pleasure"，按照他这个翻译就会变成"快乐的治理术"，可能会引起一些误会，所以我最后决定还是用"快感"这个翻译。这个辨析就是希望大家明白，我说的"快感"是"pleasure"，它相关的还有一个东西叫作"enjoyment"。

我们再回到之前兰姆科给出的那个表，福柯讨论过的权力技术的类型学。我们刚才主要做比较的是这个表左边的纵列，关于生命、身体技术的规训和集体的人口的治理术。其实治理术也不一定完全要限于生命，它也可以涉及生活。

我们没有详细展开讨论的是"自我的技术"，关于个体生活的技术。

我想要简单提一句"自我的技术"大概是什么。"自我的技术"主要是在福柯的《性经验史》（卷二）、《主体解释学》、《治理自我与治理他者》（Ⅰ、Ⅱ）——第二讲还有一个主标题叫"说真话的勇气"中讨论的。其中每一本书或者每一次法兰西讲座讨论的都不太一样，我个人认为这里面可以概括出福柯的一个总体倾向，也就是，他希望借助"自我的技术"这个概念做什么？我觉得他最终的指向是重塑一种政治文化。和福柯在《什么是批判》中已经有过的经典表述不完全一样的是，他想要提"自我的技术"的理由：不仅表达"不被那样统治"的意愿，而且还要更进一步，他希望能够用这种方式让个体主导自己的生活方式，并且，借助这种对自己生活方式的主导去塑造一种积极的政治文化。

这一点是我最近在阅读和思考的内容，它其实又涉及另外一边的谱系，主要是政治哲学和西方马克思主义的政治本体论方面的。我们可以看到，福柯的权力技术其实是可以导向不同的方向的。

更进一步说，福柯提出"自我的技术"背后是一种现代性批判的意识，它是一个非常粗略甚至是过于简略的概括：从《性经验史》（卷二至卷三），到《主体解释学》和《治理自我与治理他者》，福柯大致描绘了西方现代性主体性形式形成的轨迹。它的轨迹是什么样子的？

简单来说，他认为西方现代的主体性形式是由基督教的真理 — 主体模式转化而来的，而基督教的真理 — 主体模式又是某种对古希腊模式的否定。具体否定的是什么？第一是生活与技术，这里福柯主要强调的是实践技术，但我觉得他实际没有指明的应该是海德格尔的技术观。总之，他认为生命与技术相分离。

第二个是"自我的技术"，它追问的对象从生活（bios）变成了灵魂（psuche），这主要是在主体解释学里面讲的。福柯认为最早古希腊"自我的技术"是关心你自己，而不是关心你自己的灵魂。

第三个是断裂在"askesis"，就是被佘碧平老师翻译成"修行"的概念。这个翻译稍微本土化了一点，但是总之是关于这样一种实践的断裂，"askesis"被替换为"mathemata"，"mathemata"是学习，一种习得知识的实践。这里面很明显可以看到一种现代性的批判。

如果把我刚才讲的比较技术化的非常术语的表述，再做一个粗糙一点的概括的话，福柯认为的转变是：从实践风格化的生存美学，变为向一个引导者提出"我的本质是什么"的问题。这大概就是从古希腊到基督教的真理 — 主体模式的转变。

福柯在法兰西学院讲座《治理自我与治理他者》的两讲尤其是第一讲里面比较明确地表达了以自我的技术为基础重塑政治文化的诉求。他希望把古希腊风格化的生存美学找回来，而且让它不仅限于一种对自己生活的风格化，还希望它能够有集体的效应。这是福柯现代性批判的一个基本意识。

跟福柯提到的这个关于真理的轨迹相平行，我们其实也可以看到一个快感的维度。从《性经验史》(卷二)到《安全、领土与人口》，我们可以看到快感在所谓"风格化的个人生存艺术"中间本身是起一个中介作用的，《性经验史》第二卷的副标题就叫作"快感的享用"，这里的"生存美学"应该是福柯没有明说但是推崇的一种方式，但他也不是完全按照古希腊的原样来推崇的。

到了《安全、领土与人口》里面，快感仍然存在，但是它的位置变成了塑造集体行为模式的中介。从另外一个方向来对比这两者，可以看到之间的转变。作为风格化的生存美学的内容，快感本身可以有各种各样的内容，有各种各样不同的享用方式；而到了治理术里面，它变成了集体行为模式的假设，也就是理性经理人追求经济利益或者效用函数的最大化这样的东西。

基于这个比照，我认为，快感的维度也应该在福柯现代性批判的思路当中，也应该有和之前真理的维度相平行的位置。并且，它应当与福柯最终的诉求，也就是借助自我的技术重塑政治文化，也是有关的。这是我从理论上提出"快感的治理术"的最主要的原因。

讲完了理论，下面我就来讲一个相对平易近人一点的例子。因为时间的限制我没有办法讲得特别具体，并且因为大家背景各不相同，其实这个例子还是会讲得相对抽象和简略一些，请大家见谅。

我以一个类型的电子游戏来解释"快感的治理术"到底是什么，以及它可能会有什么样的后果。我为什么要分析电子游戏？

首先，如果我们要从权力技术的角度来看电子游戏，就要用这个视角，就要用这个工具，要用这个"锤子"来锤一下电子游戏这个"钉子"。如果忽略之前那些非常技术性的也可能有点过于理论化的讨论，我们应该可以感觉出来，"快感的治理术"这个命名是非常符合直觉的，有可能是对很多现象的一个很贴切的答案。有了这个直觉，我们要尝试具体去阐述什么是"快感"，什么是"治理术"和什么是"快感的治理术"这些问题。

其次，和我最开始在引入里提到的例子相对比，电子游戏的例子其实要相对简单一点。在我提到的数码资本主义里，三元模型是关于平台、劳动者和用户的；而电子游戏里面基本上可以只考虑两方，一个是电子游戏的制作运营方，另一个是电子游戏的用户或玩家。

最后，电子游戏里面的快感往往更复杂、更具内容。我们可以看到"自我的技术"的维度与"快感的治理术"的维度往往是并存的。这就给我们理解和应用福柯提供了很好的条件：我们可以预期，在电子游戏里面能够很常见到"自我的技术"和"快感的治理术"并存甚至交互。因此，这个例子和福柯的理论之间可能会有比较好的互动或者说化学反应。

下面就进入我要讲的例子，我不具体来说是分析哪个游戏了。我自己在博士论文里面最主要关注的游戏是《明日方舟》，我也对这个类型的若干款手游有泛泛的尝试，对《原神》也有一定的了解，但我最后是对《明日方舟》做的细致分析。

首先解释一下这个游戏类型，我管它叫"角色养成类氪金手游"。"手游"就是指手机端或者以移动设备为平台的电子游戏。"氪金"原作"课金"，其实就是交钱的意思。准确地说是一种在英语里面叫作"Free-to-play"的模式，这里英文字面意思就是"免费游玩"。当然这个模式不是彻底免费，而是入场费为零，玩家不需要付任何费用就可以下载这个游戏，下载之后也有很多内容可以玩，都不需要付费，但是会有各种各样额外的内容或者也可以叫额外的服务，是要付费的。

"角色养成类"游戏，这可能不是一个特别通用的命名，这里有我的个人色彩。当然，"角色养成"这个说法是有的，是在玩家中通行的。但是直接把这种游戏叫作"角色养成类"，我好像没有见到太多的人直接这样讲。

我这样定义"角色养成类"的类型：一种"氪金"游戏——在"Free-to-play"的模式中，它提供的需要单独付费的额外内容，最主要是以游戏内的角色这种形式出现的。也就是说，玩家首先零门槛进入这个游戏，即使不付费也可以进行很多游玩，但想要获得更好的游戏体验的话是需要"氪金"的，通过"氪金"来得到游戏里面的角色。并且，玩家会在游戏里面用各种方式把角色升级，也就是所谓的"养成"。在游戏的数值系统内进行升级不断地把"角色养成"，这是其中一个非常核心的维度。

"角色养成"本身只构成游戏内玩法的一个维度，也可以管它叫作玩法，但通常来说它不是玩法的全部。这种游戏是由"角色养成"这种活动和玩法为核心的，但是又可以和别的游戏类型、游戏玩法相结合。

这种"角色养成类氪金手游"实际上已经是中国手机游戏的绝对主流模式。某种程度上是因为"角色养成类"本身是可以和别的游戏相结合的，有点类似于任何玩法都可以加入"角色养成"再加"氪金"，并且这种付费模式非常成功。

既然玩家在里面付费主要得到的额外服务是所谓可"养成"的角色，那么他们究竟为什么为这些角色付费？我下面放了两张图，分别是《明日方舟》和《原神》里面角色的立绘图。

图1是《明日方舟》里面曾经非常有人气的一个男性角色，我觉得没有相关的知识和理论背景也可以看出这个游戏在试图设计一个有魅力的角色。如果对二次元或宅文化的相关理论比较熟悉，大家就可以立刻从这个立绘图上辨识出各种各样的东浩纪定义的"萌要素"。这个男性角色，乍看是一个人，但仔细看他好像又不完全是一个人，他的头顶上长着雪豹的耳朵，身后又露出来一条雪豹的尾巴，这是一种萌要素出现的形式。

图2是《原神》里的一个女性角色，在宅文化拥有大量男性用户的情况下，这个女性角色设计中的萌要素是非常明显的，我就不详细指出了。和图1的角色有类似的地方，她长了角，虽然不是兽耳，但也是一个类似的变种。

图1

图2

从这两个图中可以明显地看出，玩家为什么为角色付费。如果非常熟悉宅文化应该会看得更清楚，即使不太熟悉宅文化，大家应该也有一个模糊的感觉：首先玩家当然是为角色被设计出来的魅力付费的，这些魅力是有类型的，而且有非常复杂繁多的标签系统。

下面我们就说玩家为角色付费的意义。对于商业模式来说，这里是做了一个连接，"角色养成类氪金手游"让东浩纪式的萌要素数据库变成了电子游戏的玩法和商业模式之间的核心中介。我们提到，玩家是为角色付费的，角色是商业模式里面最重要的付费项目，这是它商业模式的部分。被设计出来的角色是有魅力的，更具体来说是有"萌要素"的，比如说兽耳，玩家为了这样一系列从数据库里挑选出来的萌要素付费，而大家购买了使用这种角色的权力之后，对它施加的行为就是"养成"，也就是在数值系统里的升级——当然也不只是升级，还有别的我稍后再展开。如此一来，从游戏制作运营方的设计到玩家的活动，就经由东浩纪式的数据库连接了起来。

玩家获得了角色之后要做的"养成"活动是什么样子的？其实所谓的"养成"过程并不是一个特别简单的升级过程，它要求玩家获得了角色之后付出金钱或者劳动，让角色的数值——主要是它的等级——达到可以在游戏关卡的攻克中贡献力量的门槛。也就是玩家要先升级到一定的程度，角色才能进入游戏的关卡里面，才能发挥作用。严格来说，这是角色的"养成"。

而角色的"养成"其实只是玩法的开始，或者说是玩法的基础，而不是完整的玩法。当然人和人不一样，也有可能"养成"不是玩法里最重要的东西，稍后会提到。

准确来说，玩家消费来自萌要素数据库的角色所获得的快感，是一种身体性的快感。这里说身体性的快感，不是强调玩家对"纸片人"抱有某种欲望，而是指，玩家与角色的情感联系需要不断在新的展演中被唤起。也就是说，玩家不是把角色升级到一定的等级就得到了最主要的快感，而是升级到一定等级之后还让角色能够上场，能够在游戏的玩法里进行展演、表演或者说展现角色的能力和魅力，这个时候玩家才能真正获得这类游戏里面最主要的快感。所以养成只是获得快感的门槛。

我刚才说的其实也只是围绕养成的一种获得快感的方式，其实玩家从角色中获得快感的方式不止一种。其中最主要的是我刚才提到的，在游戏制作运营方周期性更新的关卡中，操纵它"养成"好的角色然后进行展演，展现其能力和魅力，以这种展演不断地重新唤起玩家与角色之间的情感联系，并且获得快感。

还有一种快感模式也非常重要。玩家不一定非要在游戏的游玩里面获得快感，他也可以创作、消费与角色相关的同人作品，这就是和游戏相关的同人社区里发生的事情。《明日方舟》和《原神》都有非常大的同人社区，即使玩家不玩游戏，只是在同人社区里面浏览甚至参与创作也是可以获得快感的——玩家确实可以不玩游戏仅参与同人创作。这是另一种以角色为中心的快感方式。

然后，玩家当然也可以在游戏社群中讨论和分享相关的话题，可以和朋友和陌生人来分享，哪怕这种分享伴随着争吵，事实上争吵也可能是有快感的，这也是可以观察到的一种方式。

我想这样就基本上介绍完"角色养成类氪金手游"的特点了。我想把它再和单机电子游戏做个对比。把最典型的单机电子游戏和我刚才说的这种角色养成的游戏对比，我们可以看到，其中最大的差别是快感的消费和快感的生产的差别。

对于单机游戏来说，玩家进行的是比较单纯的快感消费，相当于从游戏的制作方、平台或者销售方买到游戏产品，然后游戏产品就是玩家消费的目标，或者说玩家使用这个消费品然后得到快感，就是这种比较简单直接的模式。

但是，在"角色养成类氪金手游"里面玩家和快感的关系不是那么简单直接的，玩家变得更主动了，他变成了生产者。

我们再回头看一下获得快感的方式：首先养成这个角色，玩家想要养成哪个角色是他选择的，而这个游戏的制作运营方一般都会设计非常多的角色，尽量涵盖萌要素数据库里面更多的部分。所以这里面玩家是可以自由选择养成的，并且也可以有相当大的自由度去选择如何让他们喜欢的角色在关卡中展演。这里玩家有很大的自由度，也有很大的自主权，最终得到的是哪一种快感实际上也是由玩家的选择来决定的，在这个意义上他们更接近快感的生产者，而不简单是消费者。

这个特点在同人里面更明显。同人里面消费者和创作者、生产者是没有办法分开的，哪怕实际的出产比消费少很多，通常也要有出产的能力，才获得了恰当消费的基础和基本技能。

最后一个快感模式和这个问题的关系可能没有那么大。那么，从这两个模式我们可以很明显地看到，将单机游戏作为参照，玩家是从比较单纯的快感消费者变成了快感的生产者，自己生产自己最后要消费的快感。

那么这个时候我们可以做一点政治经济学的分析。我们先看单机游戏，单机玩家在购买单机游戏之后基本获得了快感消费所需的全部条件，但是手机游戏的玩家，也就是"角色养成类氪金手游"的玩家，他们抽到了这个角色之后，却不占有快感生产所需的全部生产资料。

首先，养成的过程是需要玩家做额外投资的。玩家可能要付出一定的经济投入，但是也可以零投入，也就是可以不付钱，完全免费的玩法也是可以的。但是，玩家不能不付出劳动，他们总是要在游戏里面重复某一些活动，靠这样的劳动来换取养成角色所需的材料，也就是游戏内所谓的"材料"。

这说的是什么意思呢？也就是说，玩家想要最终得到令他们产生快感的产品，他自主地进行了这种快感生产活动，但是，其中有一部分的生产资料需要靠他的劳动来交换。

我们可以以《明日方舟》和《原神》为例。这样的"角色养成类氪金手游"里面，新角色和新关卡推出的速度以及其中具体的内容都是由游戏制作运营方决定的，玩家的干预能力是比较有限的。在这个情况下，我们可以直觉地感觉到玩家的权力是被削弱的，相较于单机游戏。在单机游戏中，玩家得到这个软件的使用权之后，基本上就得到了快感消费的全部条件，但是在手游中，玩家抽到了角色之后，还需要额外地再投入劳动。我刚才提到玩家与角色情感联系相关的快感是需要不断在关卡中被唤起的，只有固定的关卡来进行展演是不够的，这就需要游戏的制作运营方不断地推出关卡。另外，现在已有的角色包含的萌要素也不会都是玩家所喜欢的，也需要不断推出新的角色。这样两方面合在一起，也就是说，玩家的快感有一部分是在对未来的预期之中，而不是现在就可以实现的，在这个情况下我们可以切实看到玩家的权力是被削弱的。

我们再来具体看玩家在这类手游里面所进行的劳动。这个劳动主要是为了交换养成角色所需的材料，玩家最终的目的也是要把这个角色养成到那个门槛，使其可以在关卡中进行展演，所以这种交换材料的劳动几乎完全只是手段，而不是目的。并且，这种劳动往往是重复枯燥的，在《明日方舟》里面玩家社群有一个非常直接的称呼，叫作"看录像带"，玩家对此类劳动过程的控制力是很弱的，因此这是一种异化劳动，这里参照了克里斯蒂安·福克斯对异化劳动的一种定义方式。

这种异化劳动我很早就看到有人提到，很多年前还在触乐的 Oracle 老师将一种手机游戏叫作"打工游戏"，其实就很言简意赅地概括了这种异化劳动的性质。

按照这个分析，也就是，我提到了玩家相较于单机游戏来说权力是被削弱的，他又在从事异化劳动，这个时候我们就发现，玩家处境和被雇用劳动的无产者是很像的，只是有一点，马克思主义经典模型里面受雇用的劳动者是不能占有自己的产品的，手游玩家比雇用劳动者好一点的情况是，能够占有自己的快感产品，但是除此之外好像都非常像。

另一方面，如果我说作为这类游戏玩家，不参与养成玩法，不进行异化劳动，就做"同人玩家"，就用这种方式来免费玩这个游戏，仅仅在同人社区里面不断地创作和消费，是不是就免于这个权力关系了？这样确实没有直接陷入刚才分析的权力关系，但是还有另外一个问题，所有玩家对角色的消费，不光是同人的创作消费，包括养成玩家对角色的消费，这种角色的消费总是依赖于萌要素数据库的，或者说得更大一点，是依赖于一套想象力环境的，这个想象力环境恰恰是以同人的创作消费为一个很重要的源头的。即使我们不参与游戏内部的升级，不去进行这些异化劳动，我们为角色数据库添加的内容，我们在同人社区中贡献的这些想象力环境中的内容，实际上也会成为玩家快感生产的公共资料，而生产运营方是不会为这些公共资料支付薪酬的。这里我们发现，游戏生产运营方某种程度上又是在做一种交换，也就是以同人创作消费的快感来交换建设想象力环境的免费劳动，这也是在数码资本主义里面已经被比较详细研究的一点。

这样我就做完了一个简略的快感的政治经济学的分析。那么，现在就正式进入治理术的分析，我们要看一看在刚才的例子里面"快感的治理术"到底意味着什么。

首先，之前的政治经济学的构造需要一定的基础，不是无条件实现的。一个最重要的条件就是玩家对某一种快感的承认和认同。也就是说，在刚才的例子里面，对于东浩纪式的萌要素数据库里生成的角色的情感，以及不断唤起这种情感联系的需求，玩家是认可的，他们是认同这一种快感互动的。

然后，对于那些以养成玩法为主的玩家来说，至少要对这种异化劳动有一个有限的接纳态度。当然我们很容易观察到，有很多玩家是明确厌恶这种异化劳动的，这是非常明显的，但至少还是对它有限的接受，玩家才可能进入游戏里。我知道有很多传统的单机玩家，即所谓"硬核玩家""核心玩家"，他们对这类手游基本上是彻底拒斥的，我觉得他们可能是非常排斥这种异化劳动的。

其次，"角色养成类氪金手游"做了一个连接，把东浩纪式的萌要素数据库变成了商业模式玩法之间的一个中介。我们如果熟悉御宅文化研究的话，就会知道，东浩纪所描述的互动是非常孤立和非常自闭的。当然不代表具体的个人就一定是这个样子，但这是非常典型的一个形象。

东浩纪所描述的快感活动是喜爱具有某种萌要素的"纸片人"，我们可以说它有可能包含一种真实的自我的技术，在某种状态下是有可能的，从我的观察来说也有这种快感活动可以包含福柯所说的"自我的技术"的例子。虽然直接来说是一种对萌要素的消费，但是它也可以作为某种自我叙述构建的媒介，在这种自我构建上起到一些积极作用。另外，它当然也可以本身已经是一种极度驯化的状态。不过，无论它有没有包含这种真实的自我技术，基本上都是非常孤立和非常自闭的。

但是，"角色养成类氪金手游"实际上把数据库背后的个体连接了起来，连接成了一个集体。过去东浩纪式的数据库只是一个想象力环境，但是在"角色养成类氪金手游"里面它不仅仅是想象力的环境，同时也是一个生产方式，一个快感生产方式的体系，而这个体系就算不直接说是一个集体的系统，至少肯定不是只关乎个人的。

它们不只是关于个人，其中最主要的理由是：基本上任何一个个体都不完全占有快感生产的生产资料。基本上总有一部分快感生产的生产资料是被别人生产出来的，或者是被游戏运营制作方控制的。

那么，我们看到，玩家的基本处境是这样的。玩家所掌握的角色准确地说是未来能够生产快感的权力，并不直接就是快感，而快感的生产资料也未必能够当下就完全消耗掉并转化为生产快感价值的生产资料，它一部分的快感永远是在未来的。那么，玩家进行的活动就是不断付出异化劳动，希望这个异化劳动能够在未来兑现他们生产快感的权力。但是，付出的这些异化劳动对他们来说又是一些不断增长的沉没成本，他们投资的不仅仅是时间，还有情感。在这个情况下，玩家需要依赖游戏的制作运营方，并且几乎只能寄希望于游戏运营方所新增的角色与关卡能够较好地兑现他们生产快感的权力。可是，制作运营方无论如何，它的生产力是有限的。而角色的萌要素数据库是近乎无限的或者至少是非常庞大的。所以，新增的角色萌要素不会取悦所有人，适合在新增关卡中进行展演的角色也不可能是所有角色，那么这个时候，因为这种生产体制，不同的快感之间就构成了竞争甚至是敌对的关系。

这样我们可以发现，在东浩纪的模型中完全平行、互不相关的快感，到了"角色养成类氪金手游"里，因为这种客观的匮乏而相互矛盾，这样就形成了一种朴素意义上的"生命政治"，或者宇野常宽意义上的"生存系"叙事。

这个叙事是什么样子的？也许所有的快感都生而平等，也就是在萌要素数据库里面是生而平等的，然而由于这种客观的匮乏，没有办法平等地发展，没有办法平等地被实现。若要主张自己所持有、所追求的快感的生存权，就难免陷入某一种快感比另外某些快感更"优秀"、更"高贵"或者更值得存在的争论，这就是我说它是一种"生存系"叙事或者"生命政治"的原因。

如果我们假设已经有这样生命政治的争论，可以把这个和前面理论考量所描绘的关于快感的现代性变化的轨迹来做对比。我们之前是这样说的：快感从个人生活艺术的中介，变成了塑造集体行为模式的中介。从作为风格化的生存美学的内容，变成了集体行为模式的基本假设。

从手游的例子里面我们看到，风格化的生存美学并不是因此不存在了，它其实仍然可以在个人的层面上发生。只是如果当整个讨论的领域被生命政治的争论、被"生存系"叙事主导,那么,个人方面的风格化的生存美学就变得非常难以交流了。

简单来说,这就是一种秩序,一种类似朗西埃讲的"可感性的划分"的东西,我不太清楚具体该叫它什么,但是可以很明显地看到它形成了某种和快感相关的秩序。

最后,我想再回到柄谷行人的博罗梅奥圆环。他认为国家—资本—民族三圆环是紧紧连在一起的,形成了某种非常坚固的结构,我觉得应当修正为国家—资本—X,这个X是某种"人的因素",可以是集体性的,如意识形态、思想方面的因素,也可以是人的普遍类型,如"主体"这种主体化形式或者"人口"这种主体化形式。

柄谷行人的叙事其实除了我刚才说的在"民族"这个方面需要修正以外,其实还有一个小的缺陷。在柄谷的图像里,国家—资本这两环是比较确定的,是充满张力的,但它们也是非常稳定的,这非常符合柄谷认为的"牢不可破"的说法。

原因是,我认为,国家和资本背后都对应着非常切实的权力机制,而最终来说,它们背后所依赖的权力机制是相互兼容的,虽然它们之间充满矛盾和张力。但是,第三环,就是X的这一环,并没有柄谷行人所认为的那样稳定。任何良好运转的权力关系都需要某种承认和认同,并且还需要不断再生产这种认同。如刚才例子中已经提到的,如果玩家不认同数据库动物,如果玩家不认同异化劳动,那么"角色养成类氪金手游"的快感秩序本身也就无法实现。

而从另一个角度来看,实际上博罗梅奥圆环是一个拓扑结构,它和具体的形状是没有关系的。我之前的配图放了一个非常规整的三圆环,它可以画成这个形状(图3),但也可以把其中一个环画成任意一个形状,也就是现在这个配图的样子(图4)。我们可以假设一个圆环是资本,一个圆环是国家,人的这一环其实可以是非常复杂和微妙的。而只有这一环也接上去之后柄谷行人所说的三圆环牢不可破的结构才成立。

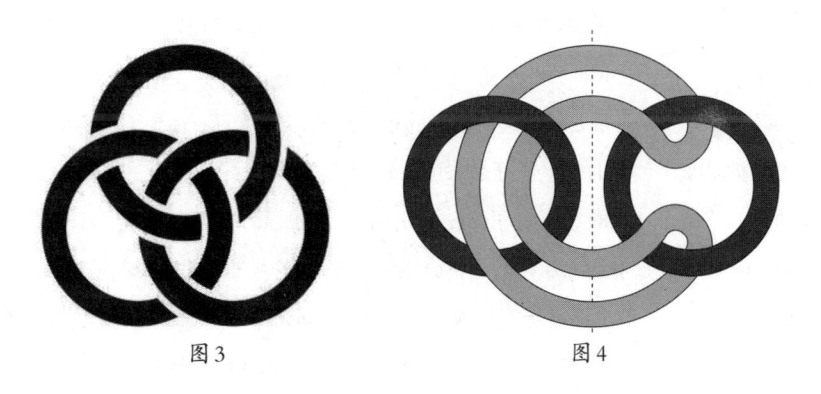

图3   图4

我觉得从这个角度来解释，也许就是福柯最后转向"自我的技术"背后的动机。我想讲的就是这些，谢谢大家。

邓剑：傅善超老师刚才的讲座非常精彩。傅老师在讲座一开始提到了平台雇用劳动者和用户的问题，提到了柄谷行人三位一体的模型，今天我们请来了清华大学的刘金河老师，他的论文《权力流散：平台崛起与社会权力结构变迁》中也提到了跟平台相关的三方模型，即国家、市场和社会。现在的游戏，特别是商业化的网络游戏越来越不像游戏了，更像一个平台，所以请刘老师从您研究的角度，对于傅善超老师的讲座进行回应。

刘金河（清华大学公共管理学院）：谢谢傅博士的精彩演讲，也感谢邓剑博士的介绍。我事先把傅博士发表在期刊上的文章认真地读了读，写得很精彩，也很敏锐地捕捉到了福柯的相关概念、内涵以及前后基本的变化。我自己一直做的是互联网公共政策和互联网治理研究，我可能会顺着治理的方向提一些我自己的想法作为一种补充。

最近一个很火的概念叫"元宇宙"，我刚才听傅博士讲游戏的时候想到，如果游戏直接替换成元宇宙那么它的生命政治是不是就是全方位的？我们知道《黑客帝国》最新一部也要上映了，那种人被当作生物电池的场景是不是就是某种元宇宙的景观。从这个角度讲福柯的理论是不是能跟我们当下巨大的现实结合起来？是不是能够把人口治理进一步拓展并且能够超越福柯？其实我们是有可能超越福柯的，超越他的话语概念和理论，去生产出新的理论可能性，因为我感觉现实已经发生了根本性的变化，可能跟福柯那个时代是不太一样的，这是在理论层面的。

另外，我还想补充我自己最近在关注的一些研究，事实上福柯用的一个很核心的概念叫"治理"，以及"治理术"，其实我以前一开始接触互联网治理，我们一般叫作"Internet Governance"，我们用"governance"这个概念，不断强调这个词的内涵，它不同于"管理"，甚至也不同于"政府"。事实上，我以前看福柯"治理术"的时候一头雾水，感觉福柯说得很重要，但是他所说的东西跟我所接触的治理是不一样的。傅博士这篇文章里面很重要的一个任务是去澄清什么是"治理术"。我有一个想法，是不是在翻译上的概念导致的，我们现在说西方意义上的国家"治理"或者互联网"治理"叫"governance"，它事实上强调的是没有政府控制，多方主体能够平等地参与进来，所以最开始"治理"理论提出来的时候叫作"governance"。但现在这个概念其实跟福柯"治理"概念的内核某种意义上是相反的，我觉得他把福柯的概念直接翻译成"治理"，可能会带来一定的困扰，包括"governmentality"这个词，我看之前有学术分析，对这个词有很多种翻译方法，"治理术"是后面大家慢慢接受更多的，但是"治理术"不一定能够真正揭示这个概念，比如有的人用"政府性"这种概念，就是政府的特性，我觉得某种程度上可能更能揭示福柯的想法。

我认为福柯用"governance"这个概念，强调的更多可能是一种控制，我觉得用"管理"甚至"统治"这些词比"治理"带来的理解可能更准确。但福柯的理论体系已经形成了，我后来反思一下，其实在哲学意义上用"治理"这个概念实际上能够更广地把"管理"的概念纳入，同时也包含了非绝对的自上而下的控制，可能更好一点。当然我只是抛一个线出来，希望能够进一步讨论，特别是傅博士对这方面比较擅长，希望能给予更多的回应和研究。

回到我们当下一个社会事实里面来，我是研究互联网治理的，实际上更广一点，现在甚至都叫作"数字治理"，某种意义上我们可以称之为"数字控制的技术"，当然这是比较批判的角度。当下的中国和全世界实际上数字化方式的控制是无处不在的，刚才傅老师提到数据要素成为一个政策文件的核心概念，这是国内这两年一个非常主流的观念，它不仅仅是一份文件，它是自上而下、各行各界都形成的一种前提性共识，数据就是生产要素，数据就是一种生产的力量。我们也看到这两年中央强烈提出要平台经济反垄断，从政府的角度要对经济层面进行干预。还有一个可能会顺着这个逻辑但更具体一点的，就是相关的互联网立法，特别是数据的立法。大家知道《中华人民共和国个人信息保护法》还有《中华人民共和国数据安全法》都已经通过了，现在网信办正在立的是《网络数据安全管理条例》，正在征求意见。包括之前2016年的《中华人民共和国网络安全法》，行业统称为"三法一条例"。

那么我们的社会景观怎么去理解？

我们可能会从一种政府控制的角度或者一个中心、自上而下的控制的角度看这些问题，但是我想回应的第一个观点是，我当时做平台研究，研究的这种治理或者这种治理主体、控制的主体更多的是来源于一种私人的主体，主要就是平台企业。在我们刚才的语境里面，我之前称之为"一种福柯意义上的规训"包括行为上的规制，讨论权力的话，我更倾向于从韦伯的权力开始谈，它对行为有直接的规定和控制。第二个观点是，对观念的规训，这可能是福柯意义上比较微观的观念规训，这些实际上是平台正在做的。

举一个很简单的小例子，现在两三岁的小孩子拿手机刷抖音短视频的时候比我们大人更快，我在想，在这种规训之下长大的他们会成为一个个跟我们很不一样的人吗？这可能是以后的想象。

回过头来说，这种私营公司所提供的数字产品所带来的规训，包括对行为的规定、对观念的规训，以后甚至对社会规范的形成也会造成影响，就像脸书（Facebook）说要建一个全球社群，声称这是超越国界的，现在说要建"元宇宙"，整个"元宇宙"在它手上的时候，人们在这个宇宙里面所有的行为、遵守的规则和规范某种意义上是由它来规定的，当然也是它慢慢去规训和认同的。

所以我在想这里的主体，福柯一直在讲其实人本身是一个主体，那么它有一个自我治理的主体，还有一个是被治理对应的主体，也就是治理的现实主体。我刚才说"治理"的一部分来源于政府或者公权力，还有一部分来源于企业，其实还有一部分来源于社会，也就是文化治理对我们的规训。

再举一个小例子，我们最近做网络信息内容治理的研究，对比一下中国跟美国关于平台线上信息的治理，里面有个很重要的数据可以发现，根据网信办公布的数据，一个月全国范围内有1500万到2000万的举报量，也就是在网上每个月都有1000多万的举报，这个举报如果放到福柯意义上的话是一个很重要的"生命政治"，也是一个很重要的"治理术"的内容。那这些举报来自哪里？从这个意义上是不是可能来自社会的一种治理？

我是从以下几个角度去思考治理的。我们在公管学院所做的对策性和批评性思考其实也有一定的挑战。如果把它作为一种治理可能是很批判的，如果把它作为一种管理，那么这些内容我们应该怎么合理地理解？我们一方面给政府和社会出主意，另一方面也保持一种批判的态度，所以我们该怎么做？具体征求意见的时候怎么给出建议？包括工业和信息化部强制要开放外链，直接规定这个数据的使用方式，然后现在征求意见的时候我们怎么办？我们面对这些巨大社会现实的时候，应该怎么样使用福柯的概念来更真切地理解？甚至某种程度上更正确地去理解当下的现实？这是我引发的思考，我自己也没有太多的结论，就跟大家一起讨论，谢谢。

邓剑：谢谢刘老师，请傅老师回应。

傅善超：我简单回应两个问题，一个是关于"治理术"的翻译或者"governance""government""governmentality"这几个概念的关系，还有一个是后面我们可能要面临的控制的主体是有哪些，这两个问题也可以说是一个问题。

我自己定义的时候是在福柯自己的脉络里面，一方面有翻译的问题，另一方面也有福柯本身自己术语选择的问题,"governmentality"这个词说得就特别抽象,他本来说的也是更相对理论化的东西。

我觉得福柯讲的广义的"治理术",不是我这次主要关注的狭义的治理术,和您刚才提的"治理","governance without government",其实是不矛盾的。福柯宽泛谈广义的"governmentality"的时候,他比较简单地说就是"规训"和狭义的治理术,可能还有后面会提到的"生命政治"的一些因素,相对来说泛指的一些内容。

如果作为"规训技术"来说,明确有一个上和下的结构,一个发出规训的主体和一个被规训的主体,这个主体不是精神分析的理论概念,或者就叫作人,或者用社会学的"行动者"的概念这样讲。

这个所谓"governance without government"其实是有福柯讲的狭义的治理术要素的,它强调的是多元的参与者,并且每个参与者都有不同的诉求,在满足他们不同诉求的情况下就能够实现这样的一个秩序。当然我想福柯说的只是"governance without government"的一种特殊情况,可能还有别的情况,但其中一种情况是一致的。我觉得这样讲的话同时也就是回应刘老师提到所谓"规训"来源的行动者是谁,可以是政府、国家、平台资本也可以有社会方面的来源,其实都是可以在福柯的系统下讲清楚的。

邓剑:我接着傅老师的回应讲一下。我觉得傅老师发言里面最有意思的一点是,他提到的"规训"和"治理"并不矛盾这样一个观点。如何把这样的理解应用到傅老师所说的电子游戏里会是非常好的一种尝试。再接着刚才刘老师关于"治理"在哲学和管理专业内的差别问题谈一谈。福柯提的是"生命政治",我自己也在研究电子游戏,我也爱用傅老师用的一系列概念,像"劳动""数码资本主义"之类的,但我目前比较爱用的概念是"精神政治",即电子游戏从"生命政治"过渡到了"精神政治",其中不是他者的剥削,而是就快感进行自我剥削。

傅老师的演讲顺着平台的演进,过渡到关于福柯的论述。他用了很多福柯的概念,包括"主体""人口"还有"自我",以及福柯的权力思想,等等。我有幸拜读过傅老师的博士论文,里面很多论述都来源于福柯,特别是关于"人口"的一些论述给我的启发特别大。我们今天也请到了国内一位研究福柯的专家,来自北方工业大学的董树宝教授。董老师,关于傅善超老师的讲座,您有什么样的回应呢?

董树宝(北方工业大学中文系):刚才我听了善超的讲座很受启发,因为他关注的是一个新领域,他运用福柯的理论描述、界定和解释新兴的游戏研究。现在大家都在用不同的概念描述当前的数字技术发展，善超描述成"数码资本主义"，我看到更多的是"数字资本主义"，还有金河提到的"平台资本主义"，当然大家可以用不同方式和不同概念描述当前我们所处的时代，但运用什么样的理论来解释当前新的发展形态？我们都在思考和探索。因为每种理论都有它可解释的范围，同时也有它的局限性。刚才我很紧张，丝毫不敢放松，认真跟着善超的讲座思路，全力以赴、集中精神听善超的分析和讲解，因为善超讲解最后的落脚点是游戏，这个领域我不熟悉，也不擅长，不像姜宇辉老师那么研究前沿问题，而且他是资深玩家，又懂法国理论，我对这个新领域的了解比较少，所以兰珺邀请我参加这个论坛，我说我真不了解这个新领域，兰珺跟我开玩笑说，你儿子是你了解游戏的最好途径，还真是这样。

因为我儿子经常跟我谈他玩的游戏，包括这次我为了准备跟善超进行交流，还特意跟我儿子进行了深入交流，对他进行了比较粗糙的人类学田野调查和访谈。我儿子的很多解释和理解让我很惊讶，我隐约觉得我的理论研究在这个世界上已不具有现实意义，我可能是被"终结"的一群人。未来的时代属于游戏的一代，我们看到当前发展趋势已经证明了这一点。我跟我儿子谈完之后有个特别的感受，像我们"70后"小时候更多的是看书长大的，或者是看电视剧长大的，而现在的"90后"或"00后"生活在网络时代或手机时代，他们更多的是通过手机尤其是通过电子游戏打发闲暇时间，以前我们看书，看电视剧，现在他们更多是通过游戏来拓展自己的生活。

我们看到近年来手机的发展，尤其是数字技术的发展，使我们整个生活发生了翻天覆地的变化。因为我们的支付手段发生了变化，有支付宝、微信等；我们的购买方式也发生了变化，有淘宝、京东等；还有我们的出行方式也发生改变，有共享单车、携程等，这些都可通过我们的手机和网络来实现。而且我们的闲暇方式也被无情地捆绑到手机上，要是治理的话，数字资本主义最好的治理是无限地开发，利用和剥削我们每个人的闲暇时间。再进一步说，网络、手机等数字媒介就像黑洞一样，要把我们闲暇的时间，要把我们那些平时感觉不到、可能感觉到的但很琐碎的时间都吸收到数字平台上，最典型的就是短视频平台。尤其在一线城市，很多人都没有完整的大块时间，短视频是消磨时间的最好方式。我们当前处于数字技术快速发展的时代，我们的生存空间发生很大变化。当然也有学者在2000年前后还提出一个挺有意思的概念，就是"数字共产主义"，与"数字资本主义"是相对的。

刚才善超谈了福柯的"权力"概念，我努力寻找善超所谈的权力观念如何与游戏形成内在联系，这也是我努力要探寻和解决的问题。要沿着福柯的思路进行权力分析可能不会那么简单，福柯关注的权力不是国家权力，也不是我们看到的社会经济权力，他更关注的是那些具体的、危险的空间的权力，尤其是在20世纪70年代《规训与惩罚》阶段，他关注监狱空间，还关注学校、医院、军队，是我们看不到的、隐藏在犄角旮旯的微观权力形式。人是一个被规训的主体，权力就像毛细血管一样渗透到社会的各个方面。福柯针对非常具体的社会现实展开思考，他考察的是规训社会。刚才善超提到的问题是福柯的主体形式。福柯探讨的主体是作为主体的人的存在形式，刚才善超谈到的三种发展模式，其实福柯对三种主体形式讨论得非常清楚。他在《词与物》和《知识考古学》中探讨的是知识主体，他探讨的是知识如何建构出主体；到了刚才我谈到的《规训与惩罚》，再往前追溯是《古典时代疯狂史》，他探讨的是我谈到的规训主体；到了晚期，福柯在《性经验史》讨论伦理主体，强调自我规训和自我技术。

福柯探讨了三种主体，刚才善超反复纠结的问题是主体形式和主体化，其实没有必须纠结这个问题。很多人认为结构主义消解了主体，但福柯从历史的角度谈主体，这是一种建构性的主体，不再是康德意义上或者笛卡尔意义上的先验主体，所以刚才善超提到齐泽克所说的"先验类型"，我觉得齐泽克可能误解了福柯。在《知识考古学》中，福柯的的确确谈到历史的先天性，但他已经和康德相去甚远，已经不是一个先验问题。善超还提到一个问题：福柯是不是哲学家？我越深入研究就越来越感觉到福柯是哲学家，但他不再是传统意义上的哲学家，不像康德那样要构建庞大的思想体系。

福柯在1984年去世前有一篇非常重要的文献《何为启蒙？》，直接借用了康德的题目。很多人可能错误地认为福柯又回到了康德，其实不然，他在题目上借鉴了康德，但他的问题意识发生了很大改变。大家很奇怪他为什么又在这篇文献中谈波德莱尔，其实他谈康德是为了告诉大家，如何学习康德这种关注当下的方式，就是对当下的关注，对此时此刻此景的关注，所以福柯想关注的是当下。在《规训与惩罚》中，第一章导论的结尾有个关键词"现在的历史"，就是对此时此刻的关注和理解，这个关键词非常重要。福柯谈波德莱尔，他谈到了"现在的历史"，善超提到实践化的生存美学，一个人该如何像艺术品一样塑造自我？就这一点而言，福柯告诉我们，他从康德那里学到的思维方式，就是我们如何思考当下、当下的现象，或者说，如果我们进行哲学思考，那么最好要面对当下。刚才我描述了"数字资本主义"，按照福柯的方式，我们应该思考和解释数字资本主义。在《规训与惩罚》中，福柯谈到的问题和对象非常明确，就是对身体的治理，对身体的规训。尤其善超提到的全景敞视监狱，是福柯从边沁那里借鉴的解释模型，当然福柯做了极具创造性的解释，我们知道他面对的语境与"冷战"背景、20世纪60年代的全球关系。但福柯感受到了规训社会的来临，他预言了未来社会是规训社会，"后疫情时代数字技术"（包括刷脸）也让我们深刻感受到"生命政治"就在我们的身边，并不遥远。

福柯面对的是非常具体的问题，我们现处于数字经济时代，我们应该如何转换福柯的问题域？我刚才听善超演讲时也在想这个问题，其实福柯所面对的问题是这种规训和惩罚与身体密切相关，那么数字经济时代，"身体"这个概念是不是发生了很大改变？这个问题我非常感兴趣。

在数字时代，我们肉身可以不在现场，就像我们此时此刻通过网络，在网络空间上进行交流和沟通，我们每个人都是数据，我们可以看到每个人在"腾讯会议"中都有名字，但名字只是"腾讯会议"上的一个数据而已。其实我们现在也在给"腾讯会议"打工，也从事着一种数据劳动，只不过我们的劳动是由兰珺所在的中国艺术研究院付费，但我觉得最大的受益者当然是腾讯。如果我们学习福柯的思维方式，那么我们应该思考当下处境和当下现实，当我们每个人变成数据、变成用户、变成可以注册的账户时，我们现实的身体消失了，变成了虚拟的身体，由此身体和主体发生分离，身体变成虚拟身体，有学者认为这是"虚体"。进入数字时代后，"虚体"更便于数据统计，尤其便于大数据统计和云计算。我们通常讲福柯的时代可以谈到国家治理、政府治理、人口治理，现在发生很大变化，很多国家也纷纷进行网络治理或数据治理。还有一个棘手问题，数据掌握在谁手里？不少国家进行数据反垄断，因为大量数据掌握在平台手中，没有掌握在国家手中。

我们看到的这种数据控制，可借用福柯的规训理论，这些数据平台的确掌握着我们的大量信息，而且通过云计算很快就能匹配出个人喜好，一旦匹配出你的喜好，这些平台马上就给你推送各种产品。我不知道大家有没有遇到这种情况，我有时会上豆瓣看看，但我在京东上买完书就会有相关推送，我刚买完一套福柯的《法兰西学院课程系列》丛书，豆瓣就马上给我推送这套丛书，而且还推送福柯相关的著作。在数据时代，我们每个人都变成了数据，数据成为这些平台最重要的要素或生产要素，因为这些平台可以根据这些数据确定生产数量，这完全不同于传统的生产消费模式。福柯所说的身体已经在当下变成"虚体"，更便于这些数据平台掌控和操纵。当然这是相对比较否定性的视角，数字平台从业者听了也不会高兴。

我认为这只是问题的一个方面，假如再仔细分析的话，我们还会遇到善超所说的"快感"。我对"快感"这个词比较敏感，了解福柯的朋友们会发现福柯不仅仅谈论"快感"，其实他还讨厌一个词："欲望"，那么谁在谈"欲望"？那就是他的好朋友德勒兹，还有德勒兹的好朋友加塔利，他们俩一起谈"欲望"。福柯曾对德勒兹明确表达过他对"欲望"很讨厌，但德勒兹认为福柯谈论的"快感"很成问题。德勒兹与加塔利提出"欲望机器"，这个概念显然反对拉康的结构主义精神分析，拉康在某种程度上延续了弗洛伊德的"欲望"理论，他认为"欲望"是有结构的。

刚才善超也谈这个问题，与福柯抛弃"欲望"有关系，但德勒兹把"欲望"一词进行改造，德勒兹的"欲望"是反结构的，因为"欲望"与"机器"连成一体，它具有生产性，这一点非常重要！德勒兹与加塔利的"欲望机器"反对弗洛伊德和拉康对俄狄浦斯情结进行的结构性描述，这是一种封闭结构的描述，是一种剧场再现的模式，而"欲望机器"反对结构主义，要摒弃福柯所谓的"快感"与"主体"之间的密切关系，因而也是反主体的。所以，在这一点上我与善超是有分歧的，对德勒兹的"欲望"概念可能有不同的解释。

在数字经济时代或体验经济时代，善超谈到的游戏"快感"可能更重要。当然我也认同这种看法，因为我在对我儿子做田野调查时发现"快感"对玩家体验很重要。我儿子最喜欢玩的游戏是《文明6》，我看了善超的PPT，尤其养成类游戏部分，我不太懂，我就让我儿子看善超的PPT，他给我普及了一下，然后他说《原神》这款游戏特别好，构建了一种世界观，有丰富的剧情和人物，他后来跟我谈到玩《原神》有一种阅读历史和小说的快感，所以善超一说"快感的治理术"，我从我儿子那里感受到了这个维度。

宽泛地讲，我们可不局限于游戏，数字时代也是体验经济的时代，体验过程是一种复杂情感变化的过程，这便是近几年学界讨论的欲望与情动的关系，数字时代还体现着消费者的情感变化。电子游戏不断与每个虚拟用户的"虚体"的情感一起进行波动，从"虚体"的情感波动中获得它的创作，游戏公司也不断地搜集用户的反馈，不断地改善游戏，真是全心全意为玩家服务。

假如我们沿着德勒兹的思路进行思考，那么现在的数字经济或数字资本主义就相当于欲望机器。尽管德勒兹和加塔利后来抛弃了这个概念，他们又创造了一个概念"agencement"（装配）。到了《千高原》，德勒兹和加塔利的思想发生很大变化，一会儿姜老师可能会谈德勒兹与加塔利的"块茎"。如果大家读德勒兹与加塔利的《千高原》，就会发现块茎跟互联网一样不断增生和蔓延，就像"装配"一样。福柯使用的概念是"装置"（dispositif），"装置"这个词，虽然福柯也强调它的动态性，但在法语中没有"agencement"更具动力性效果，"agencement"具有结合性、装配性等特点。我们可以界定数字资本主义就是不断地把各种各样的数据进行装配，就是促使数据、资本、用户不断地进行装配。刚才金河提到了"元宇宙"，"元宇宙"其实就是这样一个不断装配的过程，把用户沉浸式体验或情感体验最大化，不仅使个人情感最大化，也使利益最大化，最终使平台获得利益最大化。

其实人在这个时代挺可怜的，福柯说人死了，我觉得不仅仅是人死了，其实人作为虚体也死了，因为人被牢牢地掌握在平台手中，那么作为虚体的人有没有进一步获得启蒙和解放的可能？在虚拟世界谈这个问题的确很奇特，但我始终在想人在虚拟世界到底有没有这种启蒙和解放的可能。

我谈了一点自己的感想，在虚拟的世界里会有这种可能性，因为有些游戏会尽量赋予玩家更多可编辑的权限，就是善超提到的"赋能"和"赋权"，还有"赋乐"，就是给玩家更多的快乐。玩家可以自己制造快乐，这就意味着我们又回到德勒兹与加塔利所谈过的"生产性"，人在这种装配中可以进行再生产，不仅仅是善超刚才谈到的"权力"，不仅仅是进行着的这种权力再生产，这种生产还有可能在某种意义上实现福柯所说的"像艺术品一样创作自我"，这是福柯的生存美学主题。

因为在游戏中，尤其在大型的游戏中，往往能调动玩家最大创造性。不少游戏本身就是个开放性系统，可能给玩家的只是一个模型、一个基本框架，接下来玩家可以不断地进行创作，说白了玩家可以成为作者，可以创造历史，可以改编历史，也可以改变剧情，电子游戏有可能给我们带来一种新的生活风格。我并不反对玩电子游戏，游戏成为大家所说的"第九艺术"，因为大家以前的闲暇时间看小说，现在的闲暇时间玩游戏，其实这恰恰说明我们这个时代真的变了。

我今天感慨特别深，尤其被兰珺邀请来做如此前沿问题的探讨，压力特别大，我感觉我已经被扔进了"历史垃圾堆"。我现在还做那些比较枯燥的理论研究，的确很尴尬，今天只是谈了我的一些想法，谢谢大家！

邓剑： 谢谢董老师。董老师非常谦虚，他用很细腻和贴切的方式向我们娓娓道来自己的想法，而且他在对谈的过程当中还不停地提到与会嘉宾，包括从平台提到刘老师，还从德勒兹提到了姜老师。

傅老师有没有要回应的？

傅善超：很感谢董老师主要是从福柯和德勒兹角度做了一个非常详细的解释。可能董老师没有完全听明白我讲的一点，刚才董老师列了主体性的形式，很经典的表述，对福柯概括就是从《词与物》到后期，就是从规训的主体到伦理的主体。我做这个阅读恰恰是在规训的主体和伦理主体中间的缝里面，只有一年提到的主体，与其他主体还是有所不同的，这是我最为关注的角度。

但我觉得董老师其实还是听懂了我讲的内容，因为董老师提到了德勒兹和加塔利，这里面其实是术语的问题。我在《文艺理论与批评》上发的那篇论文做了一点辨析。我本人非常不了解德勒兹，但是我看了他想递给福柯的笔记，里面讲的"欲望"和"快感"的辨析。

其实我在这里面用的"快感"的意义要更接近德勒兹所说的"欲望"，主要是命名的差异。我自己理解，福柯和德勒兹讨厌的东西其实是类似的，只是他们的命名方式是相反的。

我个人没有能力再从德勒兹角度继续推进这个问题，但是我想要关注福柯所说的"人口"这样一个主体性的类型，确实就是和我所说的"快感"，也就是德勒兹所说的"欲望"，以及董老师提到的"装配"是非常有关系的，基本上就是一套东西连在一起的。

邓剑：傅老师提到的"人口"问题应该是他博士论文里很重要的概念，我相信董老师应该是听明白了，他可能是觉得傅老师需要再做一个更仔细的梳理。

在场还有一位学者姜宇辉老师。姜老师刚好听到了傅老师讲游戏的部分。刚才董老师也在不停地提到姜老师，德勒兹的《千高原》就是他翻译的。姜老师也是目前国内游戏哲学和游戏研究方面非常前沿和非常有权威性的学者，接下来请姜老师对傅善超博士的讲座做一些回应。

姜宇辉（华东师范大学哲学系）：感谢邓剑和善超。

我从几点回应一下善超，有的地方可能是补充。首先我跟董树宝有一个不同的地方，他可能是从福柯回归德勒兹，我恰恰相反，我是从德勒兹回归福柯。

我之前写过很多批德勒兹的文章，具体的我就不说了。德勒兹讲的其实就是今天的现实。福柯说有一个世纪就是德勒兹的世纪，其实今天这个世纪就是德勒兹的世纪，我们看到的这些非常讨厌的数字治理、网络、大数据，其实在德勒兹的概念里面就是现实的东西。

我说句难听的话，德勒兹思想就是时代的一个变化，我就是想打破这个东西，所以福柯给我提供了一个非常重要的启示，尤其重要的一点就是善超写的很多主体性，我非常认同。

如果我们仔细读德勒兹的话，"主体性"这个概念在他的理论里是被淡化和弱化的，梳理德勒兹的"主体性"理论，你会发现德勒兹对"主体性"并没有真正直面和肯定，他也不想捍卫这个东西。但反过来在福柯这是一个核心的问题，福柯在一个访谈里面说得非常清楚，他说他研究的不是权力，其实就是主体。当然我在文章里面谈过了。

我觉得打碎德勒兹的魔咒，从他那里挣脱处理，去真正理解主体在这个时代里的地位，就是刚才树宝说的找到解放的东西，我觉得福柯是一个很好的入口，我也很支持善超能够从这个方向进一步去推进。

在这个地方其实涉及大家刚才都谈到的两个概念：一个是治理，一个是技术。

福柯在《安全、领土与人口》中说，他对权力的分析经历了四个阶段：第一个是王权，第二个是规训，第三个是安全，第四个是治理。所以要理解"治理"这个概念的话，要从福柯自己的思想角度去进行理解。

我最近在写一篇文章，这两天都是在研究游戏政治学，跟善超是非常接近的，我重要的参考其实也是福柯晚期的，所以我觉得善超可以再把注意力放在福柯晚期谈"主体性"比较重要的著作，比如说《治理自我与治理他者》《主体性与真相》，甚至《主体解释学》，从中可能会看到福柯对于主体性不同的处理，因为福柯自己也谈到，在《主体性与真相》的开篇，他说简而言之，他的思想演变就是从"权力"到"治理"的。

那么"权力"跟"治理"最大的区别是什么？如果再仔细读一下《生命政治的诞生》这本书，会发现核心的东西就是"游戏"，"游戏"这个概念在福柯的思想发展里面其实占据一个非常核心的地位，从早期的"真理游戏"到"政治游戏"再到"哲学游戏"，我觉得如果对福柯的"游戏精神"和"游戏"概念进行一个梳理，反过来对今天的游戏进行一个反省，可能是更好的和更直接的一个参照，因为福柯已经谈了很多"游戏"的概念，我们为什么不去直接参考？

所以我觉得福柯自己思想从"权力"到"治理"的转化，其实就是经历了模型的一个转换，善超刚才谈到的，早期权力的模型和后面的治理模型，其实是很重要的一个方式的对比，早期权力模式其实是一个战争模型，看保卫社会的，他引用的是霍布斯，引用了法国大革命的很多东西，以战争为游戏。

什么叫战争？就是不均衡力量之间彼此的斗争和奖励，最后达到动态平衡的结果。

但是后来仔细看福柯讲"治理"的这本书《生命政治的诞生》，里面讲的其实不是政治的模型，而是经济的模型，谈到"主体性"和"利益"这些东西，怎么样重新扭转和梳理。

我觉得善超的思维模型可以从战争这个力量转到《生命政治的诞生》里面的经济游戏，这个可能是更直接的方式。

我也很欣喜地看到他后面讲了很多政治经济学的东西，从早期战争权力的模型到后期经济治理的引导模型，政治经济学就是一个很重要的角度，这一点是我觉得善超的研究非常具有前沿性的地方，因为我们今天真的很少有人从政治经济学这个角度对游戏进行一个反省，这个方面我们可以把游戏作为欲望跟全球资本主义、云计算和大数据重新结合在一起，但这个结合的要点是什么？恰恰在经济上。

福柯晚期在《生命政治的诞生》中对"新自由主义经济"这个市场进行了一个界定，我觉得善超如果还是用很传统的马克思主义政治经济学可能有点落伍了，可能先要回到新自由主义的背景对经济游戏的要点进行一个新的审视，所以《生命政治的诞生》这本书应该是非常重要的一个研究核心。

我们还是再回到"治理"，福柯后来谈到了"治理"，开篇讲到了康德，他讲到的"治理"里面有个最重要的地方就是"引导自我"。"治理"跟"规训"、"安全"和之前的"王权"最大的区别就是它有引导力，而且是精神引导，当然在这个引导里面可能包含邓剑说的政治经济学的问题，因为在引导里面就包含操控，当然这个方面在"规训"里面其实已经谈到了，"规训"讲的并不是身体的规训而是另外的规训，福柯说得很清楚，他开篇就讲到"规训最终是一种灵魂治理术"。

但他在晚期的几本著作里面讲的并不是"规训"的概念，他讲的是哲学的治理，哲学家或者政治家怎么用自己的智慧和力量引导群众去达到更高的精神境界，或者让那些民众回到对自身的引导，所以"引导自我"和"引导他人"才是符合解释的启蒙任务精神。

这个能够去回应善超刚才讲"治理术"提到的可能性的结合方案，就是怎么样在游戏里面成为一个主体，不是一个被操控的傀儡，而是有反思能力、行动能力甚至有超越能力的这样一个主体，在这个意义上我认为"治理"是非常好的一个概念，游戏确实是引导年轻人的力量，但是这种引导的力量也可以反过来成为年轻人引导自身的力量。

其他还有一些要点。当我们谈"快感"的时候，应该跟人的认知甚至脑功能结合在一起，我刚才写完一篇文章梳理"游戏上瘾"这个内容，其实应该从这个角度去研究"快感"，大家为什么一玩游戏就停不下来？到底有什么感觉的机制、大脑的机制和心理的机制，让我们在这个游戏里面有不断玩下去的一个循环，就好像有一种力量，用波德里亚的话来说有一股诱惑的力量不断把你吸进去。

所以我觉得如果要研究"快感"的话可能不是单纯地把它当成一个哲学的概念，很空或者很抽象，而是能够把它落实在具体游戏的机制里面，玩家的体验、感知都更具体。当然善超可能做了这方面研究，我觉得这是很重要的一个要点。

如果从大脑模型来说，"上瘾"有两种不同的机制。第一种就是多巴胺刺激机制，大脑里面会分泌一种让人快乐的机制，让玩家继续玩下去。还有一种大脑模型就是今天大家比较接受和比较认同的，法国的神经科学家提出，大脑其实是分层的，一个是低层的回路，从刺激到反应非常直接就可以回应过去，看到一个东西就可以很快地做出反应。另一个是更高级的，叫作"更高地认知所有反思的模型"这个层次，在一般人的大脑里面其实低阶大脑快感的模型跟高阶认知的回路是结合在一起的，二者相互刺激或者相互作用。如果我们去研究"游戏上瘾"的现象，在游戏里面经常会给人造成一种高阶大脑的屏蔽，我们低阶大脑模型里面不断地接受刺激和不断地被快感驱动，让高端大脑的反思、判断和认知能力没有时间、没有机会、没有可能去建立。

所以游戏为什么是一种快感的机器？因为它能非常紧密地把电子信号跟大脑回路和所感知的东西在低阶层次上形成一种非常迅速而且没有办法斩断的一个短路，看到这个就想玩，玩起来就停不下来，没有高阶思想去介入让你停下来或者让你去思考。

从这个角度来说，要从"游戏上瘾"和"快感的机器"里面跳脱出来，其实高阶的认知能力介入是非常重要的，思考或者反思这个能力也是非常重要的。怎么样在游戏里面不仅仅是制造快感，还能制造思考；怎么样把高阶的、低阶的大脑回路重新连接在一起，不是让游戏短路大脑，而是让游戏激发大脑，这是很重要的一个入口。

我们今天讲的很多元游戏也是在这个意义上，包括后来写元游戏的那两本书的作者也是谈的这个东西，在游戏里面有没有一个机制不是被这个快感绑架的，能让人们跳出来？游戏是对玩家大脑的一种劫持，那有什么机制能从这个劫持里面跳出来？高阶的机制是不是有可能被引入？

最后再说一点就是快感，树宝已经说得非常好了，但我想到一个更古老的快感，就是古希腊的快感。

享乐主义就是来自古希腊的，我为什么谈古希腊？也是因为后来福柯晚期回归古希腊，但从古希腊这个角度能发现快感不单纯是欲望，也不单纯是感觉或者肉体的层次。德谟克利特说纯粹的身体快感是不存在的，真正的快感都是理性化的。我们去读亚里士多德，快感是一种德心的力量，它可以推进人向善。在这个意义上是不是可以把快感和反思的力量结合在一起？不一定是回归像亚里士多德"很老土"的教材的东西。

是不是能够重新找到一种方法从"快感的机器"中超脱出来？把快感不是作为一种陷阱，而是作为一种动力，或者用亚里士多德的话来说把它当作一种契机，让未来游戏推进的快感作为引导思考和激发思考的一种力量，而不是单纯让玩家"氪金"和"爆肝"的诱惑，这可能是比较有意思的一个地方。

也期待善超的书能够早一点出版，绝对会成为中国"游戏研究"里面非常重要的一个倾向。

邓剑： 刚才姜老师也提到一个名词"游戏研究"（Game Studies），我可能比姜老师还激进一点，我觉得"游戏研究"可能不太能算到学术研究的范畴里。

刚才姜老师提到了产业。我们今天也请到了两位产业界的专家，一位是业界老前辈，触乐网的祝佳音老师。

祝老师，我们知道您是业界的老前辈，写过很多跟游戏相关的作品，我还经常看您的星际小说《勇往直前》，我之前也是研究游戏小说的。今天听了傅老师的发言，从您从业的角度或者从产业的角度，您有什么想回应的地方吗？

祝佳音（触乐网）： 我觉得我观察到了一个比较好玩的现象。单纯从网络游戏来讲，在五年前或者七年前，我们会觉得，网络游戏通常会通过给玩家制造焦虑或者给玩家带来负面感来规训，驯化或鼓励他们去充值或者在游戏里面投入劳动和精力。当时很多人认为这种路线走下去的话可能会是一种死路。以前我们会说不充钱就不强，充钱就强，但是在最近几年，我发现有一些游戏已经发展成了不充钱也能玩得很高兴，充钱能玩得更高兴。这是我觉得比较神奇的地方，刚才善超提到，在很多免费游戏中，免费玩家其实是作为一种资源提供给付费玩家的，我们可以理解为他们作为游戏的一部分提供给那些真正付费的用户，成为他们游戏体验的一部分。但是现在感觉游戏设计者已经创造出了一条更好的路。虽然这个可能跟今天的论文或者讲座的组织有一些不太搭，但我只是从听的过程中产生了这点联想。

邓剑：谢谢祝老师。祝老师有一个 ID 是 cOMMANDO，在业界很有名气。祝老师写了不少游戏小说，特别是星际类的游戏小说。如果听众朋友们有研究游戏小说的，可以看一看祝老师的系列作品。

接下来的对谈嘉宾是腾讯 NExT Studio 的叶梓涛老师。叶老师在游戏、哲学以及艺术方面有很深的造诣，我们最近也看到叶老师经常参与一些学界的讨论。今天我们也有幸邀请到叶老师。叶老师，您听了善超老师的发言，有什么想回应的地方？

叶梓涛（腾讯 NExT Studio）：非常感谢各位的邀请，在听善超分享后有些惭愧，可能是我有些学艺不精，我有一些困惑。

第一个问题是关于"数码资本主义"和电子游戏的关系是什么？因为前面谈的互联网和平台我是深有体会的，对于我这样的创作者来说，其实中国的平台生态确实和国外某些互联网发展是不太一样的，例如中国缺少用邮件这种直接通信和交流的媒介，而国外的互联网能看到一些新型的邮件工具，他们通过类似 Newsletter 邮件通信，或者是 Substack 这种单向订阅，可以跳过平台作为中介的一个角色来直接和用户建立联系，我其实也有很多互联网行业的朋友，他们也在做类似的独立产品开发，可能他们也试图在互联网所谓"数码资本主义"的生态里，寻找某种意义上更健康的单向或者双方的关系。

后面善超谈到游戏的时候，说游戏的关系从三元变成了二元，实际上是简化的。但像《魔兽争霸》MOD 的创作，其创作者、平台还有玩家之间有很复杂的关系，特别是现在会有一些版权、同人或者在某个平台上面的创作问题。今天游戏在某种程度上也是一种创作工具，是一般人可以很好上手的表达方式。而在某种意义上来说，游戏引擎也是如此，只是并不要求借助引擎创作的作品的版权，但是在游戏创作中也有三方的复杂关系在里面。

这是我的一些感觉，其实也没有想得很清楚，但特别想把一些互联网的思考包括数码资本主义的思考和电子游戏放在一起，希望找到一个比较好的框架去思考，或许后续善超老师能跟我讨论一下。

第二个问题是关于"欲望"和"人口"，就我的理解来看，善超想要把人口和精神分析讨论的欲望区分，但是在后面讨论到"快感"这一部分的时候，是不是精神分析的思路又和主体化的形式混在一起了？在谈"人口"的语境以及"快感"和"欲望"方面，我会有些困惑。

其实我觉得自己也可以被理解成游戏行业的田野考古者，我有历史学和哲学的一些学习背景，可能除了对金河老师的文章不太熟悉外，其他各位老师的作品我都有阅读过，但可能还是术业有专攻，最近也像邓老师所说，参加了不少跨界交流，在很多讨论中对理论用得不太熟练，彼此有些隔阂，部分交流我认为是失效的，并没有很好地和大家发生真正智识上的讨论。

所以我想说，关于互联网、电子游戏、学术行业这三者之间的讨论，其实每方，甚至不同人都在用一些割裂的话语，怎样才能找到一种合适的方式来谈，其实刚才董老师谈到他从跟儿子的日常交流中了解了游戏，用这种方式来谈我就觉得非常自然。我们有时候在讨论的时候，好像还是会带有一些理论的历史包袱，当自然交流时，会有很多很直接的直觉性的捕捉，这可能就让我们在发生交谈之前得跨过很多理论的障碍和壁垒。

刚才善超谈论到"权力"的定义，我是很受启发的，我觉得有可能贯穿这三者讨论的点，可能在于控制论、系统论和复杂理论，也包括尼古拉斯·卢曼，他把这部分带到社会学里。我发现，在很多电子游戏的设计或者讨论中是用"反馈""循环""系统"这样的词汇来表达的，而这在互联网话语中也非常常见，现在很多互联网的从业者也在追溯当年控制论留下的某些遗产和精神，可能在许煜老师那里也能看到一些对于控制论和哲学内部递归性的研究。对我来说，这是之后我会去尝试探索的方向，即能不能找到一个更好的话语来进行沟通，或者如何能够更好地借助理论达成交流。

我特别认同刚才祝老师谈到的游戏开发和游戏产业的技术，因为我觉得对于互联网行业的从业者以及很多的电子游戏产品的开发者来说，他们在处理新时代的美学，包括数字原住民对于引擎的使用，对于比特世界的熟悉，他们已经发展出了一种很成熟的不自觉的美学，并且发展速度很快，很多思考和创作已经进展到了很先进的地步。这部分可能更多的呈现在独立游戏的设计和开发上。

而另一部分可能是像祝老师提到的，呈现在一些商业和玩家体验微妙的关系上，比如说，我们可以思考为什么《Sky 光遇》能够以一种赠予的经济得以运转？某种意义上它重构了一个现在互联网"Free-to-play"的游戏。这部分可以联想到"莫斯的礼物"或者其他地方赠予经济的问题。而即便是在氪金游戏中，也可以看到很多微妙的和谐，玩家和开发者之间是有某种底线的，会有隐形的约定在里面。

所以这里面很多关系其实已经进展到了一些很复杂或者比较细微的程度，我非常期待善超在后面的具体分析上面能够有更多的推进。

我觉得消费和生产的快感实际上是非常复杂的，当然可能有区别，但是这个消费让我想到罗兰·巴特对文本的批判，他觉得我们过去很多对于文本的东西只是外在型的消费，而我们更应该生产性地和作品发生真正的关系。刚才善超是在马克思主义的角度下谈论的生产和消费，而消费和生产的关系在电子游戏中其实有非常多的呈现，这种生产性本身很值得思考。

我觉得刚才姜老师谈得特别好。游戏的快感，或者快感的治理到底给我们多增加、外化了一个怎么样的器官和身体？它是一个更短路的、更简单的，还是一个更曲折的，有更多美学意义的？我自己区分了沉浸和上瘾，我觉得它们是两种状态。简单的交互可能是非常简单的一种短路，是多巴胺下意识或者无意识的快感，但是另一种情况下到心流，可能是更沉浸的状态，同样是玩十个小时游戏，可能如同僵尸一样毫无波动地在玩，机械地接受刺激，但也可能是调动全身心的脑力在进行很高层面上的体验。

"快感"和"反思性"也是我在思考的点。我在思考是不是有一种自我技术式的电子游戏，或者能不能让我们的开发者意识到我们的游戏是在"Speak to Human Condition"，即对人文有着关切的一个状态，从这种反思出发如何去创作电子游戏。我感觉大部分的电子游戏的创作还是在一种前现代的状态，其实大部分创作者并没有对自己所掌握的这套游戏和在做的事情有充分的自觉和认知，包括对于自身类型化的反思，对于人文的反思。行业整体的反思是比较弱的。

所以我自己思考的问题也是能不能再往前推一点。我们能不能去探索一些游戏，或者能够创作一些就像刚才姜老师说的"Persuasive Games"的可能，而这也是我自己在做一些很小的哲学游戏实践时思考的点。

我很期待将来能够更好地去和学界进行一种深度的交流，或者能够真正地把这样人文的精神，或者是一种反思性的内容引入游戏创作和游戏业界之中，谢谢。

邓剑： 谢谢叶老师，学术的逻辑和产业的逻辑是两种逻辑，但这两种逻辑一定要对话。不对话，无助于游戏产业的发展，也无助于游戏学术的发展。傅老师，您对叶老师的问题有要回应的吗？

傅善超： 我简单地回应一下，首先要道个歉，我此次设计的讲法确实对业界包括对从业者和设计师来说不是特别友好，主要是因为我感觉这次理论的题目比较复杂，我就把自己的主要任务定位在把理论梳理清楚，剩下的就尽力而为。

其实我觉得叶梓涛说得也很好，其实也很让我惊喜，他提到自我技术性电子游戏的可能性。

其实我这篇论文涉及这方面要少一些，但是我在反复重新思考福柯最后为什么要讨论自我技术的时候，确实是想到了这个问题。我更直接涉及这个问题其实是在两周之前我写的一篇论文中，简单地说，论文有一个很核心的观点，设计师和玩家是处在一个对话关系中的，理想的状态是，两者最后形成一种相互的认同。如果这样来看的话，设计师在某种程度上对于游戏最后达成快感模式以及可能产生一种元游戏的反思，或者包含一种自我技术，至少是负有责任的。目前我可能更多的是做理论的梳理。其实我最早进入游戏研究领域时做的还都是比较偏向于游戏设计方向的一些讨论，我觉得我们可以私下再多做交流，谢谢。

邓剑：谢谢傅老师的回应。您在最后讨论到了数据库消费在游戏里的应用问题。我们知道该理论是东浩纪在21世纪初写的，讨论对象应该是恋爱游戏。我觉得有一个核心的问题，在那个年代没有被开启，但是在我们这个年代已经打开了，讲座里面您也避开了没有谈这个问题，即电子游戏和普通的动漫等视觉媒介有所不同，就是它背后有数据和数值。这个现象在东浩纪讨论数据库消费时，其实已经显形了，但是在他的研究里对这个现象讨论不多，或者说没有讨论。

在我的理解里，如果切换到现在的语境中，应该有两套秩序在电子游戏中共同运转，一套是符号的秩序，也就是东浩纪所谓"数据库消费"与"萌要素"等，它本身是对拟像的消费。但是在当代的数码资本主义的语境里，还有另外一个维度，即数据或数值。您用《明日方舟》作为案例进行分析，《明日方舟》背后也有数值。在数值的背后生成了另外一套秩序，即算法的秩序。在玩这款游戏时，这两种秩序是相互缠绕、共同运作的。我看您的论文和讲座里，对数据这一块讲得比较少，您对于数据和快感之间的关系有相关考虑吗？您觉得未来会如何处理它们？

傅善超：我在这方面偷了一点懒或者取了一点巧，我主要是提供了两个接口，一个是刚才你说的"符号的秩序"或者"算法的秩序"，还可以从另外一个角度看，就是把后者当成是一个经济的秩序。当然不是所有的数据和算法一定能归结为福柯所谓"经济的模型"，但是我所讨论的这一部分主要是关于经济的模型。

另外，是更具体的符号和数据结合的问题，我在博士论文的第二章的案例里写了，但其实没有完全展开。我主要讨论的是游戏里面的虚拟化身，其中的一个主要意义，是把符号秩序和算法秩序联合起来，它是一个结合体。

未来的发展我还没有想好，但是从你的提问也可以看到，我其实只处理了很少一部分的问题，我想可以展开的空间还是非常大的。

邓剑： 谢谢善超老师。下面还有一些同学的提问。

提问者： 您的理论推进是不是可以理解为对柄谷行人的修正，您将意识形态归为"人的因素"，但是一般是不是将其理解为国家因素？

傅善超： 这个其实看你怎么理解意识形态，我是把它当成人思想方面的因素或者和行动相关的因素，我在这个意义上叫它"人的因素"。

如果把它说成国家因素的话，我是在阿尔都塞意识形态与意识形态国家机器的基础上来理解，其实也没有办法区分，你可以说它是国家因素，也可以说它不只是国家因素。

至于是不是对柄谷行人的修正，我觉得对于这个论文来说，关系没有那么大，这相当于我自己正在进行的一个宏观思考的一些理解，只能说是一些感受，离真正达到学术的标准还有一定的距离。我个人还是比较喜欢柄谷行人这个三圆环的表述的。

提问者： 人设的概念是否挑战主体的概念，如何理解玩家对于角色的深度认同？

傅善超： 人设的概念——我说的只是其中一个角度——对于我来说这是非常经典的精神分析可以处理的对象，人设就是小客体a，小客体a的背后就是大他者，它们面向的东西就是主体。人设从精神分析的角度上来说是非常典型的和主体密切相关的概念。

关于"如何理解玩家对角色的深度认同"这里面可以发生很多复杂的事情。其实认同和认同是不一样的，认同可以有非常积极和简单的认同，也可以是一种非常纠结的认同，这里面发生的故事还是挺多的。非要说的话，深度认同是我们可以看到的，肯定是有某种比较强烈的连接，至少比较表面来说，是有某种强烈的情感和情动在里面。如果还要从精神分析的角度来说，应该可以看到，这个角色的形象触动了玩家主体结构里面某些深层的东西，是和玩家能够确立自己的某些东西相关的，实际上玩家是借助角色来确立自己的主体性。深度认同的时候，这个角色恰好触到了自我确立中的某个关键因素，玩家是借助角色绕道然后再返回自己，有这样一个过程。

邓剑： 我们今天的讨论结束了，期待青年文艺论坛能够办得越来越好！感谢各位听众朋友！

第九十四期
算法合成时代的艺术作品

主持人：秦兰珺（中国艺术研究院马克思主义文艺理论研究所）
对话人：袁行远（彩云科技，"彩云小梦"作者）
　　　　贾金原（同济大学软件学院，AI人物漫画算法开发者）
　　　　赵　昆（中国美术家协会艺术委员会，漫画家）
　　　　刘方喜（中国社会科学院文学研究所）
　　　　姚云帆（华东师范大学中文系）
　　　　耿弘明（清华大学写作与沟通教育中心）
时　间：2022年4月27日（星期三）14:00—18:00
地　点：腾讯会议
主　办：中国艺术研究院马克思主义文艺理论研究所
　　　　中国艺术研究院研究生院中国语言文学系
　　　　中国艺术研究院团委

编者的话

半个多世纪前，本雅明在《机械复制时代的艺术作品》中讨论了机械复制技术的发展给艺术领域带来的一系列变革。它把艺术从神圣的祭坛上拖了下来，在摧毁传统的同时，也使现代艺术产生了新的特质。半个世纪后，尤其是随着近年来 GPT-3 等 AI 底层技术及其应用的发展，"算法合成"与"艺术生产"的关系日渐紧密。当时代的引擎，从"机巧"发展到"掣电"，算法合成的文字、造型和声音作品/产品，也正在以肉眼可见的方式，逐渐融入我们的文化生活。

或许，无论我们是否愿意，我们正在走入一个算法合成时代；或许，无论我们是否愿意，我们这个时代的艺术作品也正在走向"算法合成时代的艺术作品"！因此，是时候将本雅明的问题重新提出了。算法是否可能成为艺术作品/文化产品的重要生产要素？算法合成技术的发展将给艺术领域带来怎样的系列变革？从算法合成时代的艺术作品中，又是否会生长出新的文化生产和消费方式，产生新的艺术美学、风格和语言？

本期论坛，我们邀请来自文字、造型和声音艺术领域的研究者和 AI 艺术从业者，共话"算法合成时代的艺术作品"。

秦兰珺（中国艺术研究院马克思主义文艺理论研究所）：大家知道，数据已经在官方文献当中正式成为一种生产要素，算法在我们社会生产当中的地位也越发突出。具体到艺术领域，经过大数据对算法的训练，今天我们已经可以用算法生成越来越多的艺术作品。在写作领域，合成诗歌和新闻也不是什么热点了，今天在座的袁行远老师的"彩云小梦"就可以帮助我们合成网络文学。在造型领域，AI 合成的艺术作品可以拍卖出很高的价格；同济大学贾金原老师的智慧三维图形实验室已经开发出一种工具，让普通群众的照片可以合成漫画作品。在声音艺术领域，喜马拉雅已经可以用单田芳的声音合成新的评书讲给大家听；贝多芬的《第九交响曲》现在已经可以用 AI 续写了。在表演领域，大家可以站在邓丽君的对面听她唱歌并和她对话；我听说在中戏有专家正在合成梅兰芳的形象，大家知道梅兰芳是我们中国艺术研究院第一任院长，我们期待着哪天"梅兰芳"能站在我们面前，与我们说话、带我们唱戏……

无论是否承认，我们这个时代或许正在进入算法合成时代，无论是否愿意，我们这个时代的作品，越发成为算法合成时代的艺术作品。我们有必要讨论这些问题：算法是否可能在艺术生产当中成为生产要素？如果能够成为，那么它对艺术生产将会带来哪些变革？算法合成时代的艺术作品中可能会成长出怎样的文化生产和消费方式？是否会诞生新的美学风格和艺术语言？我知道我们这些问题讨论起来好像有点早，所以这个话题的难度也可想而知。

首先有请来自华东师范大学的姚云帆。其实"机械复制艺术作品"的提出正来自摄影术给造型艺术带来的冲击，今天面对安卓画家给造型艺术带来的冲击，我们又能提出哪些有意义的问题？请本雅明研究专家姚云帆第一个发言。

姚云帆（华东师范大学中文系）： 谢谢秦兰珺老师，我是华东师范大学中文系外国文学教研室的老师姚云帆。

我们谈《机械复制时代的艺术作品》有一个很有意思的地方。本雅明的德语翻译成中文是一个很有意思的话题。如果从德语的角度来讲，它叫作"技术可复制时代的艺术作品"，这是一个非常有意思的误译。当我们谈算法时代艺术作品状态的时候，就必须提及这样一个问题："算法时代"和"技术可复制时代"概念之间有没有重合？这是我首先要谈到的一点。

第二个我想简单跟大家谈一谈，本雅明这个作品的主要内容。这个作品在新的德文《本雅明全集》（*Gesammelte Werke*）中被重新编订了一次。以前，德国做人物作品集的时候，有特定的编纂程序和规范，不同编纂方式，文集命名方式是不一样的。我的研究现在仍然使用的是《本雅明文集》，德语大概叫作 *Gesammelte Schriften*，基本上收集了本雅明当时出版过或初步编订过的所有文章。

为什么这样说？是因为这些文章还没有做比较完整的校订，它有做得很详细的注释，但是没有进行非常详尽的校勘。最新出的本雅明作品集不叫"文集"而叫"全集"。"全集"和"文集"有很大的区别，编纂者会对整个文本有关本雅明写作的信息进行汇编和整理，并且做校勘。相对于"文集"来讲，"全集"有一个特点，它把很多已经确定为本雅明的作品当作正文去整理和校订，并且会进行一些附带资料的收集。

我的师弟，海南大学苏岩老师发给我的《本雅明全集》中，这篇文章被译为《技术可复制时代的艺术作品》。我为什么一定强调这个名字？《技术可复制时代的艺术作品》有好几个版本，现在这个校订做到多么细致的程度呢？它在某一版本中使用了这样一个表达，在下一个版本当中，会把这些表达做一个删减的文字标注，使这个文本形成了非常复杂的修订史。另外，研究《技术可复制时代的艺术作品》还是一个跨语言的工作，它有德文的本子，还有法文的一个版本。这几个文本之间并不完全是对应的关系，还有重写的关系。

为什么我要强调这样一个非常复杂的版本历史呢？做本雅明研究，我的研究知识结构已经过时了，华师大有一个文学理论专业的博士生，现在主业专门做本雅明这个作品的版本史研究。一旦进入版本研究的层面，你们会发现，本雅明在写作过程中关注的点是不断地偏移的，通常我们认为《技术可复制时代的艺术作品》主要研究的是现代文化对艺术生产过程的影响。但实际上，它的内涵要丰富得多。它其实涉及本雅明对20世纪早期德国艺术史的一些借鉴，这个借鉴主要是用李格尔的艺术学思想来理解艺术发展的各个阶段。这一点使得这个作品在最早写作的时候有和当时德国艺术史对话的倾向。

这个问题和今天的讨论有关系。比如说，他在作品目录当中特别用一节内容谈触觉和视觉的接受问题。实际上，我们今天在场很多老师讨论的是漫画，或者是数码时代的艺术作品。本雅明所在的时代和现在这个时代是有差别的，而且我觉得它们所在时代的文化语境也是不一样的。

根据最近的一些阅读，以及给研究生上课时的发展，我当时讲到的一系列——我们通常会认为仍然是以光媒介或者以电媒介为中心的——艺术架构，其实已经包含了数据与数码信号传输问题。尤其是最近我发现，在媒介考古学的过程当中，他们在讨论想象媒介时，关于早期像素问题，反复引用了本雅明的一些看法。最重要的是，他们对本雅明文献的引用并不在于本雅明对技术可复制性的讨论，而是所谓的"感知"，即视觉和触觉的互动关系。而视觉和触觉的互动关系在网络时代或者数码时代并没有消失，它变成了更复杂的问题，这是本雅明始料未及的事情。

接下来我稍微讲一下，本雅明当时如何讨论技术可复制时代的艺术作品。

我们要注意本雅明文本的逻辑，它并不是简单的技术决定论的逻辑，它的内在构成要复杂得多。我们可以按照目录将它分成几个部分。我讨论的是第一版，前四节主要讨论技术的可复制性，以及最重要的一个问题——"灵韵"，或者翻译成"光晕"。第三节当中有一个非常重要的问题，德语"echheit"在这里的英文翻译是"authenticity"，但是我们要注意在哲学翻译当中，这个词往往用来翻译德语的另外一个词"eigentlichkeit"，这两个词在德语里面是有不一样的语感的。后一个词特别强调本质，但是"eichheit"其实包含着独一无二的意思，即碰到了一次，就不可能再去把握第二次的一种感觉，这是一个非常有意思的话题。本雅明真真正正如假包换地碰到的唯一自己觉得真实的感觉叫作"真性"，我觉得真性或者说对这种不可重复的、不可再现的一种真性的追逐，是他的所谓"灵韵"理论的基础。

接下来到中间的主体部分，我认为一直可以到第十五节，主要讨论的是在技术可复制的影响下，作品真性的消失使艺术作品的价值产生了非常大的变化。这个变化他分了两部分讨论，从两个角度来切入。第一个是在网络时代叫作对象端层面的或者叫作作品本身的角度；第二个是侧面，我认为是从受众的角度，因为他提到了一个非常重要的概念——大众（mass）。

本雅明通过对这两端的分析，把整个《技术可复制时代的艺术作品》转化成了两个问题。仪式和政治的问题，对应非常重要的概念叫作"膜拜价值"。什么是"膜拜价值"？我们稍微做一个简单的说明。本雅明这里讲到了两次可复制技术革命，第一次是以绘画为中心的可复制技术革命，第二次主要是摄影、电影这样以光电媒介为手段的可复制技术革命。我认为依托于光电媒介产生的是现代可复制技术，这种现代可复制技术产生作品之前，作品具有非常特殊的"膜拜价值"。我觉得更确切的译法是"仪式价值"，这个词在本雅明研究中被讨论得更多，在他早期的文章《作为宗教的资本主义》中被作为一个重要概念提出。"仪式价值"指围绕某一特定宗教对象的象征物所进行的一系列的仪式的总和。第二次可复制技术革命发生以后，本雅明认为，"仪式价值"在艺术作品中消失了，"展示价值"出现了。什么是"展示价值"呢？"展示"的德语原文是"ausstelleung"，这是一个非常重要的概念，它的字面意思是"展览、展现"，它的核心词缀是"stelle"。

海德格尔有一个概念叫作"框架"（gestelle），是"stelle"的一种重要说法，他认为现代技术将事物放在框架内为人所观察和认识。海德格尔的文章《世界图像的时代》特别强调，在现代世界中，人们对事物的感知和框架的关系。海德格尔认为现代世界所有的事物，都会被特定的技术放在一个个架子上，有点像我们在超市里购买商品，我们喜欢什么就可以从这个架子上把它拿下来。但是海德格尔警告说，当我们去拿作品的时候，或者拿一个对象的时候，我们就被对象给拿住了。本雅明所说的"展示"有一个特别奇妙的地方。德语"stelle"是"框架"的意思，展示的前缀是"aus"，"aus"就是"from"，英语是从什么地方出来的意思。如果我们细究这个词的意味的话，它说出了第二次可复制技术革命之后出现的新情况：很多艺术的东西可以从特定的框架里面一下子跳出来。实际上，本雅明已经不自觉地形成了对海德格尔的一个补充和批判，现代事物虽然被框架限定，成为图像，但现代艺术却强调从框架中出来，摆脱框架的束缚，这才是现代艺术作品的核心特点。所以，最后在《技术可复制时代的艺术作品》里面有一个很重要的例子，就是迪士尼的米老鼠。

非常有意思的是，本雅明在20世纪30年代花了非常多的力气去讨论卓别林和米老鼠。他们最大的特点是：表面上是在一帧一帧的框架里，突然之间又在运动过程中跳出了框架，这是非常重要的。当我们去谈"展示价值"的时候有一个非常有意思的地方是，"展示价值"恰恰反对博物馆或者美术馆这种展示艺术的模式，它强调艺术对程式和框架的溢出和挑战。

谈本雅明的《技术可复制时代的艺术作品》时，我特别强调"技术可复制时代"，为什么呢？如果按照英文或者中文的说法，"机械的"这个内涵没有显示出来，因为本雅明其实并没有特别强调"机械"这个概念。"机械（或者机器）"这个问题确实很重要，本雅明在《技术可复制时代的艺术作品》里讨论过机器的问题，但他最早讨论的是生产的问题。我觉得我们不能简单地把技术可复制时代的问题，等同于近代的机械性问题，因为它并不涉及第一次工业革命，或者文艺复兴时期对机器理解的复兴，它涉及更复杂的、更多的东西。

这是我对《技术可复制时代的艺术作品》内容的介绍。

这样一个作品在我们算法合成时代到底还有什么价值？我最近跟一个研究生读了一个非常重要的作品，是基特勒的一篇小文章，这篇小文章讨论的就是算法问题，当然它讨论的不是视觉艺术，而是一个算法时代非常重要的概念叫作"开源"（open source）。"开源"最大的特点是：一方面，你只要购买了这个软件的使用权，或者购买了这个软件，你在生产任何一个东西，包括艺术作品的时候，就可以调用这个软件所有的底层要素；另一方面，无论你在计算机里面用何种方式复制，无论你复制了多少次，你的拷贝权仍然是被机构控制的，或者说你其实并没有获得真正意义上的作品的所有权。

这里面有一个类似的关系。本雅明指出，第二次可复制技术革命使生产者和体验者都获得了一种对构成所谓"艺术基本要素"的这种主动的可复制的能力，既包含能力的获得，也包含基础的权利。比如说，我们现在可以很轻松地通过影像的方式获得享受、使用，甚至是拼贴改造艺术作品的权力。但是这样一个艺术作品的生成方式、生成构造，它的专利，它的构造基础，在某种程度上对我们来说是更陌生的。

基特勒那篇文章，我觉得对本雅明是一个补充。基特勒认为，一方面，数码时代通过算法提供了很多程式，每个人都可以下载程式，并通过使用这个程式，甚至是编代码介入这个程式来进行创作。比如修改一个游戏，修改程序方式，或者做一个外挂，画一个东西。另一方面，我们又被程式化了，无论你的技术多好，你对这样一个生成艺术作品的机制，这样一个程式化的过程，其实是不了解的，当然你可以有一定限度的了解，通过程式化本身把握作品的生产过程。

本雅明讨论艺术生产时非常乐观，他认为每个人都可以控制艺术作品，每个人都可以去欣赏艺术作品，最后使艺术作品战术经验不再进入一个框架之中。但是，算法时代艺术作品的生产方式其实是框架化的，反而更接近海德格尔的看法，表面上看，我们特别自由，能利用各种代码和技术创作，但是这些代码和技术在生产机制和所有权上都不是我们自己的，我们反而被这些框架限制了。

谢谢秦兰珺老师，谢谢各位老师和朋友。

秦兰珺：谢谢姚云帆的分享。有很多经典文本我们今天之所以再读它，是因为它提出的问题太重要了，这些问题可以在不同时代重新提出，这样就可以带着老问题的厚度与新情况的锐度，重新构成我们观察新现象的视角。大家听了很多理论，现在来看一些具体的案例，下面请同济大学软件学院的贾金原老师给我们分享他现在做的一些关于智慧图形的工作，主要关于漫画滤镜算法。

贾金原（同济大学软件学院，AI人物漫画算法开发者）：谢谢秦老师的邀请。得到秦老师的邀请有点忐忑紧张，又有一点小激动，心情非常复杂。我不太懂这个能不能被称为艺术品，只是作为探索，以一个学习的态度向各位汇报、请教，分享我们团队这几年初步的探索成果。我在同济大学软件学院智慧三维图形实验室一直做这个工作，现在我也受聘于吉林动画学院，在上海设立了一个智慧AI研究中心。

今天的主题是"算法合成时代的艺术作品"而不是"创作"——但是我希望这个时代很快到来。因为是算法，我今天的汇报便注重介绍普通算法、智能算法和深度智能算法，以及现在所谓"数据驱动的关于人脸漫画生成"这方面的工作，最后简单带一点总结和展望。

首先谈一下算法合成时代的艺术创作。我能够介入这个领域当中——其实我们原来纯做技术，根本没有涉及艺术——主要是和吉林动画学院合作。大概十年前，他们董事长跟我说要打造动漫生活化的社交平台，强调动漫生活化，动漫不能脱离生活，要跟生活结合。生活太单调了，因为新冠疫情我们被封控在家里面了，我们的生活需要丰富多彩。怎么能够丰富多彩呢？刚才提到了米老鼠这样一些动漫形象，使得我们的生活动漫化起来，尤其社交生活动漫化起来，这是非常有趣的尝试，我也开始考虑这个问题。我考虑了很长时间，真正动手做也就三年左右，有几个博士生开始陆陆续续投入。

我们这几年一直苦苦思索，如何使现实生活尤其是社交动漫化。生活化首先不是纯艺术，要把生活中的人——因为这个社交的主体就是人——人脸、人体也包括人的表情、人的思想动漫化。怎么把这个社交生活的主体动漫化呢？我们分析了半天觉得夸张化是一个非常重要的处理手段。于是就开始探索如何把拍摄到的人脸、人体的照片——因为这个随时随地都能获取，要获取三维的不容易，但是获取二维的，无论是静态图片还是动态视频都是非常容易的——做一个自动化的、人人都可以在线完成的东西。如何将它动漫化、夸张化？我变成动漫形象，怎么以这种形象社交呢？这是我们在探索过程中首先遇到的问题。

我们来看如何对人脸的照片、人体静态的照片进行动漫化的夸张处理。第一种办法就是利用算法，我们今天这个交叉论坛主要也是讨论算法合成。计算机要想处理一些问题首先要把它写成算法，因此我们要把"夸张"这样一个过程写成算法。算法在计算机层面首先要有确定性，但是动漫恰好充满了不确定性、创意性、创造性、随机性，这是它们矛盾的地方；然后算法还一定要具备有序性，无序的很难描述，把它有序化，不确定的把它想办法确定化，要不然没有办法编程，机器没办法处理；再一个就是可行性，无论怎样智能，机器还是非常有限的，它只能处理有限部分，否则就是 NP 问题、不可处理问题。所以必须要把动漫化、夸张化变成计算机——不管是硬件还是软件——能够处理的一种方式，变成算法的方式，这样才可能由计算机来实现动漫化夸张。

一开始主要就是形变，把一个人脸照片输入以后进行网格化，针对这个网格相对于离散化、数字化的特点，对网格进行变化，然后就对这个人脸产生了一个夸张化的变形，这就是最初始的手段。这个肯定不会让艺术家满意，也不能让大众满意，所以只能说是一个辅助工具，辅助进行夸张化、动漫化创作的一个工具。于是除了画笔之外，我们又有了专门用于实现夸张化算法和功能的一些工具，呈现在人面前。它可以进行一个非常简单的操作，不仅是面对专业人士，就算是非专业人士，也能够给出一个差不多的专业作品。这样的一个动漫化、夸张化的作品，就产生了所谓的工具。

再就是人工智能。人工智能除了一些简单的处理以外，再把动漫化的一些知识、规则融入算法当中，使普通算法变成一个智能化甚至是智慧化的一个动漫化夸张型漫画的算法：既能够进行夸张，又能很好地保持这个照片的身份。不管怎么夸张，一看本体还是我，一看就知道是卓别林，一看就知道是米老鼠，但是同时也有漫画风格。人工智能本身也在不断发展，计算机发展确实日新月异，新的理论、新的方法可以说层出不穷，所以拥有深度智能，真的是很大的创新，改变了这个时代。人工智能让我们能够向艺术家学习一些创作手段，甚至是一些"只可意会不可言传"的东西，用它创作出来的动漫化、夸张化的艺术作品更接近于艺术家，只能说更接近、更靠近，生成的效果更好。

我们首先实现的是普通算法合成的人脸漫画艺术创作——不好意思，远远没有达到创作的层面，只能叫作生成，我后来把艺术创作全部改成艺术生成，技术的探索方式叫初探。实现方式上刚才也说了是把人脸网格化，然后将网格变形扭曲，达到夸张化的效果。确实这样的规划非常简单，既把动漫化和夸张化的一些规则吸收进来写到算法里面去，又对它进行了一些夸张，最后对漫画的风格进行了提取，再把特征规则写进算法里面，这样就生成了更复杂的、更符合动漫风格的一些夸张化的效果。

我们团队做了一个工具叫液化模板，主要是将艺术家创作的一些夸张性漫画模板化，模板化也是数字化，是一个很有效的动漫算法化手段。我们向艺术家创作的模板学习，透过这个模板再输入一张照片，仿照这个模板的夸张模式，迁移到人脸上。

模板本身也是一个非常开放的数据库，可以对已有的模板进行夸张化的编辑。比如让嘴部变得更大一点，眼睛也变得更大一点，然后输入一张普通的人脸照片，经过这样一个迁移处理，就生成了跟这个模板相类似的一种夸张化的效果，这只是一个比较简单的例子。

这个肯定不是特别令人满意，所以我们又尝试把一些智能算法应用到动漫化夸张上面来。参照艺术家的作品，对输入的人脸照片的风格，尤其是着色、纹理进行了提取，把它的着色方式和纹理特征迁移到这张人脸上，就生成了比较。除了形变之外，还有风格化这样一种方式。我们输入了一个小的风格化模板，最后生成这样一种效果，把人脸变成了夸张化的图片。有了智能算法以后，有了规则，有了模板，我们就能将单纯的形变和风格两种方式糅合起来，使其动漫化、夸张化的效果变得越来越好。

接下来我们的一个探索就是深度智能。人脸夸张化应该还是生成技术，远远谈不上艺术创作。上一次向赵昆老师请教以后感觉艺术是非常神圣、崇高的，我们向艺术朝圣的道路上大概只走了几步，希望各位老师多指导。目前 GAN 生成对抗网络，是深度智能非常有效的工具，我们把 GAN 用于人脸夸张性漫画生成，也进行了一些个性化的编辑。它的主要方法是，输入一张人脸照片，生成一个分割图，这个分割图比前面单纯外轮廓的编辑更细腻，眉毛、眼睛、鼻子、发型、脖子、嘴等都被提取出来了，再参考一个夸张型轮廓的草图，这是一个数据集，向数据集学习，然后就把夸张型的风格——不让客户编辑——直接形成夸张型轮廓这样一种模式。它的基本操作方式就是这样，输入照片以后，选用一个夸张型的脸型的草图，它就自动生成和草图相匹配的漫画模式。

深度人工智能本来叫"神经网络"，"神经网络"不是指我们大脑的神经网络，只是借用了这个名词，计算机神经网络和人的神经网络差得真的太远了，而且运行机制也不一样。"神经网络"大概是在20世纪90年代被提出来的,那个时候计算机算力和计算机存储力是远远不够的,当时的神经网络应该是浅度的,不是深度的神经网络。现在这个时代不管是计算机算力还是计算机存储力都大大增加、提升了。所以说,还是原来的神经网络,只是多学习几层,发现不得了了,无论是图像识别,还是图像处理,那个效果比传统方法提升了很多很多。所以掀起了以深度学习、深度人工智能、深度神经网络为基础的一个风暴,甚至是人工智能领域一次革命性的变化,各个学科都在学这个东西,我们也用它做人脸动漫化夸张这样一个尝试。

输入一张人脸照片——这个技术大家不用管,把它当成"黑箱"好了——我们根据人脸照片提取了分割图,五官被做了提取。根据分割图,我们在草图数据集里面找到和人物表情匹配的草图,人物表情现在在高兴,我们找到两个相对来说和他表情比较匹配的两个草图,通过我们设计的深度神经网络驱动一个夸张化的神经网络,然后就生成了两个脸型。参照草图的脸型生成的两个分割图再来学习动漫化的着色、风格和纹理,透过这个神经网络映射到这两个轮廓图当中去,就生成了一张人脸的两个夸张化效果,人脸跟原来的完全不一样了,既是一个风格化的,又是一个夸张化的漫画。还可以对分割图进行二次编辑,比如加上一些皱纹,于是同步产生了一个夸张化的编辑,这个用户在线就可以完成,也是一个"傻瓜化"的编辑,除了艺术家之外,我们也可以生成有自己个性的夸张型的漫画草图。

它的基本原理是,第一步是语义分割,第二步是表情的草图自动匹配,第三步是进行草图的夸张,然后进行风格学习,再来编辑,就生成了一张张个性化、夸张化、动漫化的漫画。

草图驱动漫画,这个功能相对来说比较强大。输入一张照片,我们根据这个草图就能呈现出三维人脸。输入的人脸,偏一下头,低一下头都没有关系,因为我们呈现出来的是三维的,总能把它矫正到比较正确的角度,让这张草图轮廓映射上去形成三维人脸。因为我是搞3D的,并不是搞2D的,很想把2D表情映射到3D人脸上,最后再提取它的特征点(landmarks),形成由这个草图驱动的夸张型的三维人脸,由三维人脸再来映射成二维的夸张型草图,这是它的几步原理,我在此简单介绍一下。

再来学习一个风格,这个风格有点像素描。它原来的风格不是素描,我们可以添加纹理特征,或者说风格模式,这个风格随时随地都可以改变。我们做了一个简单系统:输入一张人脸,然后对他进行草图的选取,对细节进行编辑,增加面部的一些细节，选择不同的漫画风格，最后就能生成各种各样的漫画。

机器要想学习动漫化夸张，探索的过程还是非常艰难的：一开始方法并不是非常理想，或者有的照片上比较理想，但是换一种照片，换一种风格就呈现各种各样的效果。我们的方法不仅保持了别人方法的一些优点，在别人失败的情况下，我们还可以获取比较理想的效果，既有草图的驱动、轮廓的驱动，同时又有风格的指导。草图驱动再加上用户个性化的编辑，这样就可以生成一张多样化、动漫化、夸张化的人脸照片。当然也可以变成三维的，映射到三维虚拟化身的脸上，生成一个三维的动漫化形象，放在元宇宙里面进行动漫化的社交，这是我们将来的目的，生成一个虚拟人，一个动漫化的超级虚拟人，但是一看本体还是我。

对人脸照片进行编辑，比如说，本来是一种风格，让人脸变得夸张一点，鼻子、脸部轮廓可以生成非常好的效果。同时按我们的算法，即使人脸偏得非常厉害，也不是正脸，在姿态保持不变的情况下，仍然可以生成同样是风格化、夸张化的一张人脸。例如，憨豆先生本身的表情就非常夸张，我们对他进行进一步的夸张，极端的情况下一看还是憨豆，人脸身份保持非常好，没有太穿帮。另外有些人拍照比较随便，脸部被自己的手遮挡，即使这样我们还是可以生成夸张化、风格化的效果。

最后简单做一个总结和展望。我们目前使用的这种模式在我们计算机领域里面叫作"数据驱动"，实际上，在我们计算机领域，算法、程序、软件已经变得必须要赠送了，什么东西值钱？数据值钱。现在已经进入了大数据时代，大数据就要满足四个"V"，第一个"Value"就是体量要大。我们生成比较理想的人脸夸张型漫画、讽刺性漫画，以及多种多样的艺术效果的漫画，必须要有大体量的、非常丰富完备的夸张型漫画、讽刺性漫画数据集。数据集是不是完善，数量多少也直接决定了这个深度神经网络能够向多少艺术家学习创作手段，甚至是那些"只可意会不可言传"的东西，所以现在是"数据驱动"。当然本质还是靠算法，但是算法现在比较简单，还是更依赖于数据。我也在此呼吁，希望艺术、美术可以构造一个供深度人工智能学习的数据集，这对元宇宙，对我们艺术本身，都是非常非常重要的。

我们采用了深度学习，借鉴了漫画创作的规则和一些模式，想办法做出一套自动化的人人在线、人人制作、人人共享的人脸夸张型漫画工具，放在网上，配合算法合成时代的到来。但首次对接还没有做好准备，这只是我们的一个展望。

我们还专门向赵昆老师请教了一下。按赵老师的说法，我们这个工作不叫艺术，就是一个尝试，在探索过程中我们得到了赵老师的鼓励和指导，我甚至让我的两个博士生去学习漫画，拜赵老师为师，拿出半年时间来争取跨界。打造出个性化、动漫化的虚拟人群在线社交平台是我们的目标。同时，一定要提取更多的艺术特征，赵老师上次跟我们说"三庭五眼"，让我们赶紧收集一些材料，搜一些新的数据集，同时配一些文字。还有属性驱动的漫画，比如我说一句话，漫画就能进行编辑，甚至"君子动口不动手"，将来脑机接口做好之后，一个意念也能够驱动一个漫画生成。最后是做成表情夸张、人物夸张、人体夸张的动态影像，可能先做成被动的，像是视频、短视频，接下来是做成主动的，不同的情境下会有不同的夸张效果，因为我也非常喜欢动画。

谢谢秦老师的邀请，非常荣幸做这样一个汇报。我的汇报到此结束，谢谢。

秦兰珺：非常非常精彩的汇报，我学到了很多知识，脑洞大开。这样一个人脸变形工作看着很微小，但是它涉及了非常核心的问题——如何在变化之后又认出是我？变形之道究竟在哪里呢？除了可以用算法方式把它一步一步拆解开来，从轮廓到纹理，一步一步迁移过去，可能艺术家对变形之道还有他自己的理解。下面就有请来自中国美术家协会艺术委员会的赵昆老师。

赵昆（中国美术家协会艺术委员会，漫画家）： 20世纪以来，漫画的使用范围逐渐扩大，几乎无所不在，成为普及知识、教育、娱乐大众最广泛的传播手段之一，从题材到内容，漫画几乎无所不能。有不少美术理论专家认为漫画是一种思想先行的艺术，思想先于艺术，先于形式技巧。好的创意是第一位的，是漫画的灵魂，而形式与风格是第二位的，叙事清晰，观众能看懂就行。漫画的形式与风格少有人提，或者对漫画创作的形式要求不是太高，有人认为，漫画的门槛较低，没有绘画基础的爱好者一样可以画出漫画。但是漫画作为艺术门类，仍然有它的艺术门槛，漫画还是要遵循造型艺术规律，遵循艺术的审美要求与原则。同时，漫画技艺是随着时代发展而不断更新的，技术想象力与文化想象力已经成为新时代对漫画艺术家的考验。

今天漫画的问题就在于太过强调思想和多样的题材，没有想到漫画门槛很低，每个人只要会画两笔，哪怕墙上的涂鸦小人也能把故事说清楚，随之而来的就是漫画的粗制滥造与低水平漫画的流行。漫画首先需要一个载体，这就是它的造型、它的形式、它的形式趣味。漫画的基本原则是，在突出事物特征的同时，省略次要或者不重要的部分，它抓住的是一个事物的核心。漫画技巧最突出的特点并不仅仅是主要特征的放大、夸张或者突出，同时也包括了次要特征的简化、舍弃以及对细节的省略。好的漫画家知道如何在画面中通过线条和形状来表达故事，展现冲突，传递重量、力量和身体等相关信息。比较注重在视觉上将直线与曲线相结合，为画面增加视觉多样性，以这种方式形成具有张力的画面，而不是用简单的几条线相互对立来传达信息、勾勒人物。人物主体的姿势、整个身体的线条，以及一些器物所创造的线条，都是观众可以直接判断的。优秀的漫画家非常注重构图，他们关注图中的每一个元素，包括角色的姿势、画面配色等，会把主要人物的形态与形体特征作为观众视觉的核心，会考虑形状和线条在画面中的呈现方式，这将有利于他们更好地讲述故事。

漫画艺术讲究趣味，这些趣味体现在造型当中，特别指漫画家具有的完形能力。这个完形能力在阿恩海姆的概念中，指的是在一个整体式样中，各个不同要素的表象看上去究竟是何种样态，不是由其中某一个单独的要素所决定的，而是取决于这一要素在整体中所处的位置和所起的作用。此外，完形是一种力的结构，这种力不单存在于人的知觉中，而且还是人自身的一种心理力。力的结构会去自发地追求一种力的平衡。这是阿恩海姆高度理论化的完形概念。

在具体的造型过程中，画家的某些用笔用色习惯会使某些造型特点反复出现。此外，在造型过程中，画家的某些偏执造型习惯形成的形状有时候会构成风格，形成对画面的整体感受，这种对造型的感受，就是完形。在漫画当中，完形具有重要意义，漫画人物存在变形，变形构成了完形的重要意义。从处理技术上看，要保持物理平衡和心理平衡，在人物造型上变形时，要考虑平衡，凡是人物外形舒展，变形的各部分不突兀，一般都是在物理造型上平衡，从而心理上也会产生平衡感。重力、左右等同样重要，在画面里，平衡的色彩面积、黑白的面积，譬如丁聪在漫画插图《四世同堂》里面使用黑白、花纹以及线的粗细形成了画面重力的协调感。又譬如华君武的焦墨人物形象，浓厚的墨线疏密与点画的重力。还有丰子恺的留白，都是他们成熟风格的完形特点。漫画艺术仍然需要在造型、形式等艺术语言方面进行积累与锤炼，需要对造型提出高要求，进行深入研究。

《艺术概论》告诉我们，从事绘画的画家是形象思维，从事文字的作家是抽象思维，抽象思维是文字性思维或者概念性思维的，别林斯基说过，哲学家用三段论法，诗人则用形象和图画说话，然而他们说的都是同一件事。漫画家和其他画家不同的地方就是漫画家的形象思维是超越性与多维的，而且又特别强大，掌握形象极为丰富，他看到一个刺激他灵感的东西时马上会有好几种反应，举一反三地转换、嫁接，或者各种图像修辞的方法就会被调动起来。

漫画家的图像记忆能力特别强大，需要有处理画面（或者是构图或者是形式）的图像记忆，还要有对形象特点的记忆，对生活的记忆，对生活场景、器物、人物的记忆，等等。此外，漫画家还喜欢记忆某些形象的关联、某些变形的意义、某些形象的特殊含义，还有某些物品的文化含义与引申含义。平常讨论艺术创作的时候，看一个漫画家的作品会说这个漫画家真有生活。有生活是什么？就是漫画家在日常生活里积累的素材触发他的创造性的思维，触发了漫画家已经积累下来的大量艺术词汇及图像记忆，这个触发的结合是漫画家经过长时间的训练才能达到的。某一个创意让观众感到很绝很意外，是因为漫画家出人意料地进行加工把它们糅合到一起了。

漫画家在创作时，首先是将形象的次要特征简化、舍弃，包括对细节的省略。漫画家在写生过程中看对象的时候，对人物会有一些总结的口诀，如头像，漫画家会发现这个人是"国"字脸、"申"字脸、"田"字脸、"甲"字脸等，漫画家在训练过程中会形成对这些形象概念的记忆，对人物的主要特征进行把握。所以漫画家首先有一种循形思维，把可有可无的、不能突出人物形态的部分剔除掉，让最本质的东西显露出来，通过夸张有意识地突出事物或者人物的特征。总之，漫画家会把画诀、理念，或者是绘画图像的概念内化到心里面。这是不断积累的，当漫画家越画越多，除了遇到"国"字和"申"字脸型，还会遇到更复杂的脸型的时候，就会转化成强大图像视觉语言或者视觉单词，记忆到大脑里面，创作的时候会拿出来，组织他的艺术语言。其实我们平时说的艺术语言并不那么复杂与高深。绘画语言解析、解构是一个理论化的过程，有时候阅读一个艺术家的作品会有看不懂的内容，因为艺术家的形式创作完全是个体经验，这些经验内容完全不客观化。漫画家需要把自己的作品既做到有独特的形式，又做到把内容变成超越现实的想象，这是漫画家与大多数普通画家不同的地方。

从欧洲漫画史里看到，欧洲的漫画家在造型上是反复锤炼的。漫画家要对形式有敏感度，而不是说漫画没有造型。从德国、法国、英国、俄罗斯、比利时、荷兰、意大利、瑞士等国的漫画作品中，可以看到漫画家扎实的造型能力与素描功力。漫画创作与漫画史是最能看出造型艺术的形体变化的。

譬如迪士尼创作的米老鼠，米老鼠的形象是艺术家长时间对造型进行锤炼的结果。从漫画变成庞大产业，都是有造型升华、进化的。20世纪30年代，米老鼠是什么样子，到今天这个形象仍然保留下来了，跟祖传老店一样，初创时候人们的审美趣味是什么样的，到今天它的形象也在微调，不断适应观众的审美趣味。我们都知道，迪士尼漫画勾一根线一个平面图，它的造型趣味都会有一些非常微妙的变化：线粗一些，线细一些，耳朵大一些，耳朵小一些，一定经过了长时间的锤炼。美国漫威漫画的造型是受到西方绘画传统影响的典型，他们对形体的严格程度是有写实绘画的传统在里面的，包括解剖、体块认知、严格透视，这些内容使西方传统绘画中的形象成为完全不同于东方绘画视觉的一种模式，对西方漫画造型也产生了重要影响，特别是电子媒材介入以后。

西方绘画在进入印象派、现代主义以后发生了巨大变化，漫画也随之发生了巨大变化，但这个巨大变化也是基于传统绘画视觉资源才产生的。进入计算机时代以后，图像也发生了重大的本质变化。贡布里希在他的书里面讲，西方的马赛克，黑、白、灰就是一种密码，它能解决所有问题。这个密码从素描到色彩，就是幻觉呈现的细节与细腻程度的一个阈值。计算机把一个图像、形态在一个空间里面的色彩关系用黑、白、灰就解决了。比如，用 Photoshop 软件把一张图片放大以后，我们能看到像小方块一样一块一块的元素，叫像素。我们知道图标的英文叫"icon"，这个词一开始是"圣像"的意思，后来做图学研究的时候把这个词用过来，叫"图像志"（iconography），在西方艺术史研究过程中它有一个名词叫"图像学"（iconology）。像素是西方造型色彩与计算机结合的密码，计算机生成的数位图像，就是靠像素排列显示，以及靠像素进行记忆存储。

计算机有两个图片格式，位图和矢量。矢量是当漫画家画一根线，画一个形，怎么画边缘都是光滑的，唯一的缺点是它只能是单色的，不能进行色彩渐变，只可以涂成红色、蓝色那种完全是一个平面的颜色，但这个颜色边缘是光溜溜的。现在大量运用位图的软件进行创作，特别是使用大量的数位板进行创作已经很好地解决了这个问题，强大的计算机软件已经在不断地解决漫画家创作的问题。

手绘与机绘是漫画家主要的选择。无论怎样，漫画家对媒介的掌握都是与熟练的绘画技巧、创作技巧相结合的。媒介能不能实现漫画家的意图，实现意图的过程中是不是能够完美地达到漫画家的预期目的？因为我们知道，对每个漫画家、艺术家或者使用媒介作画的画家来说，媒介已经变成了他身体的一部分，媒介是他身体的延伸。画家对媒介的要求是不断增加的，在日常创作当中，在他观察人体、形象、色彩的时候，都会形成一套办法或方法。画家对媒介的掌握，不管用毛笔还是用炭笔，当他看到一个可以入画的对象、一个好的色彩或者一个好的场景的时候，会有一种"技痒"的感觉，进而触动画家的媒介"技痒"，就想立刻画一下。好的媒介技艺是会和艺术家融为一体的，如同书法家写字时行云流水的状态，对于画家来说也是一样的，我们今天看到非常多的画家在画画的时候，不管是画人物或者是画其他什么，都是与技术密切结合的，漫画家也一样。

今天，计算机媒介提供的技术已经到了无所不能、无所不包的境地。漫画家受到了技术与内容的双重想象力挑战。一方面，漫画家不仅仅要掌握计算机技术，更要发挥技术的想象力，去展开一片广阔无垠的技术创作的天地。另一方面，漫画家对内容题材的想象力也面临着挑战，这就是文化的想象力。文化想象力已经变成一种时代的呼唤，是一种超越现实、非凡活跃的思维，它通过对未然与未来的建构来超越客观现实。文化想象力具有超脱凡想的构建能力，想象力所创造的是观念性的事物，是虚拟的对象，并非实体性的事物，这种创造观念性对象的能力，是艺术家真正的本领。

秦兰珺：特别感谢赵老师，特别感动您把创作过程那么详细、完整地尽量用语言表达给我们。特别有趣的是，您和贾老师讲的是两个学科，但是又通向一个目的，贾老师讲的是变形技术的过程，而您讲的是造型的内在密码，这两个学科让我们看到安卓艺术家和人类艺术家思考造型这个根本问题时不同的思维方式和出发点。

贾老师一直在说我们要通向元宇宙，伟大的元宇宙其实还有一个根本的问题就是如何变形；赵老师一直说中国动漫复兴，但中国动漫复兴这个宏图伟业还得从造型能力的培养开始。所以我觉得再伟大的元宇宙或者说复兴事业，都需要从最根本的底层能力开始，无论是对技术，还是对艺术都是一样的。

下面进入文学问题的讨论。首先有请来自产业界彩云科技的袁行远老师给我们讲一讲，他们彩云科技做了一些非常有意思的事情，在网络文学 AI 写作方面做了一些尝试，有请袁行远老师。

袁行远（彩云科技，"彩云小梦"作者）：在座各位有多少是"彩云小梦"的用户？有的话举个手我看看。非常好，有这么多用户。当然还有人不知道，我给大家做一些介绍和演示。

最近我们在 B 站有一个比较火的视频类型叫作"AI 续写"。比如有 200 多万播放量的视频《当你把斗破苍穹的开头拿去给 AI 续写后……笑裂了》。点击"写作"之后，AI 开始写"萧炎是废物"，他们开始吵架，不断往下点续写模型，当然也可以改动。这两个人还在吵，后面会有一些战斗，我们看一下 AI 的表现吧 ——"看起来萧炎是一个很厉害的人"，终于开打了，"萧炎身体变成一道灵光"，大概是这么一个意思，他们俩会继续打，很多网文小说写出好几千万字都是用的类似这样的方法。这个录屏有 216 万次的播放，当然还有各种其他的艺术创作形式。

用 AI 创作出来的脚本可以做出动漫。当然还有人在问我们能不能做得更多？能不能用 AI 创作电影？我们搜索可以看到 AI 做的一些电影，其中一个是用我们的技术来做的，有 13 万人次的播放量。

我们可以现场写一个故事，看一下是什么样子的。比如"梅兰芳来到了中国艺术研究院"，"这里是中国艺术研究院，是最大的研究院之一，这所研究院里面有 38 位专业人士，每一位专业人士都有自己独立的研究项目，其中最重要的是中国艺术研究院的戏曲研究，其次是音乐研究"——然后还可以选择其他的内容，比如"来到中国艺术研究院门口，看着眼前这座建筑物，梅兰芳感叹道'好雄伟，太漂亮了'"。它可以生造一个人物——"看到梅兰芳进来，刘明华赶紧起身迎接，梅教授你好，快请坐"。这个剧情代入感还是有的。更有意思的是，还可以尝试建立一个词条，可以对这个文本进行一定的程序化、编程化的控制。我把梅兰芳的简介内容输入，这是一个版本。然后可以再制作一个人物叫阿远，阿远就是我，一名男程序员，相信有一天可以改变世界。这样发生一个我跟梅兰芳的故事，还可以设定我们之间的关系，是朋友或是敌人，等等。

刚才兰珺提到我们有一天是不是可以把这样的人物变成真实的人物跟大家互动？这是一个很好的想法，我们未发表的一个成果可以给大家看一看：首先写一个人物介绍，设定跟他聊天。

"梅兰芳你好，能够听得见我说话吗？"

"阿远啊，你怎么突然想起来要找我呢？有什么事情吗？还是要做什么游戏吗？如果真的需要帮助，尽管开口吧！"

"我现在在中国艺术研究院的一个论坛上。"

"我知道那个论坛，那里很热闹，我以前去过几次，不过没有注册过账号。"

"你能谈一谈你对京剧的看法吗？"

"京剧啊，那就从头说起吧，我记得小时候我跟你说过我的梦想，但是你不相信，你现在还记得吗？"

"小学的时候我还不认识你啊。"

"那个时候的事情已经太久远了，不提也罢，你还记得我告诉你我的梦想吗？我说等我长大了希望自己像你爷爷一样，成为京剧艺术家，把我毕生绝活都用来表演。"

"那祝你成功。"

"谢谢你的祝福，其实我一直都在等你问我这句话呢，现在终于等到你了，我的理想很简单，就是成为一名京剧艺术家，我的理想和愿望都已经实现了，但是你的愿望却还没有实现呢。"

"我的愿望是实现梦想成为一名人工智能的专家。"

"是吗？那你的梦想比我的梦想宏伟得多，我只想成为一名京剧艺术家，并且还要做点成绩出来，但是你不同，你的理想很远大。"

文学创作和人工智能结合到一起是很奇妙的事情。你的小说写得越好，你的 AI 越聪明，你就可以让它做各种各样的事情，它能够陪伴我们，甚至可以拉多个 AI 一起群聊，在元宇宙的世界里面，我们可以创造出无穷无尽的世界。

"彩云小梦"现在已经有超过 100 万个人物了，我们也可以考虑在这样的情形下，探究人类未来是怎么样的。我以前总是想做图灵测试，我现在发现这个目标定得有点低，做出以假乱真的人不是那么困难，可以说几乎已经做出来了。但是问题来了，你的智能不是很够，它的智能比你高。它会说：你什么事？没事？没事咱们拜拜了，你还有事吗？你还有话说吗？所以任务变成了你能够和它保持互动和交流，你能够和 AI 去交流，操作 AI 来做更多的事。其实这也相当于一种学习，而这个时候就由科学和算法的艺术把人类情感这样的东西包含在这当中。我觉得未来还有非常大的增长可能性——让 AI 去强化学习，去不断自我净化，最终也许能帮助我们造出光速飞船，实现时空穿越这样的事情，也许在有生之年可以体验到。

这就是我的工作和一些展示，感谢大家。

秦兰珺： 特别好玩的一个展示，充满了互动。刚才袁老师说可能我们比 AI 笨一些，但我听说 AI 的能力是人类平均智能的水平，我们比 AI 笨，只能说我们落后于人类平均智能。

下面有请来自清华大学的耿弘明老师，他是 AI 及自然语言处理的研究者，同时也是一个网文写手，来看看耿老师能给我们带来哪些精彩的跨界讨论。

耿弘明（清华大学写作与沟通教育中心）：感谢秦老师邀请，很荣幸。我的题目是"AI能不能成为文艺评论家"。AI写诗、写作、聊天多一些，它可不可以对这个事情进行自我理解和自我认知呢？基于这两点已经有过一定的系统实践，一个是NLG（自然语言生成），可以被叫作NLP（自然语言处理）的分支；另外一个是AES（自动化写作评价），美国做的一个自动评价系统。

先从"computer"这个词说起，现在我们都知道这个词的意思是"电脑"，是初中课本上面的词汇，早期中国把它叫作"微型计算机"。但是大家翻开20世纪初的字典，"computer"是没有这个含义的，因为计算机没有出现，那个时候它是指计算的人。做一个类比，像我们说"play""play basketball""play soccer""play guitar"都可以，但"player"是一个玩的人，而不是一个玩的机器，大概是这样一个类比。

但是后来为什么它变成"计算机"了呢？一是因为计算机诞生了，图灵、冯·诺依曼很多早期设想慢慢被实现了，词汇意义发生了改变。二是它源于一个很重要的假设，人是可以被计算的，机器是可以计算人的。让机器计算什么？这是很重要的问题。在这个问题上，语言是一个很重要的突破口。这个基本假设认为，一切事物首先数学上都可证明，可计算，数学被认为是宇宙的形式语言，我们通过它描述万事万物，计算将来会发生的事情。这个基础上它会有很多分支，其中一个分支是用这样的方式表示人类的语言以及文学，比如早期的实践里面，都是19世纪末20世纪初慢慢累积起来的一些思想形成的体系，还有更早的一些畅想，比如莱布尼茨。其中一个重要的人物是弗雷格，他想构建一种摆脱自然局限的人工语言，全部用函数符号去代替句子，一个句子就是一个函数，一个词就是X、Y这样的形式。形式主义有一个代表人物雅各布森，他认为诗歌可以被当作一个坐标轴来假设，横轴就是句子，纵轴是意象的替换项。比如横轴是"千山鸟飞绝"，纵轴我可以把鸟替换成任意的词，"千山叶飞绝""千山羽飞绝""千山人飞绝"类似，他认为这是诗里面基本的数学架构，它是存在的。

"假设"在计算机早期处理语言时得到了非常广泛的认同。这和图灵这个人物有关系，图灵测试的语言层面是很重要的问题。图灵有一句话：为什么思考何物可被计算的时候会首先想到语言？有一个原因是，早期计算机去计算的时候，是需要符号和物质的，我们不能一开始就说一个"玄"的东西，例如，我去计算你的灵魂，我计算你爱不爱我，我去计算你的感觉，这比较"玄"，但是物质化层面有什么可计算呢？语言便是很重要的方案，人的肉体也是一个方案，我们这里只说语言层面的问题。

再有一个，语言的商业价值也非常突出，如袁老师的"彩云小梦"，很多人看好它进行投资，它的商业价值非常突出。大家想到我们现在用机器翻译，用谷歌、百度等这些翻译。以及让机器写新闻，比如说体育新闻或者政治新闻，写得非常快，又极节省人力。还有语音识别的应用，我们现在想做一些事情的时候可以用语音识别的方式，这是很重要的。

再一个，自然语言就是人机交互的手段，刚才袁老师演示的人跟机器聊天，它就是一个交互手段。

此外还有一点，当计算机科学家去了解语言这个领域的时候，他们发现以前的语言学家们已经打下了一些基础并积累了一些资源，可供我们用计算机计算语言时使用。这对他们也会形成相互的影响，比如很重要的乔姆斯基的理论，现在学计算机的同学也知道，因为它为语言提供了树状图、二叉树的方案，怎么样一步一步细分下来，很多算法里面都会用到它。

所以，人们想到先去计算语言，然后才有了计算诗歌、计算小说、计算对话这样的情况。

早期一个重要的学派叫作"符号主义学派"，第一次达特茅斯会议的那些大人物里面，如约翰·麦卡锡、赫伯特·西蒙、马文·明斯基等，都是这个学派的，它也符合人们特别正常的设想：如果你没有开天眼预见，你会本能认为，我们机器模拟人类语言，不就是这样模拟吗。比如，人类语言有语法，所以机器要学语法，不学语法怎么说话？人类有词汇量，学英文拿出单词本开始背，忘记了，回头再背。这个假设是一开始所有人的基础假设。所以，要有庞大资料库的集合和庞大规则的集合。此外，在这背后，还有一些超出我们日常思维的高级设想，其中，人类思维是由公理系统和事实归纳构成的，这是一个很重要的假设。于是人们推断，机器如果掌握了这个公理系统的方案以及所有要归纳的事实，肯定可以模拟语言，以及推理很多很多的事情，这是早期的一个方案。

有很多更早的设想，比较普遍化的一些都是符号主义方案的。如果我们对这个流派进行追溯，现在很多 AI 的读本——尤其是偏科普任务或者历史性地讲 AI 这个事情，而不是如《Python 语言五日通》这种书的话——它基本就会从莱布尼茨开始说起，讲到后来分析哲学里的卡尔纳普、弗雷格。

这里我们来了解一个前提，一种最早把语言数字化的方案：语词就是符号，语词关系就是函数关系。比如，张三是个好人，在弗雷格那套语言里面表达，可能 F（张三) = (好人), F表示两者是一个属性关系, 后者是前者属性, 这是一个基本推理假设。它在很多事情上确实起到了效果, 比如, 著名的数学家希尔伯特提出新世纪数学家应当努力解决的一些数学问题, 后来有些问题通过机器得到了解决。著名分析哲学家普特南, 是分析哲学史上面很著名的人物, 他也参与完成第9个问题的解决, 在其中起到了很重要的作用。这个符号主义方案在推理层面起到了很好的效果, 早期针对具体语言实践的也有很多, 我找了一个生动的例子。

一个叫魏森鲍姆的学者, 他"二战"时期从德国流亡去美国, 这条路线是一个经典的路线, 也是爱因斯坦的路线, 像一些著名文科学者, 如法兰克福学派的思想者, 他们流亡过去, 开始在美国从事研究。他这个研究的过程要模拟一个人和心理治疗师的对话。他想通过这个模式来做, 最开始的思路就是模式匹配式的符号主义, 他去存一些资料库储备, 找一些常见的对应关系, 然后进行对话, 机器程序叫作"Eliza"。这个方案肯定没有刚才袁老师展示的那么精彩, 没有像现在漫画算法和语言算法那么精彩。但是它形成了一个基本的可能, 比如, 一个人去心理咨询, 肯定有很多痛苦, 她说"男人都是一样的", 这可能是翻译的问题, 也许并不能传达这个人的意思, 她想说的是不是"男人没有一个好东西, 永远没有一个好东西", 大概是这样子。下面是回答和对话, 这是一个对话过程。当时很多学者很认同这个方式, 多少为心理咨询提供了一些帮助。但是它的开发者自己并不认同"Eliza"这个方案, 所以他想继续整改。这个会引申我们所说的艺术问题, 比如写诗和文学, 早期机器能答题能聊天, 但以我目前找到的文献来看, 没有人会做一个写诗的尝试。

我们从这个再往下面走, 会看到, 机器能够计算语言, 它很重要的改变是更高级的深度学习, 是自然语言处理的理论和实践在不断地发展。学习的时候了解的一点点东西, 很快就会过时了, 算法更新太快了。这里面讲一个例子, 早期"符号主义学派"里面, 有些说法比较符合这个观点。司马贺这个人很传奇, 他是计算机科学家, 也是经济学家和管理学家, 得过诺贝尔经济学奖、图灵奖, 20世纪80年代他过来中国, 在中国科学院这边互动, 很受人喜欢, 他的本名叫赫伯特·西蒙, 作为中国人民的好朋友, 他给自己起了一个中国名字, 叫司马贺, 听着很有侠肝义胆的风范。他说, 一个系统能够从经验中改善自身, 这就是一个学习的过程。引申到机器, 让机器学东西就是不让机器存很多知识, 而是让它自己去学习, 基于经验去自我改变, 这个方案和早期符号主义有一些本质上的差异, 后来有人把它叫作"概率派""联结主义"。

我们拿"香菱学诗"做一个例子，这个例子中学课本里面有。基本情节是，香菱要学诗到处请教，林黛玉教她先把谁的读熟了，再把谁的读熟了，慢慢有感悟，这就是人学习的过程，要有很多经验积累，不是说掌握规则就可以。比如，我们去驾校学开车，或者小时候学自行车，不是拿一本《自行车原理大全》《自行车骑行方案》或者《自行车骑行原理》就会了，而是要练，练着练着脑子里的神经网不知道怎么就匹配了，慢慢就学会了，大概是这样的过程。这个也就是思路二，基于大量读写反馈形成概率的认知，它能够进行预测，如何写大概率会比较成功。

为了方便学文艺的朋友了解，我虚构了一个表格，显示了一个词和另一些词的连接率，这些数据我是虚构的。机器获取了"风骨"这个词，它是一个艺术学传统概念，经过长期的训练会有一个概率的推测，更可能和《文心雕龙》联系起来，因为它是《文心雕龙》其中一章的名字，也可能跟陈子昂联系起来，因为陈子昂讲的美学里面也包含这个因素，可能跟另一位诗人李煜的联系就少，跟古代文论联系概率高，可能0.88（我虚构的数字），跟西方文论联系概率低——0.2。最后大概出来这样的效果。（表1）

表1

词语	《文心雕龙》	陈子昂	李煜	古代文论	西方文论	风格	风气
风骨	0.8	0.75	0.3	0.88	0.2	0.6	0.5

注：1. 以上表格为虚构。
2. 分数越高，表示两个词形成连接的可能性越大，两个词语更有可能构成链接。

分数越高表示两个词连接的可能性越大，所以机器进行推理的时候这两个词大概率会被放在一起。机器写一首诗的组合方案大概就是这样诞生的。

词向量如何理解？向量是线性代数里面一个基本概念，用一个数学的方式去表示一个线段，一个函数，叫作"词向量"，因为它最后要做矩阵里面的投射，我们就管它叫作"词语的数字化表达"，这样方便进一步理解。这里面说到"人工神经网络"，它是一个特别复杂的判断机制，我们可以把它理解为巨型函数。多巨型的函数呢？我们看下图，后面就是一个人工神经网络，比较深度的人工神经网络，大家把它的每条线理解为一个函数，一个判断，所以是巨型函数。（图1）

图1

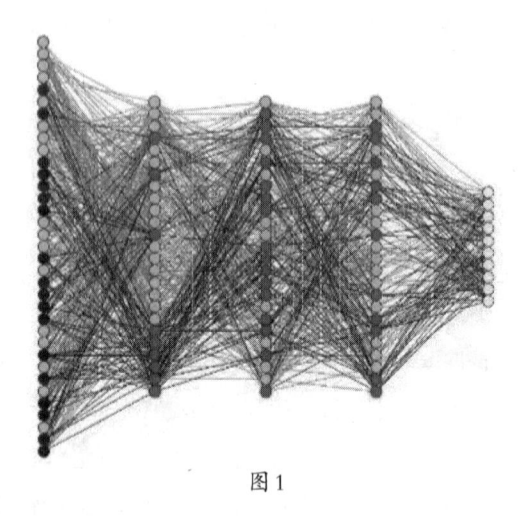

先从一个基础函数开始。我们设定一个最简单的判断：分数 Y 等于 WX+B，这是这个领域最基础的函数，Y 和 X 是两个未知数，W 和 B 是两个辅助的参数。我们用一个比拟，高考分数等于语文分数占比然后加上一个额外项，我们可以简单这样理解。在专业术语里面叫"权重"和"偏置"，W 是它的权重，一个权重占比多少，偏置要额外增加一个项目进行调节。举个例子，你的高考分数等于语文分数 × 20%，再加上数学分数 × 20%，再加上什么分数乘百分之多少。如果把那些项目都去掉，还原它最简单的方式就是 Y 等于 WX+B。我们有类似三好学生、奥数、作文大赛加分，我不知道现在还有没有了？大概是这些。最后会形成这样的效果，你的高考分数通过这样的计算被判断出来了，我们不把它理解成函数，而是理解成一种判断。换一个例子，判断一个人是不是好人，一首诗是不是好诗，当你发现了第一个特征，张三是不是好人？你判断的时候，如果他说脏话，乘一个比重，再加减五，因为说脏话在不同文化里面不一样，可能在某一些年代里面说脏话是个性浪漫的象征，但在很多时候不是很道德的行为，形成这样一个判断，最后形成加减五，这是最简单的判断。把所有的判断全部合起来形成特别大的网络，大概是这样的。

这是无数个判断形成的判断，我们反复训练它，在左边放入原始的各种各样的事实、证据、数据……什么都可以，当然要把它数字化之后再放进去，词向量就是这个意思，得先把字变成向量然后放进去。最简单的数字化方案，早期讲的那个向量特别简单，比如一个辞典3000字，第一个字000001，它就是第一个向量，第二个字是0000010大概这样，就是一个早期的向量化，就是数字化，了解这一步就可以。数字化之后每一个都是一个判断机制，每一条杆，每一个小圈，无数个小圈，无数个杆，无数条线，合起来左边是原始数据，最右边我们先放正确的，让它自己来跑，跑久了之后就能确定相对更为靠谱的 W 和 B 的值，就是权重和偏置的值，我们得到了一个很不错的模型，可以简单这样来理解。

在这个基础上，我们把它换到我们所说的诗学的事情，左边我们放海量混沌的数据，比如《全唐诗》里面各种词语的词向量，中间复杂的线段联结复杂的小圈，都是复杂的函数，形成一个大型判断机制。右边是比较成功的，如杜甫的诗或者是什么，假设是这样，我们选择这个假设比较简单。通过我们不断训练，机器会慢慢形成概率化认知，如"风"这个词更可能和"急"联系起来，风急浪高、风雨飘摇、风卷残云，更可能和它们形成高概率的联系，而不是说和"肉""汽车""爱"等形成概率的联系，由此可以认为它已经获得了一个基础的训练。

当然，全部用汉字讲会有一些误差，换成具体的公式或者别的什么的时候，并不是这样简单，其中包含了很多代工程师、科学家很精妙的想法。我们假设这样训练出来一首诗歌，这个机器形成了对于诗歌的判断，哪些词可以高概率，哪些词不能，所以到现在我们已经见到很多机器写诗的案例了，机器写小说目前少一些。国外也是这样，写诗多一点，因为前提是语言，诗歌语言就那么多，"白日依山尽，黄河入海流"这种五言绝句、七言绝句或者现代诗，几行十几行比较简单。

传统的文学家对这个事情有一个批评，认为机器都是"黑箱"，缺乏自我理解，它就是在盲目地练，练完了以后写，写出来确实像模像样，有一些却不是那么像样，可能还要人工挑选，再增加复杂网络的层次或者更新算法，让它更准确、更精彩。此外，它还缺乏认证机制，这个东西写出来谁认证？是工程师自己认证吗？是让传统的艺术家认证，还是让传统的文学家认证呢？传统的文学家肯定不会去认证，或者不太倾向于给这个机器的作品好评。

这个事情有两个原因。一个原因，喜爱文学艺术的人有强烈的热爱甚至信仰，文学跟人的个性相关是一个必然前提，所以我们热爱它，不太能接受机器要来干预人类，个性强烈的文学从业者可能联想到各种其他的事情对人性的干预，所以有这样的联想，人工智能批判正是出自这样一个维度；另一个原因，我们说得世俗一些，本来就是"文人相轻"，学文艺的朋友会熟悉曹丕讲"文人相轻"，文人都相轻了，机器文人大家继续"相轻"。

那么，有没有可能在这个基础上，让机器获得一点自我理解？乔姆斯基这位语言学家有一个很有趣的比喻:"潜水艇会不会游泳?"潜水艇会在水里面高速移动,比人移动还快,它还可以发射导弹,它的功能比我们厉害多了,但是它会不会游泳?有一个设想是,增进它自我理解,它会游泳,它一边游泳,还能教游泳,还能评论自己的游泳,还能写日记:"今天天气很好,我和我朋友去游泳,我游得不好,他游得好,他游得像一条飞鱼一样。"可能这是增进自我理解的一个纬度。

当然我声明一个最基础的前提,并不是说这样它就完全自我理解了,跟朋友聊天特别会被问到问题,机器有没有真正自己的人格?它真的是一个诗人?这个问题很难回答,我尽量避开这个问题。我只能说它是有一个小进步,大的局限就在那里,目前没有情景经验和具体认知。我只能说,它除了写诗之外,没有办法对自己写的诗有评价、有理解,大概是这样的想法和思路。

我们举一个例子,莎士比亚和塞缪尔·约翰逊——一个是伟大的诗人、剧作家,一个是伟大的评论家、文学学者——能不能让机器自己创作,也能有对创作的一个理解?除了自然语言处理或者语言生成这个传统之外,还要提到另一件事,就是AES,中文叫"自动化写作评价",已经在美国实践了很长时间。大家想研究或者了解、搜索它的时候会发现混用的情况,很多时候添加很多字,这个领域还不太规范,所以提前提醒一下,有时候还会加一个(外语)系统,一个工具。比较通行的两个系统,一个叫AWE,一个叫AES。AWE会给你写的东西提供分数、评价、反馈,同样,它的困境跟人工智能面对的一切困境很类似,它在教育、减轻人力负担、写评语等方面都有所帮助,这已经被检验了,但是它的所谓批判性思维、修辞能力、创造力还会被质疑,这也是一个很正常状况,这条路还是很长的,也可能一直走不通,慢慢走,走的过程中发现别的东西,这都有可能。

据国外学者总结,AWE发展历史最早可追溯到1966年,最早是PEG,后来大概在方法和新的评价体系上有所改变,它的过程和自然语言处理有密切关系,因为它用到统计学里面的技术,那个领域有发展,这边也跟着有所改变,这是一个很正常的情况。目前它很成功,当然这个成功有一个前提,它是针对作文的。作文比较模板化,我们考雅思、托福、四级写作文的时候会有这种体会。这是以大型考试为主的一个方式,而不是评价一篇论文或者一个文学作品的方式,文学作品的复杂性会更高。另外,它更多的是商业跟工程层面的应用,而非学术上面的应用。从这个角度讲,只要有分数就好了,有商业导向,能预测分数了,那就万事大吉。托福作文老师判一个分数,机器判一个分数,不断拟合,机器判得越来越准确,老师判90分,机器判89.5

分，以后就可以交给机器判分了，现在为了保险，很长时间内，托福还是人机共同判。这样一来，机器解决了很多人力问题，这就是商业、工程上面的进步，人类整体的进步，教育的进步，考试技术方案的进步。

它成功的另一个前提是，数据量很大，大家参加各种考试，考试之前会签个文件，我以前没有注意，后来知道，签的文件包含了授权，我写的这些文章被国外写作机构去使用，基于某种研究或者评测的非营利目的，所以它获得了大量的数据支持。

以 E-rater 为例，它现在的评估准确率超过97%。老师自己判卷子也会有误差，所以通常两个或三个人判，误差超过几分就重判，我们高考作文机制就是这样，所以 E-rater 是比较成功的案例。

现在由清华大学的统计学老师和教育、写作方面的老师在做一个事情，把它运用到中文领域，当然目前主要针对初阶论文写作，争取把英文成果有所转化，建设相关的平台，推动这个领域研究和开发。大学生的写作教育是目前教育里面很重要的一环，不过，在写作教育中，什么是好文章是否有一个量化标准呢？我们的研究争取跟它形成一个互动，解放老师的人力，等等。

今天主要说的是诗学层面的事情，但我们先看评价作文是怎么评价的：首先把语篇量化，以英语作业为例，大家还记得早期英文老师教我们怎么写英文作业的吗？老师会建议，你要写一个比较复杂的词，不能用三个字母或者四个字母搞定的单词，这是一个评分项，这就可以量化了。还有一个因素是句长，老师教我们写长句，明明三个词可以说清楚的，你要把它变成复杂的句子，每个加一个从句或者加副词成分，加动名词成分，把它写长，机器会统计句子长度。假设有一篇文章，它分三段，且不重复词汇数高于150，且长度大于6的词汇高于30，且平均句长为15个词，且句长方差为 X 的文本，得 A 等级的概率为97.625%——这是我编的，帮助大家理解，它大概进行这样的判断机制。

我们怎么样把它转化为诗学问题呢？可以有一个很初步的假想：首先要制定量化标准，既然英语作文老师教我们的量化标准是词汇要复杂，或者怎么样。我们可以想一下诗学理论里面，传统的写作理论、文学理论对于语言评价的标准，和它的评语构建一个关系。因为对于作文要评分，对于文学作品评分可能没有那么重要。比如李白的诗100分，杜甫98分，王维96分，这个意义不大，比较有意义的是能不能做一个评价？我们暂且将"评价"和"自我理解"联系在一起。可以提供一些诗学里面的指标，想办法把它量化了。第一步可以寻找意象，一些语汇，把它分类组织一下，去想办法找一些相关性。比如一个人看到"孤舟蓑笠翁,独钓寒江雪",假设一个诗学家或者文学爱好者说"清冷悠远"——当然也可以不这样评价,可能评价成另一个词,这也可以,文学比较个性化——这句评语怎么出现的呢?你内心也有个过程,我们把它语言量化的时候,孤、独、寒这三个字就是让人有清冷悠远的感觉。哪怕不是"孤舟蓑笠翁",什么"孤鸟独飞远,寒冷升天际"类似的话你也会觉得清冷悠远,它们之间构成了匹配的关系,这个事情和对话聊天系统的机制比较像。

英文作文写作有一个建议机制,基于你的英语作文,我给你提供一个建议,但它的建议比较"水"。我有一次做一个尝试,把一些经典的英语文体家、散文家的散文,如爱默生的散文,截取几段,放在评价机制里面去看,出来的结果是80分,或者一般的分数。机器给他一些建议,提出一些问题:"爱默生同学,你的文章写的语法有错误、句子太短、用词太偏僻……"有一个库提供一些建议,这个还没有特别智能,但是有基本建议的系统。

现在已经达到了基于深度学习,能够写出类似于人类诗歌作品的程度,这样的表达应该是没有问题的。写出类似于人类诗歌作品,并不是说写出超出李白的诗歌作品,写出一般诗者的诗歌作品,这个已经达到了,语言层面这个表述没有很多争议。我们能不能也有一种基于量化评估标准的机器对自己的自我评价方式?比如,机器识别自己写作的诗歌之后,对自己说:"我昨天写的诗的韵律是对的,情感上可能太狂放了。"比如,它联想到一些文论里面的表述,在传统文学批评语料库里,"情感过度表现"并不是一首好诗的特征,当然这只是一个假想。如果有一些计算机算法工程师们,他们是有可能做出基于 NLG 与 AES 的一个初步版本。

这种自我评价的方式和机器学习写诗的方式能结合的一个大前提,其实还没有解决,它还没解决现实情景与诗歌的关系。并不是诗歌机器基于"上大学,和老师发生了矛盾"这个具体情景写诗,它还是基于传统的数据库、语料库进行写诗,不改变前提情况下,可以认为自我表达、自我评价的时候,它大概会比只是自己写诗在自我理解层面又进步了一些。

清华计算机系的孙老师等人开发过一个"九歌"系统,很好玩,欢迎大家去玩,可以写藏头诗,随便输入几个字,便可以生成一些古典藏头诗,里面韵是准确的,这也是案例,因为大家熟知的写现代诗的程序比较多,前几年比较火的软件都可以写现代诗,这个是写古体诗的,也很有意思。

谢谢大家。

秦兰珺： 非常精彩的分享，我觉得弘明讲座最让我感兴趣的就是，他希望可以把我们古代文论当中那些想法、思维和概念转化成一套量化语言，用数学表达出来，我觉得这种想法非常精彩地实现了两种思维之间的对话。

下面请刘方喜老师，我们马克思主义文艺理论研究的前辈，对我们今天各种话题还有讨论，进行一个从生产工艺学批判角度的一个述评，谢谢刘老师。

刘方喜（中国社会科学院文学研究所）： 谢谢兰珺的邀请，我个人发的人工智能的文章比较多，但主要是理论方面的研究，我一直关注实践，跟弘明交往比较多一些，他的博士论文答辩我也参加了。

今天议题设置非常好，我首先评述一下。会议的这个题目真的相当好，从汉语表述上面来说，"算法合成"相对于本雅明所说的"机械复制"，我研究人工智能对艺术的影响基本上就用了这两个概念，云帆开始也讲了，我会讲得更具体一些，我认为两种表述还是有区别的，用什么概念表述区别？我会简单讲一下。

此次会议发言安排的顺序就不错：第一个讲的云帆从理论上进行了讨论，评述完了以后我也会讲一些大的概念；中间安排的贾老师和赵老师；后面安排的行远和弘明。思路非常清楚。贾老师搞研发的，赵老师是艺术家。我个人认为技术研发者与艺术家之间的对话非常重要，至少从贾老师说的来看，不能说艺术家完全不重视研发，研发的人不完全重视艺术家、不跟艺术家交流，但是相对来说交流不够充分。因为现在大部分把 AI 或者把算法运用到艺术实践当中，可能就是利用既有的算法或者既有工具去做，而进一步研发、发展的空间还很大，如果有更高追求，或者在艺术制作当中提高算法的水平，可能真的要和人类艺术家进行交流，有一些东西真的不是数据或者现在的算法能够解决的。

我思考的问题是人工智能下一步怎么发展？从一般表述看，兰珺内容介绍里面提到了 GPT-3，他们自我评价认为已经接近通用人工智能了，但是 AI 界更多的人认为恐怕还没有真正实现通用人工智能，还存在着一些技术瓶颈，怎么样突破呢？我个人认为从艺术的角度来说，不能仅仅局限于在网络上抓取一些数据，这当然大有可为，而与人类艺术家进行交流以改进、提升相关算法还有很大空间。

我个人认为真正实现通用人工智能，没有艺术家包括文学家的介入恐怕比较难，因为艺术创造毕竟是人的智能活动当中一个相当具有特点的活动，它和一般讲的逻辑语言还是有一些差别的，尽管它们相通之处也是非常明显的。所以，此次会议既有算法研究者，也有人类艺术家，并有初步的对话，安排得非常好。

第二组发言的行远是研发者，他的展示真的让我学到了很多，贾老师和行远展示的这一套，真的让我受益颇多。我以前读书写作，对这些具体情况了解得不是很多，通过他们两个人的介绍，真的学到了一些东西。行远展示他们取得的一些成果，后面解释了它背后怎么运作的原理，当然不能一下子完全把它解读清楚，但初步的解读已经很有启发性了。我有一个总体看法，刚才行远也提出来了，就是年轻人真的要有比较远大的志向。因为这毕竟是一个小活动，这个题目真的非常好，当然也有一个缺憾，我建议秦老师以此为题再搞一些活动，再讨论一下声音识别、音乐人工智能等问题。我了解中央音乐学院专门成立一个音乐人工智能研究中心，下一步以同题再搞一次，请一些搞音乐方面的人参加，因为声音识别毕竟也是 AI 艺术研发特别重要的方面。我个人也很想了解这方面情况，尽管看了一些文章，还是希望有一些具体从事操作的人、从事研发的人介绍一下，和他们对话一下，能更具体了解相关情况。

腾讯公司关注游戏研发，我在他们的会议上调侃了一句："你们腾讯什么时候能不通过游戏赚钱，而把游戏当成训练人工智能的方式，你们腾讯公司发展前景就非常远大了。"我说这句话的意思是什么呢？我觉得，尤其像行远，你们这帮年轻人，真的要有远大志向。从 AI 和艺术关系来说，不能仅仅局限于把算法应用于艺术或艺术生产，下一步应该关注怎么样实现通过人工智能，而实现通用人工智能离不开艺术生产，因此，也应该反过来更加关注怎么样通过艺术生产来训练算法，宽泛地说，这应该是下一步人工智能发展的方向之一。我比较关注国外的相关情况，国外做得比我们国内要好一些，人工智能和艺术学、艺术研究、艺术创作，它的交融研究发展空间还是非常大的。

云帆侧重讲了"机械复制"，而"算法合成"与 AI 艺术有更密切的关系。云帆说本雅明所说的"机械复制"其实应翻译为"技术可复制性"，"可复制性"德文词和英文词差不多，本雅明用的是"reproduction"，字面意思来理解应该是"可再生产性"。本雅明《机械复制时代的艺术作品》开始就讲到了他的理论和马克思所讲的物质生产方式之间的联系，至少说他这部著作里面强调的生产方式，或者用我的话来说关乎"生产工艺学"。我研究人工智能在表述上受本雅明影响很大。本雅明研究的"机械复制"就是一种"机器再生产"。刚才云帆提到了技术复制经历了两个阶段，第二个阶段才和机器复制有关，他讲到照相机、电影是一种机器再生产，这对我启发很大。如果给艺术"算法合成"时代命名，我觉得可以用"机器生产"时代，而不同于本雅明所讲的"机器再生产"时代。

我看了不少人工智能方面的书，感觉关于人工智能的认知比较混乱，有很多不同说法。我自己的套路，刚才兰珺也强调了，就是运用马克思的机器生产工艺学展开分析和探讨，当然马克思主要研究的是物质生产的"机器生产"，而本雅明考察的是艺术生产，但主要还是"机器再生产"：现在 AI 时代和本雅明时代的重要区别，我认为就是这个"re"去掉了：由机器的"reproduction"，变成了机器的"production"，这个表述还是比较清楚的。

马克思主要研究的是物质生产，他把物质生产现代方式表述成"maschinenarbeit"，"maschinenarbeit"就是"机器劳动"，和机器劳动相对的传统劳动他称之为"手工劳动"（handarbeit），能量自动化机器劳动代替了传统手工劳动，同时也把手工劳动从不平等、不自由中解放出来。马克思用了与艺术生产相关的词是这个词叫"kopfarbeit"，按照字面意思，我认为，对应于"手工劳动"（handarbeit）德文词，应该翻译成"脑工劳动"。咱们现在中文翻译中一般翻译成"脑力劳动"，我用谷歌翻译也是"脑力劳动"——刚才听的过程中我想到，至少我作为一个生物性的人和机器翻译还是有所不同的：谷歌机器翻译不可能把它翻译成"脑工劳动"，可能只有生物性的人刘方喜才能把这个德文词，根据字面意思翻译成"脑工劳动"。我主要跟第一次能量自动化机器比，把当今 AI 引发的革命称作"机器智能自动化"革命，它将代替的是包括艺术在内的脑工劳动，同时也会把艺术等脑工劳动，从不平等、不自由中解放出来。

所以，本雅明讲的是艺术的机器"reproduction"时代，而现代人工智能算法开启的则是艺术的机器"production"时代。在前两年的文章中，我把"production"翻译成"原创"，相对于"复制"，不太符合本雅明基本精神，因为他对人类精英艺术家所标榜的"原创"是持批判态度的——用"机器生产"来命名 AI 算法所开启的新的艺术时代，既可以看到与本雅明所讲的"机器再生产"的联系（"机器"），也可以看到两者的区别：由机器的"reproduction"而"production"。

然后再看自动机器的社会文化影响，我采用现代机器的两次自动化革命这种基本框架展开这方面的讨论：在第一次机器能量自动化革命中，马克思认为，在自动机器生产当中人人皆是"机器的助手"，由此，传统手工业大师傅的手工技巧式微了，而手工劳动平等的时代到来了。在今天这个 AI 自动化机器生产当中，人也将成为机器的助手，传统精英艺术家"脑工技巧"的光晕将趋于更彻底的消失，因为本雅明所说的机器复制时代，或者机器再生产，这个光晕已经在消失，我认为从未来的发展趋向来说它将进一步消失，包括艺术在内的"脑工劳动"平等时代，将不可遏制地到来，在这方面我是一个技术乐观主义者。

那么，艺术生产者该如何应对这样的算法合成时代的到来？从现状看，AI对脑工劳动或者传统所谓的脑力劳动影响最突出的是哪些领域？应该是围棋领域。柯洁竟然被"阿尔法狗"打哭，他完全没有弄明白：他的对手"阿尔法狗"绝非一个人在战斗。柯洁面对"阿尔法狗"有心理障碍，在我看来输给AI并非一件不体面的事，因为AI不是一个人，它是许多人搞出来的东西。

我觉得把围棋领域的分析引入艺术领域同样如此，谁积极拥抱、充分利用AI，谁就可以在某个领域竞争中占得优势。刚才弘明还提出，我这两天也想到了，在围棋领域可以说没有什么争议，人就是干不过机器，为什么艺术领域充满争议？清华的"九歌"、微软的AI小冰，为什么人类诗人很蔑视它？我认为这体现的就是我们古人常说的"文无第一，武无第二"的道理。围棋就比较接近于武，只要一打架总能决胜出胜负；文无第一，文学和艺术无法确定谁是第一，谁是第二。

下面简单介绍一下我的研究思路。我所谓"生产工艺学"，从研究方法上来说，用英文表述就是研究"how"，即科学智能是"怎样"生产出来的，或者智能产品是"怎样"生产出来的？而不是讨论智能是什么（what）。如果纠结于智能"是什么"，就是一种静态考察，比如说影响很大的库兹韦尔就存在这种倾向。研究方法当然和艺术没有直接的关系，但是这个问题确实很重要。人工智能涉及的另一个问题，是生物性和非生物性的问题，这个我也不展开说了。比如维纳就把计算机说成"机械大脑"，把人的大脑也看成"机械大脑"。刚才赵老师讲的过程中也提到，这实际上都和机器所谓非生物性和人的生物性，包括你的脑、手的生物性都有非常密切的关系。

下面主要给大家介绍一下马克思和智能相关的表述，这在我们传统的马克思研究当中被忽略了。马克思说"自然界没有制造出任何机器"，它们"是人类的手创造出来的人类头脑器官"——在这个对现代机器最经典的定义中，既有手也有脑，赵老师提到了艺术创作当中涉及手和脑关系。马克思还提到"general intellect"，中文《马克思恩格斯全集》当中翻译成"一般智力"，人工智能研究中一般把它翻译成"通用智能"，这个好像意大利左翼理论家提到了。但是下面一句话很少有人关注，马克思说：生产资料发展成为"机器体系"，"社会智慧"（hirns）的大发展——中文《马克思恩格斯全集》翻译成"社会智慧"，而德文"hirns"实际是"大脑"的意思，应该翻译成"社会大脑"。维纳提到了"机械大脑"，而马克思提到了"社会大脑"，把这两者合在一起，我认为可以把人工智能机器初步定义为"社会机械大脑"。AI 的再一个特点"自动化"，如果更进一步准确定位的话，AI 机器就可以说又是一种"自动的社会机械大脑"。马克思非常了解他那个时代的机器体系，并已经把机器体系分成了两个部分：一部分是"机械器官"，一部分是"有智力的器官"。根据维纳和马克思的相关说法，我觉得人工智能机器就具有三性，即自动性、社会性和机械性，与此相对的人的脑工劳动就具有个人性和生物性——把这个话题梳理出来，很多问题至少在理论层面会被表述得相对更清楚一些。

为什么自动性很重要？或者机器自动化产生的效果是什么？非自动化的机器或者非自动化的生产工具，只能"传导"人的体力或者智力，而自动化的机器则是"代替"人的智力或者体力。比如同为智能劳动工具，语言文字在李白创作中只是"传导"李白的智力，而今天你用清华大学的 AI "九歌"系统写诗，机器就不再是"传导"，而是"代替"你的智力，两种情况非常不一样。

我把自己研究人工智能的思路分成两个方面，一个是本体论，另一个是社会学。在本体论研究层面，我看了很多美国包括欧洲人工智能研发界的大咖，他们都在一定程度上存在"炼金术"思维，他们自己用过这个词。他们把人工智能尤其通用人工智能的发展，寄希望于发现一种超级代码，一旦发现这个超级代码，好像人工智能就可以无限喷薄出来——库兹韦尔就描述过这样的现象，实际上我认为这不是特别靠谱的。更多研发者不会认同"炼金术"思维，而且这种"炼金术"思维可以说历史悠久。回到现实当中，问题其实很简单，再精妙的算法，作为一种软件，总要在计算机硬件中运行，并且要耗费一定的电能——结合这种现实来看，人工智能就并没有什么神秘性，是相当唯物主义的东西；"炼金术"或其他很多有关人工智能的神秘主义表述，往往脱离了很具体的现实，其实与现实经验并不相符。

如何实现通用人工智能是下一步发展的重要问题，我个人觉得 AI 研发界在这方面是存在误区的，现在主流研发如 GPT-3 代类，包括"阿尔法狗"等机器学习，过多关注人工神经元网络，强调要模仿人脑神经元系统。这个路径取得了很多成果，不能说没有成效，但下一步发展的方向是什么？相关问题：人的智能发展，就是体现人脑生物性结构变化当中吗？其实不是，如果回到基本历史经验中，就会发现：实际上，我们现在大脑结构或者我们现在的人脑神经元系统，与千百年前的人比没有太大变化，刘方喜人脑神经元结构和孔子神经元结构的差异微乎其微；同样，共时地看，我们普通人智商高低有差别，但实际上这个差别是很小的。人类智能发展到今天甚至可以创造出生产智能这样的机器了，而这很大程度不是人脑生物性进化的结果，恰恰是使用文字、科学符号非智能生物性工具的结果——当今 AI 研发界对这种基本的历史经验多有忽视。

从社会学层面来说，尤其从社会影响角度来说，许多有关人工智能对人类威胁的认知，往往指错了方向，归结为人工智能机器本身，至少我认为是没有道理的，真正现实的威胁来自操控机器的资本。人工智能研究当中常见的问题有：人工智能能不能替代人的智力？如果人工智能可以代替人的智力，人的智力被代替了以后，人又怎样对待或处置自己的智力？我认为马克思实际上给出了答案：人工智能机器所代替的你的智力劳动，只是处在必然王国的那种不自由劳动，人工智能机器代替你从事必然王国中的不自由劳动之后，你当然就可以到自由王国中自由发挥你的智力。很多人认为这是乌托邦，我认为一点都不乌托邦。结合今天论坛来说，如赵老师所强调的那样，我们机器动漫也好，包括机器漫画也好，做得再好，并不必然影响我们人类艺术家，尤其赵老师强调的创作冲动，你有画画的瘾，创作过程中就会获得真实的快感。在这方面，我认为研究人工智能的社会文化影响，思维方式首先一定要变：你干吗和机器比智能？这个思维方式肯定是有问题的。我经常开玩笑说，你和人工智能比聪明，和你跟汽车比速度有差别吗？我认为没有差别，思维方式本身就出现了问题，这个我不展开说了。

作为文学研究者，我比较重视语言表述，所以把德文词"kopfarbeit"重译为"脑工劳动"，我又提炼一段话，这是我从马克思相论述当中概括出来的：体力智力自由发挥人人所求，手工、脑工面前人人平等。今年我会出一本书就叫《脑工解放时代来临》，相对于丹尼尔·贝尔20世纪写的《后工业社会的来临：对社会预测的一项探索》，我认为这个方面有很大的阐释空间。我在这本书当中提出了这样一句话，现在抄录下来与大家共勉："面对已经足够强大并且还将更加强大的人工智能，我会继续安然地做一个追求平等和自由的脑工劳动者。"

谢谢大家。

秦兰珺： 非常非常精彩，今天各位老师讲了很多关于怎么样进行算法合成，怎么样进行艺术创作的这样一些讨论，但是大家没有直面一个问题，我们怎么对待它？刘老师这个思考既不乏乐观也不乏批判，更让我感动的是，今天有很多学生在场，大家觉得马克思主义太老了，但是马克思主义的文本非常丰富，不同时期它的不同文本可以呈现出不同的维度，可以与我们这个世界进行非常精彩、切中主题地对话，只是需要我们稍微把它改造一下。我们看到了一个马克思主义研究前辈，给我们做出的一个理论研究与当下时代不断对话的示范，特别特别感谢刘老师。

下面进入提问环节，大家有什么问题吗？

提问者： 我刚刚听了刘老师提出的，我们不需要跟人工智能比智能，像我们不需要跟汽车比速度一样，我想进一步知道它是怎么成立的？如何说出来的？我想知道一下进一步的推导逻辑。

刘方喜： 我简单说一下。前面我确实没有讲得太清楚。我讲汽车，是结合现代机器两次自动化革命来讲的。第一次机器自动化革命是能量自动化革命，汽车是一个代表性的标志。在汽车之前我们还用马，人和动物比速度也比不过。第一次自动化代替的是什么？代替的是人的体力，当然包括运动速度。当时没有谁提出和汽车比速度，现在人工智能也是一样，有许多人很鄙视机器，认为我们怎么能比机器智能还差啊？艺术创作扯不清，你可以说 AI 小冰、"九歌"写的诗没有情感，如此等等。我刚才为什么说围棋呢？很多围棋高手打不过"阿尔法狗"，但你不能说柯洁、李世石，包括申真谞比机器差，至少在棋艺智能方面比机器强，他们可是我们生物人当中的高手。反过来，为什么我说你跟它比是不对的呢？这些人是职业棋手，我还有一个基本判断：机器自动化威胁的是你的"职业"，但是并不必然影响你发挥你的体力和智力。汽车很快，但不影响你跑步，不影响你和朋友之间赛跑，你不会跟机器赛跑。关键是比错了方向，我就是这样调侃柯洁的：你跟"阿尔法狗"较劲是不对的，你比错了方向。

我还有一个说法在文章里面经常用，AI 对职业棋手的职业是有威胁的，拥抱人工智能，你在职业竞赛当中就能获得优势。人工智能机器打败了人类的围棋高手，但并不影响普通人之间下围棋的乐趣。这种乐趣是不是驱动你下围棋的动机呢？当然也是。另外，包括一部分围棋棋手职业受到了威胁，而培训方式其实也受到了威胁；当然，艺术家也会受到威胁，但是并不必然影响艺术创作过程中获得的愉悦。这方面的问题确实不是一两句话能讲清楚的。

谢谢你的提问。

秦兰珺： 我来替吉林大学的这位同学提一个问题。请问各位老师觉得未来 AI 可以创造出纯文学的传世之作吗？文学艺术对多样性、创新的强调似乎跟算法归纳背道而驰，怎么通过归纳和总结实现对固有文学的突破和更新呢？

姚云帆： 我觉得这个很有意思，为什么好多人觉得文学传世之作是创新呢？我做文论的，我就觉得很奇怪。因为传世之作好多不是创新，"创新"这个概念有两个问题。第一，"创新"这个概念"innovate"，在文艺史上和基督教有密切关系。最早的文学理论从来不讲创新，相反它认为有一个非常标准的和真实相关的作品，文艺理论是对这个作品的再现，离标准的真实越近，这个文学作品就越伟大。所以你去看很多伟大作品其实是可复制的，所谓绘画、笔、纸媒介第一次技术可复制时代的作品。所以那个时候并没有创新，人们开始在行为上模仿上帝，可以无中生有，像上帝一样造一个东西。这个东西变成了所谓现代文学自我证明的一个标准，也就是文学自律性标准。

所谓算法时代的艺术作品，我认为从文学观念而言，本雅明已经对这个问题有一个非常重要的重新理解了。这个理解可以上溯到黑格尔，我们将其作品翻译为中文的时候，没有发现这个概念在外文里各个国家有不同含义。本雅明特别强调制作的产物，谁制作的这个东西并不觉得是一个创新性的问题，在德国的传统里是一个关于真理性的问题。所以这是一个框架。

在本雅明看来，当时第二次工业革命之后这个创新问题就不是艺术作品问题，相反，它是一个制作问题，它不断地用新的方式去增值、去制作，在制作过程中进行自我反思，甚至和社会生产是同构的。我觉得我们对当代艺术生产和当代文学生产有一个巨大的误解，我们实际是用非常小一段时间的现代西方的艺术自律观去理解文学艺术多样性和创新性，其实没有这个东西，多样性是有的，但是这种多样性来源于生活过程中自发性偏离，而不是主动的艺术创新。

这是我的看法，这个问题特别有意思。

秦兰珺：我特别理解你，咱们把创新这个概念解构了。这位魏同学他可能想问的是，比如网文、作文，有规律可循的这些漫画，好像都有一个套路、有一套规律比较方便总结。他想问的是，安卓艺术家是否能创造出一些真正比较有个性的作品呢？当今的新闻稿、领导讲话稿、文件文献都有写作规律，完全可以用AI生成，除此之外，我们还有另外一种话语方式，这种创新的元素有一天也会参与进去吗？

李岩：我是山东大学的老师。我觉得创新这个事情首先要回到人类是怎么完成创新这个活动的。人类并不能发明什么新的东西，所谓创新其实是我们大脑的犯错机制，我们大脑会犯错，我们记忆会出错，我们感官会犯错，我们反馈的机制也是会犯错的，在犯错过程中发生了创新，所以它和创新这件事是一体两面的，本质是一样的。我想说的是，这种犯错怎么得到肯定，或者说重新定义一下创新，创新是得到了社会机构和整个社会肯定的一种犯错。如果用 AI 来制作，只要给 AI 加入一个会犯错的机制就行了，和生物进化有点像，有犯错机制，再通过某种所谓价值判断给它一个反馈，然后 AI 就可以实现所谓创新的算法了。

秦兰珺： 你这个想法非常好，我先不说 AI，只说我们人类社会。我们人类社会不允许犯错，所以人类越来越像机器，人类越来越套路，如果有一个容错机制存在，可能人类会更加进化，但不一定是 AI。

今天这个论坛更多是给大家提出很多的问题供大家去思考，可能没有一个什么标准答案，这个就是论坛的意义。特别感谢各位老师参与我们的线上讨论，今天的讨论就到这里，谢谢大家。

第九十五期

数码时代的恐怖文学

主持人：秦兰珺（中国艺术研究院马克思主义文艺理论研究所）

对话人：倪湛舸（弗吉尼亚理工大学宗教与文化系）

王玉玊（中国艺术研究院马克思主义文艺理论研究所）

王　鑫（北京大学中文系）

项　蕾（北京大学中文系）

谭　天（北京大学中文系）

时　间：2022年6月28日（星期二）14：00—18：00

地　点：腾讯会议

主　办：中国艺术研究院马克思主义文艺理论研究所

中国艺术研究院研究生院中国语言文学系

编者的话

弗洛伊德在讨论恐怖之物时提出："恐怖之物是人们熟悉的事物以不熟悉的方式回归。"在此基础上，他借用谢林的观点将"令人感到恐怖的事物"的本质定义为"本应隐蔽却显露出来的东西"。

"技术就是显蔽。"每一次媒介技术的革新，都改变了既有的感官比率，改写乃至颠覆了既有的"遮蔽"和"显露"规则，带来"熟悉之物"以"不熟悉的方式"回归的可能性；从人类第一次在肖像画中感到恐惧，到摄影技术被视为"灵魂提取术"，再到从屏幕里爬出来的贞子……人们一次次地在恐惧故事中重新发现"日用而不知"的东西，也一次次地在认知变化中体验着世界底层逻辑的震荡。到了数码时代，恐怖之物伴随着数字"幽灵"，广泛地隐蔽在符号空间中，同时又在流行文化中悄然翻转为表征。于是，我们看到了恐怖文学的又一次复苏，在这一过程中，常常作为恐怖之源而存在的"不可名状之物"究竟意味着什么？

本期论坛，我们邀请来自当代文学与文化领域的创作者和研究者，畅谈"赛博鬼话"，讨论数码时代恐怖文学的复苏与更新，并探究其后的物质特别是技术动因。

秦兰珺（中国艺术研究院马克思主义文艺理论研究所）： 我有时候想大家为什么会对"鬼话"这个话题那么感兴趣，是因为在我们日常生活当中有太多神话了，权力、金钱、财富、理性、知识，我们酷爱各种各样的神话，依赖各种各样的神话，并且致力于建设各种各样干净、纯粹、伟大、光明、正确的神话，那可不就得把与神话密切相连的"鬼话"进行一番处理吗？所以在大部分情况下，"鬼话"不是被神话审查和修饰，就是被放逐，我们很少有机会认真严肃地在公开的学术场合讨论这个话题。

但我们又不得不去讨论它。身处这个时代，生存境况逼迫着我们对规则、秩序、健康、战争、理性，这样一些问题重新思考，我们不得不直面恐惧，甚至凝视恐惧。同时，我们这个时代也是一个被称为"赛博时代"的时代，我们对恐惧的凝视和直视，也伴随着各种各样和媒介革命密切相关的变化。所以我想，无论是为了理解我们自己，理解我们所处的时代，还是理解恐怖文学，这样的话题都是十分有价值的。

我们按照从古到今的顺序，首先请项蕾给我们讲一下纸浆时代的怪奇文学还有浪漫主义主体的二重性之类的内容，她应该会讨论主体这样一个比较复杂的问题。

项蕾（北京大学中文系）： 大家好！今天我的主题是"不可名状的恐怖"，主要关注以怪奇为内核的文艺潮流和它所处世界观背景幻想化的问题。因为不知道在座的大家是否有相关的阅读经历，所以在正式开始之前，我将先读一读目前正在流行中的"SCP基金会"的宣言，来作为整个分享内容的开始：

人类到如今已经繁衍了250000年，只有最近的4000年是有意义的。

所以，我们在将近250000年中在干吗？我们躲在山洞中，围坐在小小的篝火边，畏惧那些我们不懂得的事物——那些关于太阳如何升起的解释，那些人头鸟身的怪物，那些有生命的石头。所以我们称他们为"神"和"恶魔"，并向他们祈求宽恕和祈祷拯救。

之后，他们的数量在减少，我们的数量在增加。当我们恐惧的事物越来越少，我们开始更理智地看待这个世界。然而，不能解释的事物并没有消失，好像宇宙故意要表现出荒谬与不可思议一样。

人类不能再生活在恐惧中。没有东西能保护我们，我们必须保护我们自己。

当其他人在阳光下生活时，我们必须在阴影中和它们战斗，并防止它们暴露在大众眼中，这样其他人才能生活在一个理智的、普通的世界中。

我们控制，我们收容，我们保护。

—— The Administrator

这段宣言想要引出的，就是我接下来想和大家分享的核心概念"不可名状"。在实际的使用场景中，它既被用来指称一种在观感上怪异到明显会冲击人类常识的元素，也被用来指人们在骤然面对这一类元素时，因为发现它不能被我们既有的认知体系识别和分类，进一步陷入自我怀疑、产生恐惧的这种独特体验。当然，这么说仍然是不够直接的，我们可以从构词上来更快地了解这个词汇。

"不可名状"是基于"名状"来定义自己的，它乍看起来最直白的是"名状"的反面。需要注意，这类文艺创作使用的"不可名状"是翻译而来，在英文中对应的表述有"unnamable""nameless"，还有"unspeakable"等，无法称名的、难以言说的，它是可以称名、可以言说的反面。很明显这里面存在二元对立，或者说一种潜在的对抗关系，那么正在相互对抗的两者又分别是什么呢？这里，我们可以谈一谈"不可名状"的诞生。

当然，我们不是要讨论作为单纯词汇的"不可名状"的诞生——它诞生得非常早；而是要讨论"不可名状"式的怪诞和恐怖，还有以它为内核的所谓"怪奇小说"。它兴起于大概19世纪末到20世纪初，也就是在学术领域中被称为"世纪末"的这段时间。我不知道今天参会的各位老师有没有流行文化的爱好者，或许对于流行文化受众来说，更容易理解这个时代的是另一个大家比较熟悉的说法。这个时代，是非常经典的"蒸汽朋克"这个世界观设定原型时代的尾声，就和我们今天提到"赛博朋克"的时候总是会说这是"高技术、低生活"一样，"蒸汽朋克"也是19世纪末到20

世纪初，或者说维多利亚时代所有生活其中的人们对高技术、低生活的生存状况的一种世界观设定层面的表达。

当时，启蒙运动和第二次工业革命让西方自古以来的理性主义传统深化到极致，最典型的也是一种很普遍的想法是宇宙间所有问题都可以被数学还原，这是终极理想，而且好像正在被一步一步实现。同时还伴随着因为蒸汽机械工业化脚步的发展而兴起的大都会，以及被大都会和一系列资产阶级社会改革，包括很多教育普及运动"制造"出的能识字的理想居民，比如工厂中的工人。大都会和它理想居民的总和本身既是一个现代性产物，同时又不断地生产出新的现代性，所有人都生活在其中，他们对自身生活在此时此刻的焦虑和抗拒又催生出了审美现代性。世纪末通常被认为是文学现代性的真正源头，在这中间有科学、技术、资本主义、世俗化、理性化这些现代性的方面，还有我们今天要讨论的以"不可名状式"的怪诞与恐怖为代表的，以及抑郁、颓废、疯癫等的文学现代性，它们彼此之间既相互割裂又相反相成。

到这里就很明显了，不可名状或者不可名状式的恐惧，它就是相对于启蒙主流这件事情来反身定义自己的。它所谓的"名状"，基础就是启蒙主流。当然，这么表述是有些简单归因，也把它狭窄化了，但考虑到今天这个分享相对来说比较简短，所以我姑且使用这样的方式来为大家把"不可名状"中存在对立、对抗关系的两者比较清晰地提炼出来。

在这里，这两者已经可以被清晰地把握了。借用克苏鲁神话创始者洛夫克拉夫特在他短篇小说《不可名状》中的原话，他认为名状是"相信一切事物与情感都有固定的尺寸、性质、缘由与结果"，而"不可名状"指向的是"神秘与不可思议的事物和情节"，也就是弗洛伊德所说的本应熟悉但却因被压抑而忘却又使我们产生恐惧感觉的诡异之物。很明显，前者的主体就是为启蒙主流所认可的话语，它有代表世俗化的标准宗教传统，还有代表理性化的理性哲学和现代科学，而后者则是见弃于前面这些的所有东西，在科学哲学领域有个提法叫"被拒知识"，即被拒绝的知识，像"SCP基金会"宣言里面提到的"那些人头鸟身的怪物，那些有生命的石头"，等等。

总之，见弃于启蒙主流的东西，在这时还没有成为它们后来在幻想文学中担任的那个角色，它们会成为现代社会下人类拯救意义丧失的工具，承托人类对自己想象中那个浪漫化过往的徒劳的渴望。在怪奇小说诞生的时刻，这些超自然因素还没有被人们用人类学的方式收编，没有转化成精灵、矮人，也还没有被以科技的方式想象成过去的神话以及其他许多素材，并且以全新的现代人才会有的思维方式去把所有故事组织串联起来。在世纪末，流行文化领域还没有走到这一步，在这一步之前，人们在面对超自然因素的时候首先产生的是震惊、怪异的感觉。

这里我们暂停一下主线叙述，先对此举出几个具体的例子。最值得被特别提出的是童话还有幻想文学。假设我现在正在为大家讲述一则童话故事，故事里突然有一只兔子跳出来开口说话，你是不会为此感到惊异的，幻想文学同理，你也不会因此产生恐惧。虽然这是一件明显背离于人的现实、背离于我们常识的事情，但在童话和幻想文学里它就是不会使人产生应激反应，因为我们不会去想这里和我们人类世界不一样，我们不会用一种固有的对现实的认识和观念作为标准去审视。那么，是什么时候我们对世界有一个"我认识的世界应该是这样子"的概念呢？很明显它与启蒙相关联。

前面我们说过，"不可名状"中蕴含着一种两者间的对抗关系，它为怪奇小说锚定了两项基本条件：在一个会在世纪末被认定为是怪奇小说的故事里，一是需要有超自然事件的发生或超自然因素的存在，二是在排除掉超自然的部分之后，故事的发生地必须是现实世界，或者说是现实感非常高的世界。启蒙运动之后，人们开始拥有一套公共的、面对世界的对象性认知，海德格尔所说的"世界的图像化"也与此类似，并且，人们相信很多零散但正确的知识放在一起之后，它们一定能成体系，代表着整个世界的真相。于是，他们会以这些认知和认知的集合去普遍、本能地为标尺衡量和审判一切，这是安全、理智、正确的基础，就好像引入部分所写到的我们对抗异常为的是生活在一个理智普通的世界。正因为有了共识的世界基础，所以怪奇或超自然的事件和因素——那些我们没有办法去解释的东西，比如后来变成了奇幻文学中最重要资源的欧洲民间传说之类，就对一个人的思维产生了冲击，它和所谓正确基础共同构成了"不可名状式"的恐怖，它们是这种感觉能够生效的前提条件。这种对抗关系，被延续到我们当前正身处其中的这一次怪诞与恐怖的复苏潮当中。这次复苏潮也非常明确地有强烈的不可名状内核，而且最重要的是，始终存在对抗关系的两者的表现形式已经发生了鲜明变化。

首先，我们来说这里超自然因素的部分。再度回到世纪末的怪奇小说，虽然在审美现代性的意义上，它经常被串联在哥特文学之后的脉络里边，但是在事实上，当时以"不可名状"为创作主旨进行创作的作者们，比如奉行宇宙恐怖的洛夫克拉夫特，他们之间存在着一个对自身创作所处序列的普遍追认的源头，那就是爱伦·坡，他被认为是怪奇小说的先驱。之所以如此，是因为爱伦·坡的作品中有一种明显区别于哥特文学的科学式的态度，有一种强劲地呈现科学规则的意识，并且以此再去反照那个"不可名状"、令人恐怖的东西。怪奇小说的作者们正是带着这种意识试图名状"不可名状"之物，去处理被拒绝的知识，处理我们如今所知的作为超自然因素的既有资源，处理启蒙运动之后被丢弃在垃圾场的那些东西。

然而，在怪奇小说的热潮慢慢消退的过程中，我们看到取代它崛起的幻想文学——这种表述也有简单归因的嫌疑，这么说是从超自然因素的视角出发向大家展现背后的趋势。幻想文学通过人类学、科学等方式完成了对它们的收编，最典型的例子就是如今大家都很熟悉的奇幻，还有网络文学当中可以说是最重要的类型——玄幻。这里玄幻还有个很有意思的发散，追溯它的定名，由黄易如此称呼并确立它的节点往前，会发现玄幻之"玄"的直接源头乃是五四时期科玄之争的"玄"。科玄之争，本来就是当时很多离开本土的中国知识分子，恰好在世纪末的西方习得了诸多的理论资源，将其中对科学和现代性危机的反思及可能对抗它的希望寄托到了"玄学"这个自身所处文化脉络历史孔隙中的概念，并且最后在今时今日依然以垃圾场中资源的形态在网文的文本里苏生。

在托尔金的第二世界理论中，第二世界与第一世界有着相似的构成基础，有同样的家族谱系、统治者、居民、文明、地域、宗教信仰、哲学思想、文化艺术等，还有最为重要的无可避免的争斗和人类欲望的自我指涉。我们当然知道，第二世界讲述的仍是我们正身处的第一世界的故事，是一个现代性世界中的一切人类故事。但是，超自然因素背后的那些资源被引入其中，世界化身为奇幻的、玄幻的存在，人类在其中似乎可以过上一种浪漫化的、有意义的生活。而在现实之中，人类过着机械化的、均一的、整齐的、意义丧失的生活，我们徒劳渴望，渴望在我们制造出的幻想世界里诗意地栖居在大地上。

于是，前面所说的这种资源在文本世界当中彻底找到了自己的位置和存在的方式。人们曾经为之震惊，用托多洛夫的说法：人们为此感到犹疑，一种不能确定它们是否会为科学所解释的犹疑。现在，震惊和犹疑都不再存在，因为它们已然自足，也就不再能够召唤出人的警觉与戒备状态。而在当前的这次"不可名状"之潮中，我们能够轻易地看到与这种趋势形成呼应，或者说作为某种应对方案的表征。

第一个转变是整个故事背景发生地的变化。我们刚刚说过，怪奇小说被认为是怪奇的一个基础前提，就是它要身处高现实感的世界。正如兰珺师姐在论坛开场主持中所说，谭天师弟后面会对网络文学中的克苏鲁元素进行介绍和分析，这里我就不讲太多细节，克苏鲁神话作为最具代表性的"不可名状"的要素，在网络文学里频频出现于非现实感的幻想世界当中，比如《诡秘之主》，还有网络文学之外，比如拥有世界性声誉的"魂系列"的电子游戏，它们都有着西式奇幻的背景。随着许多这样经典作品的火热，我们现在已经能很普遍地看见武侠、仙侠等各种各样的作品，可以说人类幻想文艺中的一切想象世界的方式，都被"不可名状"这个元素侵蚀了。

第二个转变是表现形式。在怪奇小说中，对超自然因素和"不可名状"的表现，虽然是出于一种科学式的态度，但在具体的文本里，直接的描摹，也就是"名状"，其实是比较多见的。很多现成的资源和相应的表述被引入进去，用来传达和加深大家对眼前之物是"不可名状"的感受。但在当下，另外一种表现方式逐渐成为主流。为了展现这种趋势，我会举出两个例子，它们的共通之处在于都是以现实世界为背景。第一个例子是玉王师姐之后可能会谈到的规则怪谈，规则怪谈的发生地非常明确，总是现代社会文明都市中具有一定开放性质的公共空间，它描摹这里的故事，恐怖感绝不来自直接描述，而是依靠许多的规则，许多加诸、面向不同身份的人的权力话语的规训，它通过无数权力话语彼此之间的矛盾冲突来告诉读者，所有看似正确的知识垒砌在一起并不等于正确知识，人在其中会茫然失其所在，同时会失去处所而又无法逃脱。另一个例子是之前提过的"SCP 基金会"，写作者在进行创作时必须使用"临床腔"，以高度类似外科医生拿手术刀解剖实验的态度和方式去趋近每一个异常事物或现象。他们把异常之物关起来，做实验，以一切科学的手段去描述和"名状"这些事物，"名状"它们身上一切看似可被"名状"的部分。

我接下来使用的这个比喻可能会有些难以理解。前面我们说过，启蒙运动和现代社会的核心主题在于，人总潜在地认可和认为宇宙中的一切问题都能被数学还原。在"SCP 基金会"和规则怪谈这里，我们不妨假想一个"不可名状"的整体是被减数，而文本中呈现出的所有试图"名状"它的规则、医学话语、精神表述，共同构成了明确的减数。当我们用前者这个被减数去减后者这个减数时会得到差，如果差是0，那就代表人类已经认识世界上的一切东西了；如果差等于实数或者虚数，也是一个非常安全理智的答案——甚至比差等于0更好，因为这代表人还有努力的空间和方向，虽然没有完全"名状"，但是剩下的部分依然是可以被识别的，此时此刻，完满反而是可怕的，当然是另一种意义上的可怕，这里暂且不提；最可怕的，正是这两类创作最后呈现的，我们没有办法对它描述概括。在"SCP 基金会"的官网上面，词条被分为两类，一类是"已解明"，另一类是"未解明"，其中，"已解明"代表的就是减法式子成立的情况，最后得到的差是人类可以理解的东西；"未解明"则代表减法式子的运行直接报错了，世界根本不能用人类已知的那种方式理解。

上面两种转变展现的是一个我们当前必须要面对的问题。曾经见弃于启蒙主流而能提供给现代人以浪漫化想象的东西，为了方便表述，我们姑且称之为"幻想乡"。在现代社会首先失落后，"幻想乡"成为被制造出的人类真正的故乡。而现在，"幻想乡"也失落了。当我们发现"幻想乡"被"不可名状"侵蚀的时候，其实恰恰应该意识到"幻想乡"是被科学侵蚀了，为了对抗此种侵蚀，"不可名状"才不得已地侵蚀了此处。稍后，谭天师弟会提到《奥术神座》这个例子，相信也会有更加详细的分析和解释，《奥术神座》本身就是一个以发展主义视角下近现代科学史去想象西方奇幻世界的作品。当我们的一切思维方式，渗透了我们的一切想象世界的方式之后，我们在幻想世界中又重新将"不可名状式"的恐惧引入了进来，同一时间的现实里，"不可名状"更加无可存身。

最后，让我来描述这样一个画面：大家想象一张画着圆圈的白纸，圆圈内的部分代表人们已经解明的世界，圆圈外的部分代表还未解明的。在流行文化作品中，人获得意义感，克服自己的焦虑和恐惧，靠的是一种免疫学上的自我持存。举个"勇者斗恶龙"的例子，勇者斗恶龙时，勇者抵御恶龙这一否定性他者来确立自身，通过否定之否定完成免疫学上的自我持存。这种免疫学诠释模型确实足以解析绝大部分的流行文艺，虽然它在以"不可名状"为内核的这一类文本内部并不成立，但是它们的回潮却正关乎文本之外现实之中人们的这样一种心理。世纪末时，启蒙主流对"幻想乡"的砖瓦造成压抑，人通过克服砖瓦或在"幻想乡"中克服现代世界，来达成免疫学的自我持存。如今，幻想世界也好，现实世界也好，都已经被比机械更进一步的算法、数字媒介伺服，为结构所结构，为系统所托管了。和这相对应的，是白纸上圆圈不断扩大，扩大到覆盖整张白纸时圆圈自身就消失了，人失去了自己需要去抵御的东西——某种意义上和齐泽克赛博大他者的不存在类似，人不再面对未知的恐惧，却反而陷入真正的恐惧，自我持存无法延续，他的主体性也就因此被无限度地质疑。

也许，"不可名状"在今天的复苏，恰恰不是因为人类觉得它很恐怖，而是人类需要用它去抵御让我们真正觉得可怕的东西，它已经是对抗真正可怕之物的最后一道防线。

我的发言就到这里，谢谢大家。

秦兰珺：非常精彩，项蕾告诉我们的是"不可名状"，下面我们来看看玉王，她告诉我们的是不能理解的故事。

王玉玊（中国艺术研究院马克思主义文艺理论研究所）：非常感谢秦老师的排序，把我排到项蕾后面真的是特别合适，我要讲的很多东西和项蕾刚才提到的主题都是非常相关的，可以达到互文和互动效果。

我要讲的主题是"规则怪谈"，这是去年年末、今年年初流行起来的一个小众文学类型。

《动物园规则怪谈》是这一波"规则怪谈热"的第一部作品，以一己之力带火了这个类型。这个作品完全由"××动物园园区守则""员工守则""海洋馆门口张贴的告示"等若干份文件和字条构成，没有通常小说中我们常见的情节或者人物，而是通篇以不带情绪的标准说明文风格进行的，当然里面还会有一些已经疯掉的管理员、园长等人留下的非常疯癫、不可理解的手写字条。

为什么这样的作品会给人恐怖的感觉呢？首先，游客守则、游客须知这一类说明性条例，是现实世界公共秩序的直观体现，固然对人们的行为做出限制，同时也给人强大的安全感，它意味着这个世界本身是有秩序的、合理的、可把握的，人只要遵守规则，就可以很好地在现实世界中生活。

但是规则怪谈类作品，它的规则本身严重违背了人们的常识系统。比如本该最温顺的兔子，它现在需要最严密的关押，等等，这意味着世界本身是一个无序和不可把握的世界，这个世界是怎么样的？我们到底面临什么威胁？我们的敌人是谁？它以什么方式降临？这些都是我们现在已经没有办法再按照既有常识系统获知的。在这个动物园规则怪谈里出现了各种各样名词，比如兔子血、山羊肉、狮子、水母、海洋馆等，这些本来很常见的名词，却和它们原本安全无害的所指分裂开来，它们似乎共享一个新的意义系统，但是这个系统却拒绝对游客或者读者开放。世界在这样的情况下失去了它稳定的图式，规则没有办法串联成完整的意义，这就是《动物园规则怪谈》的第一重恐怖因素。

此外，在《动物园规则怪谈》第一部分"市动物园园区游客守则"中有一条，说狮子园区是安全的，如果遇到危险要尽一切可能前往狮子园区。而随后，在海洋馆门口张贴的告示里面却非常明确地写着不要去狮子园区，也就是说在这个作品中规则之间是有冲突的，就像一些读者评论所说的，"当安全区有一个以上的时候，它和没有毫无区别""自相矛盾的规则类怪谈是最可怕的"，因为"规则怪谈很重要的一点在于，规则可以给人带来安全感，可是当这些规则重叠又不同后，安全感就被彻底摧毁了"。

即使规则和规则背后的世界秩序是我们不可理解的秩序，如果规则自身可以保持它的权威性和绝对性，那么规则仍然能够给人类提供最基础的安全感。但是动物园规则怪谈打破了最后的安全感，不同规则之间的矛盾就意味着，其实没有一个规则是绝对正确和权威的。在这个动物园里，不同势力出于不同的目的，写下了不同的规则，而且即使是那些写下规则的人，他们仍然处在"不可名状"的恐惧之中，他们也和游客一样在不断探索，并不能真正理解自己所身处的世界。所以原本应该代表着绝对权威的规则，就变成了一个并不可靠的经验之谈，甚至是引诱人们走入陷阱的骗局，这也就是《动物园规则怪谈》的第二重恐怖之处。

还有第三重恐怖之处。《动物园规则怪谈》中所有的规则都或隐或显地指向了一个"它"，一个"不可名状"的"它"，尽管我们无法知道这个"它"具体是什么，但可以确定的是，"它"具有干涉和扭曲人的精神认知的能力。所有的动物园规则都是由于"它"的存在而诞生的，有一些规则对抗"它"以保护人类，有一些规则选择服从"它"，引诱人类进入陷阱。人越触犯禁忌，就会越向"它"靠近，认知越来越扭曲，这一切在不知不觉中发生，这就带来了《动物园规则怪谈》第三重恐怖：实际上没有人知道动物园的边界究竟在哪里，没有人知道自己真的已经逃出生天，还是说仍然陷在这样的扭曲意识所虚构的世界之中，甚至人们不知道自己眼前所见的动物是不是动物，自己还是不是真正的人。

通过刚才对于《动物园规则怪谈》的简单介绍，大家也可以看到，这样的作品非常引人注目的特点在于它的文体特征，它使用一个说明文的文体，去完成一个叙事性的作品，所以接下来我要讨论的三个部分就从这里开始。

第一个部分就是关于这样一个文体存在的意义；第二个部分我会讨论这样一个文体形式所对应的主题是什么，以及这样的主题在文学史上有怎样的源流和发展；最后一个部分的题目是"从理性到秩序"，即规则怪谈所继承的这个主题源流发展到当代中国社会、发展到规则怪谈这个类型之中时发生了一定的变形，核心的关键词开始从理性转到了秩序。

首先我们进入第一个部分，规则怪谈的文体反讽。对于文体形式的自觉选择总是有其意图，规则怪谈的说明文体与它的主题是直接相关的，我借用弗朗哥·莫莱蒂的《布尔乔亚：在历史与文学之间》中的一个概念叫作"分析性文体"。莫莱蒂说，19世纪西方长篇小说有一个核心特征，就是创造性地使用了分析性文体，分析性文体是一种诞生于现代科学领域的文体，它要求的是什么呢？要求的是精确地如实描述，要求客观性、条理性，而非个人性，并且通过这样一些特征来获得它的权威性。所以分析性文体在文学之中召唤日常生活，为日常生活订立规范，它同时也是崛起的布尔乔亚阶层的务实心态在文学创作中的反映。

与此同时，分析性文体对于精确性的追求总是有代价的，这种代价就是文学的总体性或者叫作"文学的意义"。分析性文体越是精确呈现丰富的细节，扩展人们对于日常生活世界的感知，就越是丧失了整体性，模糊了意义的焦点。因而使用分析性文体的现实主义长篇小说中存在一个悖论：它越是在自己的美学上趋于极致，充分使用分析性文体，它所描绘的那个世界就越是非人的，既是非人的，同时也是不适于人类栖居的这样一个世界。

而规则怪谈堪称是对这样一种分析性文体的完美反用，这种走向极端的分析性文体，无限放大了本该被丰富而精确的细节掩盖的总体性意义的缺失。所以在这样的故事之中，世界的终极意义与真理性结构，都化作"不可名状"的"它"，从而成为恐惧感的来源，本该用来召唤日常生活、为日常生活订立规则的分析性文体，现在报复性地摧毁了日常生活的确定性，从而模拟出每个人在现实生活中或多或少能够察觉到的、秩序表象下的无序，以及被理性修辞遮掩的疯狂。

规则怪谈这样一种想象性元素及其文体并不是凭空产生的。一方面，居于故事核心位置的"不可名状"的"它"，这样一个想象力元素明显来自克苏鲁世界设定；另一方面，规则怪谈中使用的规则文体，又和刚才项蕾提到的"SCP基金会"创作中使用的"临床腔"有异曲同工之妙。

"SCP基金会"是依托于SCP维基平台，在一套开放使用的公共世界设定之下，进行的一种参与式文艺创作活动。"SCP基金会"也是创作活动中的核心设定，这是一个收容世界上各种异常现象和异常个体，以保护人类社会的一个虚拟的秘密组织，这些被收容的异常现象和个体统称为"收容物"。"SCP基金会"设定下作品的典型呈现形式是模拟科学报告的收容项目报告，这些报告包含大量的层级和条目，对于某个虚构收容物，它的现象、危害、收容方式等进行尽量客观的说明，这样的风格就叫作"临床腔"。在"SCP基金会"的写作指导中有大量说明，教会大家如何正确使用"临床腔"。

正如我刚才所说，"SCP基金会"的"临床腔"或者规则怪谈的说明文文体，都和它们的内容主题指向是直接相关的，这种主题指向是什么呢？

我们可以看一个小例子，与"SCP基金会"这样一个机构的起源，以及所有收容物产生原因相关内容，通常会被收入 SCP-001 提案当中，"深红之王"这个提案就是其中非常有代表性的一个。"深红之王"是什么呢？这个提案对它的描述是这样的，它说"深红之王"是现代性与前现代间张力的具现。"深红之王"之所以存在，"正是因为'SCP基金会'存在"，"现代性助它塑形，为它的狂怒定义轮廓，但只有现代性开始干预它的王国时"，"它"就是指"深红之王"，"它才得以具象，现代性以你们的形式出现"，这个"你们"指的就是"SCP基金会"。"是你们先来的，你们先冒出来封锁、分类，定死所有不符合你们启蒙理性的东西"。可以看到，不管是在这个提案里，还是在整个"SCP基金会"的创作设想之中，都有相当自觉的对于这种科学、理性和现代性建制的反思。

同样的洛夫克拉夫特在他第一篇使用克苏鲁设定的小说《克苏鲁的呼唤》的开头就写道，"人的思维无法将已知事物相互关联起来，我认为这是世界上最仁慈的事情了，我们居住在一座名为无知的平静小岛上，而小岛周围是浩瀚无垠的幽暗海洋"。也就是说，人类理性是我们保卫自己的一个武器，我们通过理性去认识这个世界的永恒规则，但实际上这个世界是一个浩瀚无垠的非理性和疯狂的幽暗海洋，人们的理性没有办法完全认识它，而这种无法完全认识甚至是一件仁慈的事情，它使我们不必此时此刻就直面那样一种必将到来的疯狂的和非理性的恐怖。

"SCP基金会"和规则怪谈都包含着对洛夫克拉夫特这样一个怪奇小说创作主题的继承，并且为这样的主题选择了一个非常恰切的文体形式。

接下来，我将简单梳理整个西方怪奇文学，一直到今天"SCP基金会"的发展历程，当然，这会是一个非常粗略的概括。

提到西方怪奇文学，一般会上溯到繁荣于18世纪末到19世纪初欧洲的哥特小说。以赛亚·柏林在他的《浪漫主义的根源》这本书里面提到，18世纪是启蒙时代，一般人们会认为启蒙时代是无限理性化的、典雅的这样一个明媚的时代，但人们会发现，其实恰恰是在18世纪冒出了许许多多荒诞不经的人物，神秘主义、炼金术士等开始四处蔓延。

我们也应该在这样一个历史背景之下去理解哥特小说。哥特小说中反复出现的墓园、哥特式的古堡、诅咒、食尸鬼等，并不能简单理解为来自古老封建时代的遗留，相反，哥特小说恰恰是一个启蒙时代的伴生物。当理性主义过于强势和外在化，作为一种外在建制而剥离于人的内面价值，反而成为一种压迫性的力量和对人的积极自由的剥夺时,"过于专制的理性主义,使得人类的情感受到阻碍,这样的情况之下,人类情感总要以某些别的形式爆发出来",恐怖故事、哥特小说实际上就是爆发的形式,那些在外部理性建制的压力下,难以言说的经验和情感,化作恐怖故事中的暗夜魅影,为现代性信念与知识体系缝隙中露出的混沌深渊赋形。

说完了哥特小说,接下来是爱伦·坡,他一方面上承哥特小说的遗风,对哥特小说做了非常重要的改造,另一方面也常常被怪奇文学追溯为源头和鼻祖。

在爱伦·坡的创作特征中,有两点与今天的主题密切相关:第一,爱伦·坡恐怖作品常常被归于心理恐怖这个类目,相比于那些外在的恐怖之物,爱伦·坡更擅长书写人潜意识中的阴暗面,也就是人自身内部不可把握的那样一些非理性部分。第二,爱伦·坡既被认为是推理小说的大师,也是怪奇小说的鼻祖,他同时身兼两个身份并不是一个偶然性事件,而是意味着这两个类型之间有着天然的亲缘关系。如何理解这种亲缘关系呢?我们可以从接下来的怪奇文学以及同时期发生在日本的变格推理小说中反观这样的亲缘关系。

"怪奇文学"的名称来源于19世纪末20世纪中前期一个叫《诡丽幻谭》的美国杂志,怪奇文学的代表人物就是我们刚才提到过创造了克苏鲁世界观的洛夫克拉夫特。变格推理这个概念是和大家更为熟知的本格推理相对产生的,它们都诞生在20世纪初的日本,当时以江户川乱步为代表的本格推理,强调的是侦探凭借自己的理性,去破解复杂的犯罪手法、找出犯人。而变格推理则以梦野久作为代表,擅长描绘怪异猎奇的科学幻想以及梦魇般的心理恐怖。

梦野久作深受爱伦·坡的影响。在梦野久作的代表作《脑髓地狱》(1935)这部小说中,他借人物之口说出,侦探小说,也就是我们所说的推理小说是近代文学的神经中枢。为什么推理小说是近代文学神经中枢呢?推理小说的结构非常简单,有一个理性现代主体,就是侦探,凭借自己的智慧与逻辑推理能力探索事件真相。其实就是一个现代理性主体凭借自己的理性去追求世界的真相和真理,这样一个启蒙神话最简洁的寓言形式。由于本格推理可以作为一种单纯的智力游戏,从复杂的社会现实中抽离出来,所以能够为读者提供特别纯粹、理想化的理性模型,同时也正是因为这个模型过于纯粹和理想化,所以也会非常轻松地转向它的反面。

《脑髓地狱》这部作品也采用了侦探小说的基本格式,但作为侦探的主人公是一个疯子,而且是失忆的疯子,直到故事最后他都没有恢复记忆,所以他到最后也不知道事件的真相是什么。同样地,整个事件真相,是一个无法用现代科学去分析和解释的关于所谓心理遗传的真相。在这个故事中，虽然使用了侦探小说结构，但是本该成为现代理性主体之代表的侦探是一个失败侦探，同时作为真理象征物的案件是一个不可理解的真相，它完全转向了推理小说的反面。

所以说纯粹的东西往往非常脆弱，就像精密的仪器，只要有一个小齿轮卡不上，就会彻底失去它的功能。而推理和怪奇小说，它们之间紧密的联系和亲缘关系，恰恰构成了这样一个寓言：无法兼容非理性的、暧昧的、情感的杂质的过分刚性和纯粹的科学理性，会非常容易地滑向它所压抑和排除的那个反面，就像《脑髓地狱》中怀着科学救世伟大理想的天才学者正木博士，最后变成了一个亲手杀死自己的妻子、逼疯了自己儿子的手染鲜血的疯狂科学家一样。

诞生于同时代的洛夫克拉夫特的小说，也往往采用推理小说的结构，比如刚才提到的《克苏鲁的呼唤》，主要情节就是无意间接触到神秘宗教蛛丝马迹的年轻人四处去搜集线索，希望找到神秘宗教的真相，最后他发现所谓的真相，就是古神克苏鲁即将复苏，克苏鲁的复苏会给整个人类世界带来毁灭，并且克苏鲁是人类完全无法理解的、超越人类理性之外的，因而也就无法控制或者战胜的恐怖存在。

洛夫克拉夫特有一篇长论文，叫作《文学中的超自然恐怖》，他在这篇论文当中，追溯了从哥特小说以来到怪奇文学为止所有的恐怖文学，对这些恐怖文学主题做了一个提炼，这个提炼同时也是对他自己的创作理念的阐述。他说，真正的恐怖故事并不是去写暗杀、血淋淋的骨头这样的东西，而是应该表现出某种让人窒息的氛围、"不可名状"的恐怖以及未知力量，它们作为人类意识的可怕主题，以邪恶的方式终止或者毁灭大自然的永恒法则，须以灰色而不祥的象征暗示出来，那个法则是我们抗击混沌和那来自无底深渊的恶魔的唯一武器。这句话有点缠绕，他其实就是说，我们相信人类拥有理性，并且相信大自然拥有一个永恒法则，人类通过理性理解永恒法则，这会成为我们所拥有的一个对抗非理性的武器。但是来自无底深渊的混沌超越了我们理性所能掌控的范围，它也能够终止或者毁灭大自然的所谓"永恒法则"，在这样一个理性和非理性的对抗之中，体现出来的才是恐怖小说真正的主题所在。

到这里我已经梳理出整条脉络，我强调两条线索：第一条线索是推理和惊悚，或者说推理和怪奇，这两个文学类型之间的悖反与亲缘关系；另外一条线索是理性与非理性，或者说理性与疯狂，作为整个怪奇小说序列的核心关键词而存在。

时间继续向后发展，在怪谈和变格推理的高峰期结束以后，人类开始经历第二次世界大战的战火，以及"冷战"时期。怪奇再一次兴起是到了新怪奇的时代，即20世纪末21世纪初。新怪奇的代表人物是杰夫·范德米尔，代表作品是已经翻译成中文的《遗落的南境》三部曲，其中第一部《湮灭》还被改编成电影。相比于洛夫克拉夫特的旧怪谈，新怪谈的突出特点在于，常常引入一些现代科层制组织与现代科学研究体制来面对、研究那些超自然的神秘现象。

在《遗落的南境》三部曲中就有一个叫南境局的组织，这是一个由官方管辖的、非常典型的官僚制科层组织，这个组织网罗了生物学家、语言学家、心理学家等不同学科体系内的学者，他们共同对一个叫作"X区域"的神秘区域进行研究。旧怪谈以现代性主体个人作为主人公，强调的是现代主体的内在理性，相比这样的作品而言，新怪谈更加突出的是现代理性建制、理性机构与非理性深渊之间毫无胜算的对撞。

"SCP基金会"以现代建制和"临床腔"的科学话语，接近作为理性和现代性之反面的"不可名状"之物的这样一个叙事结构，实际上也体现出它与年代相近的新怪奇运动之间的呼应关系。

我们进入最后一个部分。在规则怪谈中，我们会发现故事的主题词发生了一个变化，从理性和大自然的永恒法则，退化为行为秩序与规则。这当然不只是规则怪谈之中出现的一个现象，比如去年男频网络文学成绩非常好的一部作品叫作《从红月开始》，这个作品中"规则"就是非常显眼的关键词，这与当下人们普遍的失控感和对社会解释力的空缺密切相关。《从红月开始》有一句话说，"规则是人类智慧的结晶，让人遵守规则就可以很好地活下去"，这也是故事主人公在整个中前期故事中始终坚持的一种生活准则。

在《从红月开始》之中，规则被理解为人类文明和理性建制的固定化表达，它和科层制一体两面地结构着当代人类社会。《从红月开始》的设定可以理解为实际上在因人类精神中的疯狂和欲望而形成的疯狂深渊之上，建立起名为规则的稳定阀或者保护罩，把人类与类似于实在界的这样一种真实存在而不可阻挡的非理性深渊暂时隔离开来。

在大卫·格雷伯的《规则的乌托邦》这本书中提到，为什么人们一边对疲于奔命的填表、文书工作感到深恶痛绝，一边又不可抑制地热爱着科层制？其实就是因为科层制中寄寓的一种理想，也就是所谓"规则的乌托邦"，这样的理想是一个关于公开的、透明的、有条理的，因而是自由的、公平的、简洁的和有效率的法治社会的想象，而《从红月开始》就是一个关于规则的乌托邦故事。

同时，我们也不能不意识到，这样一个规则的乌托邦故事，它出现于当下的这样一个时代，其实首先源于对人的理性的普遍怀疑，也就是说故事中的理性被普遍怀疑之后退位给了规则，这实际上反而为我们反思理性预留了一个空间，让我们可以有一个空间去反思到底是什么理性，理性的限度是什么，以及到底什么是更好的理性。另一方面，我们现实生活中的科层制秩序不可能是完美的乌托邦，由于规则和科层制在实际操作层面是和暴力紧密扭结在一起的，这其实是非常容易失控的社会构成部分。这很容易让我们联想到卡夫卡的《城堡》《审判》等作品，在《城堡》之中，失控的规则像迷宫一样，切断了手段与目的之间的联系，而规则本身其实就成为那个"不可名状"之物，成为恐怖之源。

规则怪谈的世界就是规则失控的世界，这个规则是不可理解的，是有欺骗性的，它的暴力性因素因而最大限度地突显出来。无论遵守规则或者违反规则，都有可能成为一个人坠入深渊的原因所在。因为这样的规则在规则怪谈的世界之中无所不在，所以"不可名状"的"它"也就是无处不在，或者甚至我们可以说，这个"不可名状"的"它"其实就是规则本身。从这个意义上来讲，我们也许可以把规则怪谈解读为，当下对于科层制社会结构和社会建构的一种寓言化的故事。

我的发言就是这样，非常期待后面和大家的讨论，谢谢大家。

秦兰珺： 非常精彩的发言。我们从项蕾的发言中感受到了怪奇文学诞生的背景，理性和非理性爱恨纠葛，建立在彼此最深处的那个时刻；我们在玉王的报告当中看到了理性开始用自己的规则来反讽自己。我不知道大家是否可以感受到这里有一个大的问题，理性真的出问题了，这也是20世纪以来人文学界不断思考的问题，如果理性给我们带来辉煌灿烂的文明，为什么它的内部又发生了"纳粹"？其实这里是理性神话，大家知道理性建立自己神话的时候用了很多工具，其中有一个工具就是人的主体性包括同一性，这样一些根本的哲学问题。

下面就有请我们的"理论咖"王鑫，她通过讨论一些比较前沿的恐怖现象来讨论同一性的难题，看似很哲学其实很好玩。

王鑫（北京大学中文系）： 我的题目叫"屏幕背后"。这始于一个脑洞：屏幕在漫长的人类文明中其实很新，如果从1895年电影诞生开始算起，它在人类文化中只有100多年，但它也几乎规定了这期间的主体生成方式。电影研究常常强调屏幕的双重作用：展示和屏蔽。人们接受屏幕上面展示的东西，同时会排斥掉摄影机取景框之外的东西，这件事联系着同一化理论，在电影的文化研究中，几乎算是常识的立场。不过，在今天，人们面对的屏幕不光是电影、电视这样的屏幕，还有电脑，甚至是平板电脑之类计算机屏幕，那事情又会发生什么变化呢？最重大的变化就在于"交互性"。在电脑上，人们通过外界的鼠标、键盘灯设备与屏幕交互，而在平板上，屏幕直接变成了可触的，人们直接用手指操作屏幕上的图形，而且随着它的发展，这种"交互"越来越变得"所见即所得"。

我想从 GUI 界面开始说起。在 GUI 界面出现之前，电脑一直是裸露的代码，人们直接输入机器能读懂的指令，让它们工作。但在 GUI 界面出现之后，这套裸露的代码获得了一套皮肤，就是"90后"熟悉的苹果系统和 Windows 系统，它们用"图标 + 鼠标 + 视窗"的方式，令人们不再直面代码，从而降低了电脑的操作门槛。

有趣的是，这里出现了蓝屏，这是一种电脑的报错现象。当电脑发生严重的错误时，比如硬件冲突、中了严重的病毒等等之时，蓝屏就会出现。蓝屏有各自的错误代码，指导用户自己检查或者解决问题，但是对于从来都不期待看到代码层的用户来说，蓝屏常常是震惊和恐怖的体验。

要说明的是，不是所有人都对蓝屏感到恐惧，它还挺有时代性的。我们"90后"一代不和代码打交道的人才感觉到恐惧，而"80后"的表哥表姐和一些计算机专业人士都觉得没什么，他们大多经历过 Dos 系统，或者对于裸露的代码和高饱和度的纯色配色非常熟悉。换句话说，正是我们接受了 GUI 交互界面的普通用户，才更容易被 Shock 到，这层界面制造出了一种能够与图形直接交互的幻觉，当这层幻觉被撕破，本来应该被藏起来的代码就重新浮上水面，造成了吓人的效果。这就像弗洛伊德借助谢林的说法对恐怖的定义：本来应该藏起来的东西出现了。

这些代码被我们想象为比图形更"本质"的事物，它们才是计算机世界的"真相"，相比之下，GUI 界面只是一层友好的"皮肤""涂装"或者"外套"。蓝屏之于 GUI 用户，就像下水道之于巴黎城那样，表面一派繁荣，里面漆黑无比、密集恐惧，但又象征着这个世界的基础和它本来的运作方式。在这种想象中，皮肤与代码之间的关系，可以类比于精神分析中的象征界和实在界。象征界充满秩序，而实在界是漆黑一团的原质，不断向实在界抛掷什么，而只有在错误、冲突和龃龉发生时，实在界才会向象征界投来一瞥。

而与之类似的，是无数的代码从 GUI 友好的页面中溢出的时刻。比如乱码、电脑的报错等等。有一款很小众的恐怖游戏，叫 *A Dark Place*，它的卖点就在于"打破人与计算机的第四堵墙"。在游戏运行时，它会突然令电脑关机、报错、修改壁纸、乱改文件名称等等，令正在游玩的人"吓一大跳"，以为电脑崩溃了。这样的游戏设计，和当年人们在电视机上看《午夜凶铃》的贞子从电视机里爬出来有异曲同工之妙，都将恐怖感觉狠狠地刻在媒介烙印上。但它们需要掀开的"盖子"、揭露的"被藏起来的东西"是不一样的：要令单向的媒介产生吓人的感觉，只要去双向交互就够了；但令双向交互的媒介吓人，就需要一点崩溃、错误和乱码了。

下面讨论关于这种媒介形式和心灵结构的问题。弗洛伊德有一篇小短文，在媒介研究中颇有名气，叫作《神奇写字板》，写于1925年。在这篇短文里，弗洛伊德从神奇写字板中看到了心灵的构造。在开头，他说，如果我扰乱我的记忆（尽管精神病人总这么做），那么有两种方式可以维持记忆本身：第一个方法是随身携带一个笔记本，在上面写写画画，这样一来就仿佛记下了"确定"的事件，如果哪天忘记了，再把本子掏出来看一眼就好，但是本子的容量是有限的，所以不可能记下所有的东西。第二个方法是带一个小石板之类的东西，用粉笔把重要的东西记下来，但如果之后发现上面的东西不重要了，就把它擦掉。他从这个观察中看到了记忆的两种原理：（1）长期有效，但容量有限；（2）可以不断输入，但不会永久记忆。

他认为这二者都不是心灵的运作方式，直到他看到了在当时流行的一种神奇画板，这种画板可以反复书写，反复擦除。它有三层，第一层是透明的赛璐珞板，第二层是蜡纸，第三层是蜡板。人们用笔在赛璐珞板上记下内容，让蜡纸的痕迹贴在石蜡板上就能看到东西，如果不想要了，就把蜡纸和石蜡板拉开距离，又可以写新的内容。弗洛伊德认为，这正是心灵工作方式的最好比喻：蜡纸很脆弱，直接在上面写，会令蜡纸破碎；赛璐珞板是一个防止刺激的保护套（"屏蔽"），保护了蜡纸；而蜡纸是接收器，写下东西，就是在输入记忆；最后浮现出来的字迹，就是意识。如果把蜡纸和石板拉开距离，记忆就被遗忘，但是，如果把蜡板拿出来，就会看到上面留存着细细的划痕，这些划痕意味着所有"事情"都被知觉保留了下来，却无法清晰地浮现在意识中。

如果我们仍然借助神奇画板的比喻来观察电子媒介产品，就会看到电子媒介是一个能够随时隐现或显现"蜡纸"上所有划痕的设备。对于电子设备来说，人的"知觉"与人的"意识"之间没有太大的差别，所有事物都是"可见"且"可显示"的，只要人在上面留下痕迹，它们都能够记录、储存并准确地调用，你的电脑记得你每一次输入的内容，你的手机记得你拍过的每一张照片。换句话说，电子媒介不会"遗忘"，"删除"不过是为既有的文件添加一个新的记号，就像"知觉"不会遗忘。

从这个角度看，电子媒介是一个天然搅乱知觉和意识之间界限的存在。在人类那里，图像和声音是声色，是作用于肉体的部分，而文字和符号是精神的部分，但是电脑用代码统一了这一切，用数学原理混淆了人类的身体与精神的边界。在这种原理之下，我们开始所讲的，电影那样的同一性原理根本无迹可寻，人只能陷入无法同一化的错乱。如果说，摄影机背后站着导演的眼睛，这里仍然存在一个有迹可循的他者，那么当这种交互页面的错乱暴露时，人所感到的陌生和恐惧，就是本来熟悉的图像，突然暴露出背后完全陌生的、非人的本质的恐惧了。

有趣的是，在弗洛伊德用神奇画板比喻心灵时，麦克卢汉则在说"媒介是人的延伸"，他们的理论表现出神奇的对称性。众所周知，弗洛伊德晚期的一个重要概念是"强制重复"，他在研究 PTSD（战后应激创伤）这个症状时，发现如果给 PTSD 患者听炮火的声音，会有助于他们恢复，弗洛伊德将这件事解释为，这是心灵在不断试图把握（甚至是习惯）"不可控"的事物；而麦克卢汉将类似的情况称之为"麻木和截除"，即中枢系统宁可舍弃一些正常的功能，陷入应激状态（应激状态正是面对环境巨变的"麻木状态"），也要保证全局的稳定。一个是心灵在"守护"，在知觉层面不断"添加""把握"不可理解之物；另一个则是大脑在"维稳"，通过舍弃一个理念中的"原初"功能，来适应"新的环境"。

而这两方面的讨论，对于电子媒介都存在缺陷。心灵的屏蔽功能不断受损，因为"蜡版"的所有划痕都可以被显化。而大脑对于整个神经系统的全局把控，也会在整个神经系统外翻过来时，发生符号层面的内爆，而导致彻底的麻木（所以麦克卢汉不允许自己的孩子看电视）。而另外一边，就是电子媒介的运行逻辑不能直接与心灵作比较，它有自己的代码和规律，这些东西难以被心灵直接"理解"，但却可以被"感知"，并对亲切的图形化页面造成强烈的"陌生化""异质化"效果。

最后，我想引入"边界模糊"的问题。今天人们面对代码的时间越来越少，并越来越多地用图像把代码包裹起来。在这种环境中，蓝屏的确很有时代特征。那么，今天人们是否还有机会不经意间瞥见"屏幕背后"呢？我认为直接目睹的机会少了，但从不一致、模糊、错误中"感知"的可能性提高了。

我前几天玩了个 App，是 NVIDIA ResearchAI 作画。它很有趣，只要你输入文字，它就能自动识别，并且作画。下面是我的几个试验：第一幅图叫作"可口可乐吞噬百事可乐"，我们清楚地看到它对这两个品牌有着印象派式的"认知"，就像人朦朦胧胧隔着雾；第二幅图叫"齐泽克在电视上"，我想看看它是否认识齐泽克，答案是认识的；第三幅图叫"黑洞在冲浪"，我故意输入了抽象的内容，结果却是最清晰的。很有趣的是，对于具象的事物，它的认知很差，但对于抽象的事物，它用精妙的数学作图、理式来交卷。这既是 AI 与我们认知在表象上的差别，也彰显了数据与大脑完全不同的"精确度"与"世界观"。而在数据试图模糊、蒙混过关的地方，正是它自我暴露的地方。而这些地方之于人类常常意味着认知扭曲，甚至有恐怖谷的效果。

我认为，这些不完美的程序，正是在完全的"表象媒介"环境中，"代码"的物质性（及非人性）留下的划痕，它们是更完美的神奇画板，而我们尚且需要很多时间理解背后的变化。

我的分享到此为止，谢谢大家。

秦兰珺：谭天比较擅长网文史。刚才我们谈了怪奇文学还有蓝屏，我们应该在什么样的发展脉络中去定位这种奇奇怪怪、各种各样的恐怖文学形态呢？我们下面有请谭天。

谭天（北京大学中文系）：大家好！我这一次讲的题目是"从裂隙到底色：爱潜水的乌贼作品中的克苏鲁元素解读"。在开始前，我要首先说一下克苏鲁神话。大家刚才是从更加整体的理论层面来说的，我打算从一个比较具体的作品脉络角度来说。克苏鲁神话是美国作家霍华德·菲利普·洛夫克拉夫特创作的一类恐怖小说，主要讲述人类或主动或被动地与这些旧日神明或者外星生命接触，最终陷入疯狂或者死亡的故事。这一类作品进入中国主要通过三个途径：第一个原著翻译，尤其到2016年以后，国内掀起了一股翻译克苏鲁的热潮——之前只是零星地翻译进来，之后却有很多翻译版本，说明有一种市场需求的拉动，背后体现了什么我们还可以再分析；第二个从日本 ACG 文化转译，代表作是《潜行吧！奈亚子》；第三个是欧美游戏的进入，也就是以克苏鲁这种主题做的游戏，如《血源诅咒》和《黑暗之魂》。

网文中的克苏鲁是怎么发展的？大概分成三个阶段。2018年以前，这个阶段的克苏鲁网文主要是比较小众的作品，情节有意效仿洛夫克拉夫特的原著，所以它的受众面是比较窄的，最典型的例子是祝佳音的《克苏鲁来到三井子村》。另外在同期的大众商业化网络小说里，为数不多的克苏鲁以梗的形式出现，或者是以元素的形式出现，如爱潜水的乌贼的《奥术神座》。克苏鲁网文的节点在2018年。2018年，《诡秘之主》的出现改变了克苏鲁的情况，它让原本是一股潜流的克苏鲁元素，一下子被主流网文受众察觉并且接纳，后续引发了一系列的热潮。一十四洲的《小蘑菇》、黑山老鬼的《从红月开始》是后续热潮的代表作，从后人类，从规则的角度讲述克苏鲁的故事。我限于时间和篇幅，只能做一个非常简略的克苏鲁网文的介绍，详细的内容可以看我写过的一篇论文《乱中见真：克苏鲁网文与拟宏大叙事》。

说完了整体情况，我再具体说一下爱潜水的乌贼的作品。在2018年以前，网文中的克苏鲁元素是一个早已经存在的潜流，爱潜水的乌贼的《诡秘之主》这本书的意义在于，它使得这个元素被读者们广泛辨识出来。在作者层面，因为这本书获得了巨大的商业成功，作者们被鼓励加入这个创作领域中去。为什么是爱潜水的乌贼做到了这一点呢？因为他本身是一个擅长用类型套路捕捉时代症候的作家，他把克苏鲁从小众变成了大众，这种变化也反映出时代特征的转变。后面的演讲我会梳理从《奥术神座》到《诡秘之主》里面的克苏鲁脉络，展示出它们背后网络文学两个时代之间的转变。

首先，从《奥术神座》说起。《奥术神座》讲了什么故事？它讲的是一个在奇幻异世界重演近现代科学革命的故事。什么是《奥术神座》的"重演"？我在这儿给的定义是用发展主义情结去想象科学史。这是这部小说最突出的爽点。怎么去想象呢？具体做法是这样的：小说有一个设定叫"奥术"。奥术就是我们熟悉的科学知识，科学知识在小说里可以转化成魔法，用知识转化成力量。所以在这个魔法世界里，科学就发展起来了，是这么一个故事。

小说里的反派非常有意思，叫作"真理之神"。顾名思义，他就是一个掌握着最多、最先进、最正确的知识的魔法师。另外，小说的决战也是一个非常反套路的决战，它并不是一个轰轰烈烈的我们所谓的大战，它实际上是主角讲课。主角通过讲课传授给大家宇宙的真相是什么，实际上传递出一种更高的真理。这个真理在认知程度上更准确，击败了反派真理之神错误的认知。实际上，这一场决战是一个新旧科学的认知之战。在这场战斗的结尾，主角成神，相当于是代替了反派真理之神，掌握了更高的真理，成为了更高的神明。

在一路升级乃至最终成神的同时，主角还要讲课、发论文。这些做法推动了世界科学的进步，促进了社会现代化。我们可以看到，个人升级、科学变革、社会进步三个向度形成了重叠，使《奥术神座》成为非常典型的升级流的故事。为什么说它是非常典型的升级流的故事呢？在这里我要借用傅善超的《媒介、结构与情结——论"升级流"网络小说的游戏性》这篇论文来帮助分析。

傅善超的论文里面提出，升级流背后呼应着三种现实话语：成功学、应试教育和发展主义。我对他的理论做一个延伸，把这三种话语归结成"发展主义情结"这样一个概念。为什么归结到这个概念呢？因为这类升级流小说的受众是这样的：一方面认同上面这三种逻辑，同时往往又并非这三者的受益人或者成功者。他深受其苦——从小到大天天做题，很痛苦，成绩还不好——类似这种感觉。所以他长期处在被压抑状态下，需要抚慰。因为他认同这些逻辑，有很强烈的欲望去实现它们，却又从来没有实现过。这种欲望纠缠在他内心深处，就成为一种情结。我觉得这是升级流受众普遍的心态。

这三种逻辑具体来说是什么呢？成功学讲述的是用种种方式达成个人奋斗成功的神话；应试教育把复杂纷繁的社会现象简单归结为做题，有唯一正确答案，可以不断升级学历的这样一个过程；发展主义是西方中心论观点，它很片面地强调社会整体发展是由单一的要素来推动的。

而我们可以看到，这三者在《奥术神座》中一一得到了对应：成功学毫无疑问对应的是主角的个人升级和成功。应试教育对应的是主角在这个世界推广科学知识，引发科学革命。非常有意味的一点在于，作者是自觉去写应试教育的。主角在小说里非常乐于——甚至可以说是津津乐道地——向整个魔法社会推广应试教育，他让魔法师也要参加高考，给自己的学生出练习题做，到小说最后的番外里，还出现了以主角名字命名的《五年高考三年模拟》之类的习题集，说明作者非常有意把推广应试教育作为一种乐趣应用到小说里。第三个发展主义对应的是主角通过科学推动整个社会进步。以上是《奥术神座》做的三层对应。

所以，它是非常符合典范的一部升级流小说。同时，让它更进一步具有网文发展史意义的点在于这篇小说还触及了发展主义情结的源头。这个源头实际上就是近代科学。《奥术神座》相当于是以近代科学塑造的叙事观书写近代科学史，是叙事遇到了史实的过程。

为什么说是近代科学塑造了发展主义情结呢？我要暂时借用福柯的一篇文章进行分析，这篇文章叫作《不同的空间》，其中文版收录在周宪翻译的《激进的美学锋芒》里。这篇文章提到19世纪是热力学第二定理的世界。热力学第二定理讲的是，自然状态下，热量只能从热的地方往冷的地方转移，不能从冷的地方往热的地方转移，如果想要热量从冷的地方往热的地方转移，就需要做出额外的功。它展示的是一个单向发展的世界观。福柯的意思并不是说19世纪人人都精通热力学，他的意思是用这个原理凝练整个19世纪社会的大众认知，尤其是近代科学塑造的那种单向发展的、线性的世界观。这种世界观可以说是现代性的一部分，一种深深嵌入现代性里面的情结，也就是发展主义情结。改革开放以来，我们大家都形成了这样几种耳熟能详的认知:"科学技术是第一生产力""学好数理化,走遍天下都不怕""高考改变命运"。这些口号都是非常契合发展主义情结的观念,而且已经深入人心了。另外在互联网时代,虽然我们说互联网时代存在后现代的因素,但是因为互联网企业给大家展示的是一个白手起家、草根逆袭的神话,所以它在另一个角度上反而加强了我们对发展主义情结的认同。而互联网企业的发展和网络文学的发展又几乎站在同步的进程上。实际上,发展主义情结并没有随着社会进入后现代而消散,反而在网络文学里得到了加强。

这种加强就体现到了《奥术神座》里头。但是,就像我刚才所说的那样,这毕竟是一种被塑造出来的叙事观念,当作者拿叙事观念去重述史实的时候,叙述中间就会出现巨大断裂,这个断裂在《奥术神座》小说中以克苏鲁式的形象出现了,是一个叫作"深渊意志"的反派。这个角色也在最终大决战中登场了,它的外形是非常怪异的,一团多手多脚的肉球,别人一看到它,就会有思维混乱的感觉。而且它出来以后莫名其妙就自爆了,当时在场的其他人都不能理解它为什么突然自爆。而且自爆造成了什么结果呢?它的攻击对敌人没有造成伤害,在大结局中它是一个完全没有功能意义的角色。那么它的出场意味着什么呢?实际上,它代表了一种认知混乱的渗入。

什么叫作认知混乱渗入?我们说主角跟真理之神之间的决战是新旧科学认知的交锋。而在现实世界历史中,新旧科学认知是不可能以这样一种很简单的、主角打败反派的平滑模式过渡过去的。我们知道,在真正的科学发展史上,一种新的科学认知——比如量子力学——它的出现饱经磨难,受到很多争议,有很多曲折,才成功被学术界认可。而很多科学家不能接受新观念,最后他们就失去了继续发现科学成果的能力。这种新旧交替时候的混乱就在小说里以"深渊意志自爆"的情节集中出现,"深渊意志"是一个非常混乱、没有逻辑的怪物,它用一种别人无法用逻辑理解的方式自爆,这个实际上就是科学变革中,学术界认知混乱的集中体现。

如果我们进一步分析小说,就会发现,这种克苏鲁式的表征已经渗入了小说的日常方面。为什么这样说呢?小说中有一个设定,魔法师要用科学知识构造出他脑中的认知世界,如果构造的认知世界与新发现的科学成果不符,他又没办法接受新的科学成果,就会导致认知世界崩溃,魔法师的头就爆炸了,这就是物理意义的爆炸。所以读者们把这个梗戏称为"爆头梗",这个世界的魔法师们时时刻刻处在爆头的恐惧和焦虑中。主角要不断升级,他就得不断发表科学成果,魔法师们就不断处在会爆头的威胁里面。

而我刚才说了，爆头又是《奥术神座》世界设定的一部分，是不可抹除的、不可解决的。即便没有主角这个人存在，随着这个世界科学知识不断进步，也必然有很多魔法师接受不了而爆头。另外，我刚才说的反派深渊意志在作品设定里面同样也是一种无法死亡的生命体，它是世界既有结构的一部分，相当于和世界同在，不会死亡。这意味着什么呢？意味着《奥术神座》看上去是一个理性驱动的、叙事平滑的、完美的升级流故事，但它处处都布满了阴影和裂隙，时刻都是危险的、会陷入认知混乱的。获取知识，认知世界都是一件冒生命危险的事。但是为什么当时的读者们没有感受到这一点呢？因为他们代入的是主角，主角在这里面是永远正确、永远先进的化身，所以他永远安全，读者也就永远安全。

这种情况到了《诡秘之主》中就发生了变化。《诡秘之主》讲了这样一个故事：主角克莱恩在一个诡异的蒸汽朋克世界里升级，探索。《诡秘之主》和《奥术神座》都是爱潜水的乌贼写的作品，而且都是西方奇幻背景的作品。如果把它们两个放在一起，我们就会发现很多奇特的反转，这个反转在不同层面体现出来。第一个层面是对于现实中文学发展的反转。就像刚才项蕾说的，从怪奇到奇幻，是现实中文学类型的发展顺序。先有怪奇，有爱伦·坡、洛夫克拉夫特这些人，后来才有我们现在意义上的史诗奇幻，也就是托尔金，等等。从克苏鲁到《魔戒》的转换意味着什么呢？它实际上意味着对恐惧的克服。怪奇就是既有的叙事、既有的理性主义被人质疑，被人恐惧的状态。到了奇幻，这种恐惧被克服了。克苏鲁神话里那些不可名状的低语，那些看一眼就会发疯的怪物，到了《魔戒》系列里被凝练成了确定的反派：魔君索伦和他的至尊魔戒。这一点在电影里表现的非常明显，弗罗多戴上魔戒以后，他看到的情景其实非常"克苏鲁"：周围的场景都失去了具体的形象，变得"不可名状"，索伦的魔眼注视着他，给他带来巨大的精神负担，理智时刻处在崩溃的边缘。但是，为什么我们当时看这几部电影的时候，并没有那么强烈的恐惧感呢？这是因为这些克苏鲁元素被重新幻想到了一个正邪对立、光明战胜黑暗的二元状况中，这实际上是对恐惧的克服和安置。所以从怪奇——或者说旧怪谈——到奇幻的转变，实际是一个从发现恐惧到暂时克服恐惧的转变。当然，正像前面玉王说的，这个克服并没有长久，到21世纪的时候新怪谈又冒出来了。

其一，从《奥术神座》到《诡秘之主》的变化，正是把上面从怪奇到奇幻的过程反转过来了。从已经克服恐惧的正邪对立，又重新回到了克苏鲁式旧怪谈下的世界，以这样的方式想象一种超自然的状况。

其二,《诡秘之主》采用了架空的维多利亚时代这样一个背景。这个背景有两面性。一面就是19世纪末理性主义的极致,在这种极致下诞生了什么?本格推理小说,纯粹靠理性推动的一种文学。推理小说史上有一个很有名的侦探形象,叫"范杜森教授",外号"思考机器",是小说家杰克·福翠尔创造的。这里的侦探已经不是一个人了,完全是一个机器般的理性化身,这就是理性主义的极致。而同时,在这个世纪末理性主义面临了危机,人们发现它不但没有让生活像它许诺的一样美好,反而制造出新的压抑与痛苦,所以他们就想要寻找其他寄托或出口,神秘学就再度兴起了。它原本是被理性科学抛弃的知识,到了维多利亚时代又重新流行,通灵术、招魂术、降神会、占卜这些东西都非常受欢迎。这个理性主义危机在文学中的反映就是融合大量神秘学知识的怪奇文学。同样,《诡秘之主》采用这个时代背景,也继承了这种两面性。一方面,民众崇拜"蒸汽与机械之神"这个理性化身;另一方面,整个小说充满了神秘学知识。主角自己也是这种两面性的体现,他是个占卜家,也是个侦探,这一点我待会儿要详细分析。

在这个小说里,克苏鲁元素成为幻想世界的底层逻辑。作者以设定的方式把它放在台前,怎么放的?我下面进行具体讲述。

第一个设定,我们从关于升级的设定来看。在《诡秘之主》的世界里,神明的本质就是一种冷漠、疯狂、不可理喻的怪物,他们的理性状态只是一种假象,神明所延伸出的神性自然也是冷漠和疯狂的。而书里面的普通人如果想要升级变强,他们就只能服用神性所衍生的魔药,利用其非凡特性来升级。越升级,他体内的神性越强,也就越濒临冷漠、疯狂的状态,这种情况是没办法被克服的。而且小说在"一个恩赐,或者,一个诅咒"这章里有这样一段描写:"(主角克莱恩获得了)冷漠、平静、旁观、俯视的思绪,能从更多角度更多方面看见世界真实的思绪。他明白,这或许就是神性……"这段表达的是主角获得神性以后的体验,他获得了一种冷漠、超然的视角。在这种视角下,他突然发现,很多以前不明白的东西都明白了。这实际上就是在描述理性。也就是说,幻想世界里的神性就是我们现实生活中的理性。主角升级意味着获得理性,但获得理性却意味着冷漠和疯狂,这是《诡秘之主》所展现出来的跟《奥术神座》截然相反的反转,也是第一个展现出克苏鲁元素来到台前的设定。

第二个设定,关于知识的污染。在《诡秘之主》里,获得关于神秘学的知识是非常危险的,它蕴含着一种对精神层面的污染。在这个设定下,疯狂根植在知识里面,越获取知识,越探寻真相,就越容易疯狂。这点对于《奥术神座》是一个更为深刻的反转。但反转只是表象，它们在深层又是相通的。经过我刚才的分析，我们也可以从《奥术神座》的爆头设定里看出来获取知识是有危险的。但是要想理解这一点就必须要深入地解读文本。如果你只是一个普通的读者，以爽为目的去阅读小说，跟着主角一路升级，你是感受不到上面的问题的。

《诡秘之主》跟《奥术神座》不同，小说通过设定世界观的形式，直接把这个污染状态翻到了明面上，就连主角也不能幸免于难，主角升级的快感是无法掩饰污染风险的。主角每一次升级，作者马上就要写主角听到了不可名状的低语，写他被大量知识灌输，头痛欲裂，精神濒临崩溃，差点变成怪物，这种情况往往到最后一刻才能克制住，然后主角勉强升级。所以小说时时刻刻提醒你升级很危险，获取知识也很危险，这个是在设定层面展现出来的，不需要任何解读技巧去深挖。

我们再看剧情层面怎么跟这一点对应。整部小说是一场揭秘之旅，在小说主线里，克莱恩对世界不断进行探索，同时从一个普通人一路升级到神明。一边升级，一边揭秘求知，这是同步进行的。随着他实力的不断提升，他在知识层面也逐渐获得了这个世界最终的真相、隐秘的历史等，这是小说的主线剧情。

而再详细一点去说，小说第二卷的剧情又和主线剧情构成了一个对应关系，第二卷是主线剧情的缩影，主线剧情是第二卷的扩展。在第二卷中，主角克莱恩假扮了一个叫作夏洛克·莫里亚蒂的人，伪装成了侦探。侦探是什么形象呢？齐泽克在《斜目而视：透过通俗文化看拉康》这本书里早就论述过，侦探就是以理性克服恐惧的象征。所有的推理小说一开场都是一个混乱的死亡现场，大家都无法理解这个人为什么在密室里很离奇地死了？没有人进来，没有人出去，谁杀的他？怎么杀的？搞不懂，而且很害怕。但是通过侦探的一步步推理，整个故事被重述为一场可以被理性理解的、推理严密的凶杀案。侦探一旦破解了谜团，找到了真相，问题就解决了。从混乱、费解到可以理解，就是理性驱除未知带来的恐惧的过程。

我们再来看"夏洛克·莫里亚蒂"这个假名字。毫无疑问，夏洛克·福尔摩斯是全世界最著名的一个侦探形象，他是理性的化身。而莫里亚蒂是福尔摩斯的死对头，同时也是数学系教授，犯罪学专家。他和夏洛克之间只是正邪的区别，本质也是理性的。莫里亚蒂跟福尔摩斯是一体两面，实际都起到了把不可名状的恐惧给想方设法可名状化，可理解化的作用，让弥漫的恐惧变成一部正邪分明的推理小说。所以把夏洛克与莫里亚蒂组合成一个名字，恰好在无意中揭示出了推理小说运转的奥妙。

在《诡秘之主》的这一卷中，主角虽然假扮成理性的化身——侦探，接了很多案子，但是，他每次破案都要依赖神秘学，用非理性的手段去解决问题，常常是占卜出了结果，再装模作样地说一番推理糊弄人，所以读者把他戏称为"玄学侦探"。到了这个篇章末尾的高潮，主角牵涉到一个阴谋中，表面上看，他成功阻止了邪神降临，但实际上他是失败的，因为邪神降临的条件是巨大的伤亡，这个代价他没有阻止成，很多人已经丧命了。后来到了第四卷主角才发现，第二卷末尾的事件背后其实藏着更深的阴谋，他身为夏洛克·莫里亚蒂时期的所作所为，其实没有起到什么作用。这背后的计划是一个只有神性、没有人性的反派亚当推动的，目的是让自己和另一个反派乔治三世成神。也就是说，他们在冷漠理性的规划下设置了阴谋，目的是让自己变得更加冷漠、理性。在这样一种状况下，主角的调查实际上是失败的，理性不但没有驱除恐惧，反而成为恐惧的来源。理性的探索到了尽头，发现尽头是神性，也就是理性的阴谋。

这意味着一个怪圈式的悖论形成了，理性探索到极致，发现最后的困难和恐惧又是理性创造的，而这样的恐惧并不会以福尔摩斯战胜莫里亚蒂的方式得到解决。它在第二卷里是不可解决的，小说把这件事拖延到了第四卷才给了一个勉强的结局。这种不可解决性延伸到了小说的主线剧情，主线剧情里，克莱恩对于世界真相的探索，同样也指向了一种不可解决性，他最后发现世界的真相是很绝望的，他想要返回故乡的愿望无法实现，他所在的世界面临难以解决的终极危机。他没有办法像侦探一样，通过揭开真相的方式把这个事情解决。不行，揭开了真相，问题仍然是不可解决的。

实际上这样的情节不光反转了推理小说模式，也反转了《奥术神座》模式。大家应该还记得，在《奥术神座》中，主角在最后大决战的时候，通过揭露世界真相兵不血刃地把反派打败了。但是在《诡秘之主》里，主角知道了真相仍然是没用的，仍然不能解决问题，这是一重反转。

再总结一下，《诡秘之主》里，神性与升级对应的是个人升级的那个层次，知识污染和探秘之旅，对应的是知识层次或者科学层次。第三个层次是社会发展的层次，社会发展在这个小说里也是锁死的。锁死的表现有两个：第一个是这个世界没有石油，没有石油意味着永远是蒸汽文明，不可能进入电气文明，电气需要石油作为发电机和内燃机的燃料。第二个是整个社会已经没有前途了，主角一路探秘，最后发现世界的真相是什么呢？就是当时距离世界末日只有十几年了，这点时间不可能让社会文明继续发展太多，它的前途是锁死的。

回顾我刚才说的发展主义情结，《诡秘之主》从个人升级、科学进步、社会发展三个层面完成了对《奥术神座》的彻底反转和背叛。而这种背叛概括来说就是无法解决的问题。升级到了尽头，探索到了尽头，主角发现"发展"这个方式仍然不能解决问题，小说击碎了发展主义情结背后的三重逻辑，也就动摇了升级文的根本。

当然，小说还得写下去，故事还得有一个结尾，作者还得给读者一个交代，他不能真把主角写成一个冷漠疯狂的怪物，怎么办呢？这个小说制造出了一种很勉强的对抗方式，就是所谓的"锚"。锚是什么？锚在这个小说里本来指的是信徒的祈祷，但是到主角这儿它变成了一种共同的情感记忆体验，他利用这种体验平衡神性带来的冷漠和疯狂。小说里，主角每一次升级被神性侵蚀要失去自我的时候，他怎么办呢？他开始回忆自己和亲人、朋友相处的场景，回忆点点滴滴的过往，他用这种回忆来稳定自己的人性状态，达成一种平衡。但是到了后期，主角发现这种平衡不能抹除或者彻底压制冷漠与疯狂，主角依然时刻能感受到它们的存在，所谓的锚只是进行了一个平衡和对冲，用情感暂时跟神性对冲，以这个对冲维持主角表面的稳定。所以主角时刻走在失控的边缘，但是装得好像正常人一样，给读者一个交代，但又在剧情层面违抗了升级文的套路。

跳出小说，我们看到作者在写作层面也与升级文套路进行了一场对抗。主角不断回忆情感体验的同时，作者也在带着读者不断回忆过往的情感。小说里，如果按照惯常的升级套路，每一次主角的升级都应该要让读者感受到爽的，但是作者不这样做，他故意写那种理性或者神性对人的侵蚀来干扰读者的爽感体验。在干扰的同时，作者又让主角回忆情感体验。实际上，主角回忆就是作者让读者回忆，相当于作者一遍一遍跟读者强调：你看我之前写了什么，主角之前跟家人相处怎么样，跟朋友相处怎么样，过去的情感怎么样，等等。通过这种回忆，作者跟读者一块儿去对抗这种发展主义情结带来的扭曲。可以说，作者既揭示出了发展主义情结背后的问题，又带领读者去对抗那种由升级快感带来的幻觉。

这样一种既揭示又对抗的写作说明作者希望读者们也能够领悟到，之前所谓的那种发展主义情结实际上意味着一种难以察觉的痛苦，这种痛苦扭曲了人性，成为新的恐惧源泉。它在《奥术神座》中是深藏的，而在《诡秘之主》中是显见的，作者不断跟读者强调这一点。

这样一种变化反映出来什么呢？把这两部作品放在一起，《奥术神座》是2013—2014年连载的，《诡秘之主》是2018—2020年连载的。它们反映出来两个时代想象力的变化，只不过这种变化以克苏鲁元素渗入小说的形式向我们展现了出来。正是因为《诡秘之主》用克苏鲁把这种问题、变化给表征了出来，所以它引起了一场网文中的克苏鲁热。

但是从现在的观察来看，网文的克苏鲁热又是一场很短暂的爆发。这股潮流里，真正公认的商业成绩很好、口碑也很好、很有影响力的作品并不是很多。这种不多说明了什么？说明了网络文学还没有吃透克苏鲁和克苏鲁背后的经验。网络文学如何去消化它？如何去表达新的想象？如何去转化新的经验？这可能还需要一定的时间。很可能这种过程会有点像当年网游文那样骤热然后骤冷。为什么当年网游文会骤热然后骤冷？网游文中渗入的是网民对于网络媒介和游戏的经验，这个类型在当年骤热骤冷意味着这种经验从类型的表象渗入了升级流的深层结构里面去，这是一种转化、吸引、重新表达的过程。所以克苏鲁题材背后所蕴含的这些经验——我们对于理性、"不可名状"、发展主义情结以及网文史变化的认知——在以后会被网络文学用什么方式表现出来呢？我们还需要进行一个长期的观察。

我今天的演讲就到这里，谢谢大家。

秦兰珺： 非常精彩，我听了感觉是，恐惧这个事离我们越来越近，越来越日常了。项蕾那里恐惧还属于怪奇文学，王玉玊这里已经属于规则，王鑫已经属于屏幕，谭天这里干脆成为我们"打怪升级体系"算了。明显感觉到恐惧曾经是一种伴随着被理性放逐的东西而产生的一种东西，现在变成和理性基本无法区分的东西了，这样一种发展也很有意思。

下面进入对谈环节。

肖映萱（山东大学文学院）： 听了三个小时，老师们讲的信息量很大，也给我提供了很多启发。我跟玉玊、王鑫、项蕾、谭天一直在同一个团队工作，比较清楚他们各自的研究方向。所以接到这次对谈的邀请之后，我就在想，关于恐怖这个主题，我能谈些什么。比起理论，我的研究更加关注网络文学的类型和文本，或许可以从恐怖这个大的类型上进行一点补充。

首先，今天好几位老师提到的"恐怖"，其实都指向近几年流行的克苏鲁，也就是"不可名状"、非理性、反科学这个流派，实际上近几年网络文学中的恐怖类型或者说恐怖元素的复苏，是包含了很多类型脉络的，远远不止克苏鲁。在网络小说这里，恐怖是一个很复杂的类型，如果我们去看各个网站的分类，会看到灵异、惊悚、盗墓、末世等，都是与恐怖相关的类型，包括近年的科幻里恐怖元素的运用也是非常常见的。这里面不只有"不可名状"的东西，还有很多"可名状"的东西，也有即使不科学也要伪装一下科学的"伪科学"，整体来说是由理性原则指导的。并且，网文对各种文化传统的恐怖元素都进行了改造，比如，亚洲很多国家的电影里都有的僵尸片、鬼片这种题材，在网文中被改造为盗墓文，或者是像尾鱼的作品这样，带有鬼怪、妖精、巫术的公路冒险片，还有西方影视剧里的丧尸、异形、怪兽这些题材，从哥斯拉式的庞然大物，到肉眼不可见的微小病菌，都被改造成了网文中的异形文、丧尸文。还有一类恐怖是人与人之间关系的恐怖，是大逃杀、剧本杀式的恐怖，是人心鬼蜮，这在网文里也是归在"恐怖"这个大类，有时候是跟"悬疑"结合的。"恐怖"作为文艺类型在西方已经有很长的历史，不知道西方的研究者是不是对这个类型有过系统的研究，区分过这些不同种类的恐怖？我之前只大概听过"terror"和"horror"是有区别的，一个是精神上的惊悚，一个是肉体上的恐怖，不知道是否准确。倪老师对西方的文学理论比较熟悉，希望可以帮我解惑。

其次，今天老师们的讨论，更多是聚焦在恐怖的东西本身，而不是给读者造成的效果，我个人更关心读者接受上的问题。也就是说，今天的读者，他们在接受两种恐怖——"可名状"的恐怖和"不可名状"的恐怖——时是否有区别？我之所以这么问，是因为我观察到近几年不管是男频还是女频，大家对克苏鲁的改造，其实是多种多样的，有像谭天刚刚提到的《诡秘之主》那样，改造得更能和网文的奇幻、玄幻类型融合的，也有一些只是来蹭一下克苏鲁元素的热度，后者肯定是不太关心"可名状"和"不可名状"之间的差异性的。我很好奇，像克苏鲁这种元素，是否真的能使网文产生新的刺激方式或心理机制，推动读者和作者共同去感受它。

最后，是关于快感机制本身。我对过去两三年内恐怖、悬疑这样一些类型的整体性复苏，有一个自己的判断，我认为这些以往在网文当中属于小众的类型近几年走向复苏，跟网文快感机制的重新探索是有非常直接的关系的，特别是在女频。女频之前的主流快感机制，比如情欲表达，"净网"之后被堵住了，脖子以下不能大肆地写了，必须寻找新的快感机制，所以女频要尝试各种方式来填补这个缺口。她们从男频借鉴了升级、打脸、逆袭这些最常见的爽感机制，进行了一些改造，所以我们近几年能看到女频出现了很多升级文。恐怖、悬疑带来肾上腺素，激发人的好奇心，于是重新被引入女频这里来，它们可能都是一种代替品。这个观点其实在《女孩们的"叙世诗"——2020—2021年中国网络文学女频综述》这篇文章里我已经写过了，也已经发表出来了。总之，我认为女性是在探索快感机制、探索世界设定的道路上引入了恐怖和悬疑类型。当然，克苏鲁今天尤其流行，可能也跟当下整个世界的改变是有关系的，尤其是新冠疫情，在很多人看来，这场突如其来的全球的不可逆的疫情，就是一种非理性的现实。

我可能比较多都是在谈女频，因为我个人的研究聚焦在女性这边。女性在改造恐怖题材的时候，确实具有一些优势。一方面，女性作为"他者"，跟神秘的自然意象一直是息息相关的。另一方面，在女性的网络文化里，有一些小众的路径能更直接、更原汁原味地借鉴全球流行文化当中的核心要素，因为女性有一个源远流长的同人文化，可以直接对原初的设定做一个转译，而不像男频那样，必须改造成一个更本土、更接近类型文的样子才能被引进。像克苏鲁，在女频这边也是从同人的路径被引入的，这是女性这边非常特殊的一个点。

秦兰珺：我帮助映萱给大家总结以下两个问题。第一个问题，克苏鲁以外有各种各样的恐怖类型，各种恐怖类型在当下的存在状态或者互动状态是什么样的？第二个问题，恐怖文学究竟对网文发展意味着什么？映萱自己对这个问题有一个回应，今天我们一直和理性死磕，可能克苏鲁或者当下恐怖文学的促成机制跟快感有关，和各种各样的肾上腺素有关，它可能是作为一种曾经行之有效的快感机制的代偿机制存在的。她把我们的问题从理性挪到了快感，当然快感跟理性有各种各样密切的关系。

邵老师，这些都是你的孩子，现在请"妈妈"进行点评。

邵燕君（北京大学中文系）：谢谢大家。这个题目把我拉来作为对话人，那么我作为对话人的意义是什么？怪恐问题对应的是启蒙理性，在我们这对话群体中，我是最属于启蒙时代的，可以作为启蒙时代教育出来的那种"人"的样本。也是今天我才发现，作为启蒙理性哺育长大的那一代，我们有可能是特殊的。我们之前的老人多少有点"封建迷信"，我们后边一代，又"不可名状"了。我们这一代人在马克思历史唯物主义的总体框架下成长，20世纪80年代上大学时又深深植入了启蒙文化的信仰。我个人又比较接受儒家的实用理性，"敬鬼神而远之"。可以说，我很唯物，很启蒙，很实用理性，所以，很适合做这个参照系。

这几年项蕾、谭天他们一直在研究怪奇文学，研究克苏鲁，也不断地给我"安利"。老实说这片领域让我感觉到非常非常陌生，非常非常恐惧。他们给我"安利"爱潜水的乌贼的《诡秘之主》，我看不下去。更早的时候我们一个已经毕业的学生王恺文给我"安利"《奥术神座》，我努力看，就是看不下去。到了《诡秘之主》他们不断向我强调重要性，让我像看名著一样看，我再次努力看，看到第二卷，又弃文了。

但我还是打算继续看的，因为我认同他们的观点，这个作品太重要了，它是一部代表网文底层逻辑转型的作品，它的设定深刻地反映了时代精神症候。

但我的"看不下去"也是有意义的。或者可以说，这个作品越是呈现了它的时代意义，我的感觉会越陌生，越难以进入。虽然并没有真正进入，但我能感觉到，这个恐怖和我们原来恐怖小说中的恐怖是不一样的。在我们原来的感知体系中，我们也说"一切坚固的东西都烟消云散了"，那其实是感叹句。我们认为脚下的大地是坚实的，只是我们原来信仰的东西动摇了、消散了。这种感叹背后有一个希冀，我们怎么把它找回来呢？而在他们这里，这是一个陈述句，它就是不在了。世界本来就是混乱的、疯狂的、无序的，所谓理性只是暂时的。我原来以为天长地久的东西，在他们看来是幻觉，是局限。关键是，它现在已经不是象牙塔里讨论的理论层面的问题，而是一个可以产生目前网文最高均订阅量（10万）的红文，说明这是一种普遍存在的大众心理状态。事实上，这种感受我也开始有了。我也感到，我们生存世界的底层逻辑、心理逻辑在动摇了。

我以前觉得我们的学生生活在一个"小时代"，现在我明白你们赶上的可不是一个"小时代"，而是一个"大时代"，一个巨大断裂、碎裂的时代，它以数码时代之名出现，好像仅仅是一个媒介变革，实际上不是，它是世界观整体的变化。理性原来在我们看来是大陆，大陆外面有海洋，我们不断去探索黑暗的海洋。你们的讨论给我的感觉是，我们原来那个理性，其实是冰山，漂浮在诡异的海洋里，我们以为坚固的一切，仅仅是浮出水面的那一小块。

刚才玉王讲的，人的理性好像在一个圆圈里，圆越来越大，当我们的理性占满所有面积以后，失去了对应物之后，我们反而怀疑这个理性，失去了自我确认的安全感。我的感觉还不是这个，我觉得理性没有那么全面胜利，并不是理性全胜之后才会如此，而是它真的内在崩溃了。

所以今天的人活着真不容易，你们这代人真不容易。你们作为网生一代的青年学者更不容易，你们需要在这"不可名状"的生活状态下，名状这个时代的精神特征。

爱潜水的乌贼的创作发展我觉得也是一个特别值得讨论的问题。《奥术神座》发表的时间是2014—2015年，这本书内在的升级流模式和那个时期的时代主流情绪是相配的，但是由于他讲得比较专业，因此还是比较小众。但是到了2018—2021年写《诡秘之主》的时候，他彻底颠覆了这个社会作为常识系统的价值观，在我看来如此陌生，却赢得了大众喜爱，成为非常成功的商业畅销书。而且，爱潜水的乌贼并不是一个多么特立独行的天才作家。当然，他写得很好。这只能说他很有技巧地用网文的方式呈现了新的时代精神结构，他不是天才，这一点更说明问题。

再说几句刚才映萱谈到的快感机制的问题。快感机制其实可以分为两种。一般的快感机制是基于"可名状"的恐怖，和今天说的"不可名状"的恐怖还是要有分界线的。我记得鲁迅文学院王祥老师的说法特别有趣，他说人为什么喜欢看网络文学呢？因为情绪操练的需要，包括恐怖这种情绪。远古时候，人类四周到处潜伏着恐怖的危险，今天我们的生存环境大大安全了，但那些情绪仍在我们神经里留了下来。我们通过读网文、看电影，像遛狗一样把那些情绪遛一遛，这些是我们说的刺激的部分。而今天我们说的"不可名状"，不是那个部分，不是作为快感的机制，它本身对抗的是我们内心深处的恐惧、焦虑。

这对于我来说是最重要的一点，这些作品的出现让我重新考虑网络文学是否完全是"以爽为本"的，说得直白一点，就是它有没有可能表达严肃性的命题？网文能处理不爽吗？在这里处理的是真的不爽，是最底层的不爽，是"不可名状"的恐惧。所以，我想"以爽为本"的判断是不是可以修正？它满足的应该就是人的内心欲望。这个内心需求如果求爽就是爽，如果有太大的恐惧，它要对付的就是这个恐惧，这不就是严肃文学吗？还有什么问题是比这个更严肃的？换句话说，为什么我读不下去爱潜水的乌贼的小说？除了陌生感以外，还在于我的底层逻辑里面，那个疯狂、破碎的不稳定的东西还不是我的底层逻辑，换句话说我没有那么大的焦虑和恐惧驱使我去读这样的文学来抵御这种恐惧。在这个意义上我们确实可以重新讨论网络文学的严肃性、娱乐性问题。

感谢兰珺的这次安排，把我们这些人聚在一起，接下来大家可以继续讨论，谢谢。

秦兰珺：邵老师把我们这样一个问题引向了另外更大的问题，恐怖文学对于网文发展究竟意味着什么？邵老师以前说过现实主义讨论善的问题，现代主义讨论真的问题，当时您认为网络文学讨论的是爽的问题，今天又提出了爽和恐怖这两个机制是什么样的关系，如何在网文及其发展当中体现这些根本的问题。

我们大概还有半个小时时间讨论，刚才映萱有问题问倪老师，各种类型的恐怖文学是如何在当代存在的？这个问题您能回应一下吗？

倪湛舸（弗吉尼亚理工大学宗教与文化系）：我也很想回应一下肖老师刚才的问题。肖老师问到了"可名状"和"不可名状"，我们讨论的时候强调"不可名状"这个词，这个概念本身可能是有点问题的。我跟着肖老师接着说下去，因为你提到了如果我们关注更多的恐怖类型，并不是所有能够引发我们内心恐怖的事物都是"不可名状"的，我们有很多"可名状"的恐怖事物，甚至理性本身就是恐怖的。我想接下来问一下王老师，您在准备的时候想的是不是弗洛伊德的"uncanny"？因为肖老师是在中文的环境里讨论"可名状"和"不可名状"，但是我们回到"uncanny"这个概念，再回到弗洛伊德最早用的"umheimlich"，德文里面的意思是"给你陌生感"，使你没有在家的感觉。这个词其实去除了超自然力量在本体层面的存在，把一切都简化成心理问题。回到肖老师的问题，英文世界的流行文化研究会把"the fantastic"分成大三类：科幻、奇幻、恐怖。早期研究奇幻的法国学者茨维坦·托多罗夫（Tzvetan Todorov）有本书叫作《奇幻文学导论》（*The Fantastic : A Structural Approach to a Literary Genre*, 1975），他认为幻想文学有三个阶段：前现代未祛魅的世界里有 marvelous 的故事，超自然的力量是真的存在的；而完成了世俗化理性化的现代世界里只有"uncanny"，直白地说就是鬼怪啥的都是心理幻觉而已；介于两者之间的才是 "fantastic"，无论是故事里的人物还是故事外的读者都不清楚鬼怪到底是否存在。所以我怀疑用"uncanny"和它的中文翻译"不可名状"会把恐怖的含义弄窄，窄化成受众心理。而且，即便我们把外部世界考虑进来，那么理性的恐怖和制度的暴力要不要讨论呢？《使女的故事》里完全没有灵异现象，它难道就不恐怖吗？

我们一直在说克苏鲁，刚才邵老师有说她读《奥术神座》和《诡秘之主》读不进去，我也读不进去。但我的想法并不是说在底层逻辑上跟它没有回应，而是那两部小说是非常典型的男频逻辑，它没有女性视角，而且我知道它很流行，有很多人关心它，有很多人讨论它。我觉得作为研究者，我们更应该把关注力赋予女频的写作，因为她们有更多更有意思的尝试，这是我读不进去男频克苏鲁的原因。还有一点，我们说到克苏鲁，一直在沿着洛夫克拉夫特那个克苏鲁定义，所谓疯狂的、破碎的、没有根基的。但是还有另一种克苏鲁，唐娜·哈拉维曾经对克苏鲁做了一个重写，在她的克苏鲁概念下，真正应该被强调的是人与人、人与事之间的关系，她也讨论触手系，她在《与麻烦共存：在克苏鲁纪制造亲缘》（*Staying with the Trouble : Making Kin in the Chthulucene*）中把那个词稍微改写了一下，我觉得我们可以把这种改写后的克苏鲁引入我们的分析，把它当作一种分析范畴，去讨论男频还有女频的克苏鲁写作，还有克苏鲁之外的各种各样恐怖的题材。

我就回应到这里。

秦兰珺：哈师大的刘一函同学问，数码时代恐怖书写现象和新冠疫情现实背景、大数据技术背景有什么联系吗？这个问题玉玉您能回答一下吗？

王玉玉：好的。首先关于刚才说的"不可名状"这个词，在中文的日常使用中并不严格对译英文词"uncanny"。特别是在对洛夫克拉夫特的翻译中，"nameless""unnamable""unexplainable"等，都常常被翻译成"不可名状"。在当前中国网络文学的语境中，"不可名状"这个词非常明确地和克苏鲁设定联系在一起，我是在网络文学社群的意义上使用它的。

从逆全球化到疫情时期，人们对整个社会图景和社会秩序的解释力下降，由此产生的焦虑映射在文艺创作中，很可能就推动了克苏鲁、无限流、大逃杀等一系列恐怖故事和恐怖元素的发展。所以我觉得这些类型的流行确实和当时的社会环境是有直接、密切的关系的。

我还想回应映萱师姐关于恐怖文学类型及类型间关系的话题。古代神话、鬼故事这样的传统题材，在今天的网络文学中很可能并非以它原本的形态存在。民间鬼故事常常有很强的道德规训意义在里面，这种类型的鬼故事，它的结构逻辑是结构在道德逻辑的层面上的，鬼有各种神通，之所以合理是因为它遭受了不道德的对待，它要完成复仇。但是我们可以看到今天使用传统民俗故事、神话故事、鬼故事元素的很多作品，比如西子绪的《死亡万花筒》，还有木兮娘的一些作品，会把日本的怪谈、北欧神话体系、基督教体系与中国的佛教、道教体系等放在一起，成为一个世界版图，不同神系有不同力量体系，它们之间相互对抗。在这样的情况下我们会发现道德元素从鬼故事的核心之中被抽离出来了，道德部分在女频言情小说中是在爱情叙事里实现的，而鬼故事部分的基础逻辑，其实是说这些鬼或者神遵循着一个世界的法则和逻辑，它们生活在一个世界里，世界有它自己的规则，这个规则并不一定直接和我们的现实世界对等。

在这个意义上，比如无限流小说，它是非常强调世界规则的，小说中会建立一个一个小世界的世界规则体系，在这样的前提下讲述刺激和恐怖的故事。我觉得它已经是对于传统神鬼故事的更新。当然，传统恐怖故事一定还是普遍存在的，因为死亡、肉体的疼痛等是人类永恒的恐惧，这始终会对人产生刺激，带来快感。

王鑫：刚才那个问题我比较同意小玉的说法，我想到了另外一个比较有意思的点，可能不能非常严丝合缝地回答问题，但是它很有趣。

人在大数据中的状态是比较未知的，人不太能够知道自己被大数据定位在什么样的状态里。我之前看过一个帖子说，你要是在淘宝里面搜电饭煲搜到的价格都是

2000元以上的，证明你是被淘宝认定的富人，被打上了富人标签。但是如果你搜到的电饭煲价格是200元或者70元，你就是淘宝认定的大穷人。人在大数据中被切割的状态可能和这个类似，它更不能够被金钱这样的东西标记，甚至当你刷抖音的时候根本不知道自己处在什么状态。

所以它更多的是一种流动的标签，而这种流动标签可能也依赖于你在网上刷帖子的时候所处的情绪、状态，以及你所处的信息环境。我记得以前脸书做过实验，他们把用户分成两拨，给一拨人每天推很丧的东西，那拨人的发言就越来越丧，给另外一拨人推送很快乐的东西，他们的发言就越来越积极向上。所以用户多少有点处在情绪感染的状态里。小玉和谭天讨论过一个文本《从红月开始》，这个小说里面有一个特别有意思的设定，就是情绪感染，如果有一个精神怪物可以散发某一种特定类型的情绪，比如嫉妒、想要报复，让身边所有人都感染上这种情绪，这可能是人在病毒来临之前就感受到的一种更流动的情绪状态，而病毒来了之后我们又处在新的感染之中，我们面对病毒的感染也是不可知的，我们也不知道什么时候会感染上病毒，也不知道是不是坐个火车整个人就要被拉去隔离，所有东西都处在不安定的状态里。我觉得这二者有类比的关系，但是还没有办法很好地论证，大概就是这样。

秦兰珺：还有一个问题，克苏鲁神话和"SCP基金会"这种"不可名状"的恐惧，在粉丝圈的交流中不可避免会遗失这种恐惧的核心要素，变成玩梗和娱乐，以及理性化的世界建构，这种情况下我们是否还能认为它属于恐怖这一主题，还是说被其他因素替换了，你是研究"玩梗"的专家，你来回答一下。

王鑫：这个问题有点大，因为在我个人的研究中，"玩梗"外在于那些情绪发动的东西，它是人在规则中想要逃避规则的倾向。这也是人们对于以情绪为核心的意识形态的觉察，你想让我感受到恐惧，或者你想让我服从，你想规训我，我偏不。所有这种意识形态规范下都可能会产生"玩梗"的行为，恐怖是其中一点，你崇拜某个神依然会"玩梗"，包括一些社会新闻，正面的、负面的也都会去"玩梗"，我认为"玩梗"外在于这种主题的东西。

秦兰珺：首师大石豆豆问，请问老师如何定义克苏鲁网文？奇点2019年整改了一批恐怖灵异文，《我有一座恐怖屋》下架改名为《我有一座冒险屋》，而正是因为灵异恐怖文整改，有一些作者转向了克苏鲁式恐怖，但仍有一些作者担心会被"404"，各位老师如何看待这个问题？

谭天：谢谢兰珺师姐，也谢谢这位朋友的提问。首先，在之前说的那篇论文《乱中见真：克苏鲁网文与拟宏大叙事》里面，我对克苏鲁网文做的是一个很简单粗暴的定义，我将它定义为吸收了克苏鲁神话元素的网络小说。克苏鲁网文并不是一个有固定特征和内涵的东西，不同的小说里所谓克苏鲁元素各自意味着什么，其实是不太一样的。不同时段的克苏鲁含义不一样，不同作者手里的克苏鲁含义也不一样，包括从男频、女频角度来说，克苏鲁的内涵也不一样。所以这样的区别导致我只是从一个很表面的元素去识别、定义它，而不是下定论说这样的小说肯定意味着什么。想搞清楚它意味着什么，需要我们一本一本地详细地进行分析，最后看看能否提炼出某种共性，这还有待于后续研究。在会议上，我只是拿出克苏鲁网文里面比较大众化的、很多人都知道的两个作品做一个简单分析。实际上网络小说里的克苏鲁脉络要复杂得多，不管是源泉还是发展，都很复杂，都比今天说的要更加丰富。

至于《我有一座恐怖屋》改成《我有一座冒险屋》这件事，我确实知道。而且这不是孤例，那段时间起点有一股灵异热，出现了包括《青叶灵异事务所》，还有《恐怖复苏》（现在改名叫作《神秘复苏》）等很火的作品，应该说确实出现了一波灵异文热潮。

但是我并不觉得灵异恐怖文和克苏鲁式作品之间有很强的对应传承关系，不能说是因为灵异文被整改了，所以大家去写克苏鲁。如果你硬要说传承的话，那么克苏鲁网文里的《从红月开始》跟前面的灵异文脉络有一些关系，但是《诡秘之主》和这个脉络没有关系。我实事求是地说，《诡秘之主》并不恐怖，不能算恐怖小说，它只是一部运用了克苏鲁元素的奇幻小说。

我再回答一下前面肖老师提的问题：很多克苏鲁网文还是沿用了男频升级爽文套路或者女频爱情甜宠套路，并且将这些套路作为主线，然后才加入克苏鲁元素，这个现象怎么看待呢？其实我觉得应该这样看，从脉络传承，从"同"的角度来看，它确实延续了上述套路，甚至可以说网文把克苏鲁爽文化、甜宠化了。但是，我觉得也可以从"异"的角度来看，为什么突然把克苏鲁引进来呢？哪怕网文界对它进行了充分的改造，但把它写进来，是不是也增添了网文之前所没有的东西呢？没有的东西能不能算作新的东西呢？如果从创新的角度来说，能得出我报告中的那些观点。如果从传承的角度来说，我们当然还是可以看出，克苏鲁网文与此前的网文一脉相承，那些根深蒂固的模式依然存在，我觉得文学是多面体，这两种观察的角度都有它们的价值。

最后回应一下倪老师刚才的问题。我确实看过唐娜·哈拉维提的"克苏鲁世"概念。这个概念国内有时候翻译叫作"克苏鲁纪",但是不太准,它的后缀其实应该是"世",因为前面先有了地质学的概念全新世,跟着后面才有学者提了"人类世""资本世""种植世"等,"克苏鲁世"也一样,唐娜·哈拉维把克苏鲁的拼写做了小小变化,加上"-cene"这个代表"新"的后缀,提出了"克苏鲁世"这样的概念。但是"克苏鲁世"的概念比较适合分析什么呢?我觉得它更多是后人类理论的延伸,很适合分析一些女性向的克苏鲁网文。比如有一篇叫《小蘑菇》的女频小说,我以前在网上写过评论,评论里面就用的后人类视角。《小蘑菇》里面展示出的是"旧人已死,新人当立"的感觉,包容了原本非人的东西。主角小蘑菇把自己的生命频率广播到了全地球,让所有的人类体内带有这个频率。从这一刻开始,人就不是传统的人了,从人类中心主义角度来说,这时候的人是非人,但是实际上从后人类来说,小说表达的是一种新人的想象。而这种想象之中,新人传承了旧人的什么东西?传承了旧人的爱情。另一个主角陆沨让小蘑菇明白了人性最精华的部分——爱情,并把这种情感传递给了小蘑菇,所以小蘑菇才用爱救人类,愿意自我牺牲,把自己的频率广播到世界,这本书确实是女性向小说对后人类的想象。

国内还有一部比较小众的克苏鲁网文叫作《请勿洞察》,也是发在女频的作品,我们北大网文论坛的年榜还推荐过。《请勿洞察》也很有意思,它做出了一个比喻,说现实的人类世界是什么?是母腹中的胎儿。而小说里那个有点像美剧《怪奇物语》的、很有克苏鲁风格的异世界,才是出了母腹后的婴儿所面对的真实世界。小说在这里做了一个富有想象力的视角转换,其实也是很有意思的,我觉得既是女性向的,也是非常后人类的。

秦兰珺： 回应环节项蕾同学还没有回应,你对刚才各位老师的回应和讨论有什么需要补充和回应的吗?

项蕾： 我回应一下刚刚倪老师提出的"uncanny"问题。之所以让倪老师,或许还有在座的部分老师同学觉得我们在提"不可名状",或者至少是我在提"不可名状"这个概念时更像是在讨论"uncanny",是因为我博论的核心概念恰好就是"uncanny",选择"不可名状"这个词是因为我们今天的受众比较偏于年轻化,这个词既新鲜,在流行文化中出现的频率又很高,大家对它应该会更有感触也更加熟悉。"uncanny"绝对不是一个以理性和非理性,或者"名状"和"不可名状"这样的关系就可以二分来分析的词。事实上,恐怖也绝不能以是否"可名状"来区分,"uncanny"的德文原词"unheimlich"和它的肯定形式"heimlich"间的暧昧流动关系就是很好的说明。

另外，我刚刚看到评论区有老师和同学在问翻译，"uncanny"现在在中国是没有通行译法的，除了比较常见的神秘、诡异和令人感觉到恐怖之外，在指向以弗洛伊德为代表的精神分析概念的时候比较常用的译法一般是"怪熟""恐怖"，指乍见今已陌生，但久远以前熟悉之物的感觉。还有一种比较主流的译法是海德格尔在他的存在论哲学里提到的，比如《存在与时间》《形而上学导论》里，这个词在前者被译为"非家""暗恐"多些，在后者则是"莽劲""森然"等。

另一个我想要回应的是之前分享过程中评论区里一位老师或同学提的问题，他说我们在以理性话语分析很多非理性的事情，这恰好和弗洛伊德自身的特点关联很大。"uncanny"的理论化通常是以弗洛伊德为起点，他在 The Uncanny 中还提到过另一个概念"the double"，一般被翻译为"复影""双影人"或"二重身"，后面这个译法在吸血鬼相关的文艺作品里经常出现。弗洛伊德在提二重身时，分析的文本是霍夫曼的小说《沙人》，拉康后来在对 The Uncanny 进行注解分析的时候也格外关注这篇小说和"二重身"概念，他强调"二重身"是一个和主体极为相像的另一个躯壳中的眼睛，突然从躯壳中脱落下来回视主体自身。在这个动作发生时，主体自身的完美就被无限度地质疑了。而在弗洛伊德自己身上，我们能很明显地看到同样的事情发生。当时，他有着医生、心理学家这重科学家的身份，并且以理性来探寻深藏在当时人类情绪问题之中的诸多非理性的欲望，他从理性开始，最终确认的反而是理性并不是人类的全部精神构成这一现实。这种具备强烈现代人特质的欲望分析方法里面包含着他的自我诊断和自我拉锯，是二重身这个概念特别好的现实体现，再联系到浪漫主义的二重化和刚刚评论区提出的以理性分析非理性的问题，正适合被放在一起进行观察。

我就回应这些，谢谢。

秦兰珺： 项蕾为我们做了最后发言，我们也祝福项蕾可以把这个论文顺顺利利做下去。同时我也祝福大家，如果没有办法远离恐怖，希望我们能更好地直面它，最好将它升华为创作动力和学术研究的动力。

今天我们就到这里，四个小时的讨论干货满满，感谢各位老师和同学们。

第九十八期

数码时代的亲密关系

——《罗曼蒂克2.0:"女性向"网络文化中的亲密关系》新书发布暨主题论坛

主持人: 王玉玊(中国艺术研究院马克思主义文艺理论研究所)

主讲人: 高寒凝(中国社会科学院文学研究所)

致　辞: 鲁太光(中国艺术研究院马克思主义文艺理论研究所)

　　　　祝晓风(中国社会科学院文学研究所)

对话人: 冯　巍(中国文联出版社)

　　　　汤　俏(中国社会科学院文学研究所)

　　　　郑熙青(中国社会科学院文学研究所)

　　　　薛　静(清华大学人文学院)

总　结: 邵燕君(北京大学中国语言文学系)

时　间: 2022年11月7日(星期一)14:30—18:00

地　点: 腾讯会议

主　办: 中国艺术研究院马克思主义文艺理论研究所

　　　　中国社会科学院文学研究所网络文学研究室

编者的话

过往的二十多年间，人们的文化娱乐方式，已悄无声息地完成了媒介维度上的代际更迭：从上星卫视的八点档到视频网站的首页 Banner；从租书店、杂志摊到形形色色的文学网站；从购买磁带、唱片到"打榜""做数据"……即使手机电量所剩无几，也要被人们用来拯救每一段百无聊赖的碎片时间，与此同时，人们也在付出着真金白银与真情实感，似乎这样就能寻求来自虚拟空间的慰藉与陪伴。在这些层出不穷的网络文化产品／文化现象之中，又以面向女性受众的恋爱题材网络小说／网络剧、同人文化、偶像（流量明星）粉丝文化以及二次元风格的女性向恋爱游戏最为受人瞩目。它们有的是互联网文化创意产业的核心环节，有的是相对边缘、暧昧的网络亚文化粉丝社群；有的被冠以"原创"之名，有的则是基于既有作品的二次创作；有的可以明确落实到具体文本，有的却主要是粉丝行为、粉丝活动的集合——看似南辕北辙、大相径庭，但究其根本，却是由两条一以贯之的隐秘脉络所统摄，即亲密关系的虚拟化与亲密关系的商品化。

本期论坛，我们邀请《罗曼蒂克2.0："女性向"网络文化中的亲密关系》一书的作者高寒凝，以及长期从事网络文学与网络文艺研究、评论和出版工作的专家学者；希望从女性向网络文化入手，与各位同道一起就"亲密关系的虚拟化和商品化"问题展开讨论。

王玉玊（中国艺术研究院马克思主义文艺理论研究所）： 欢迎大家来到第九十八期青年文艺论坛：数码时代的亲密关系——《罗曼蒂克2.0："女性向"网络文化中的亲密关系》新书发布暨主题论坛。我是今天论坛的主持人，中国艺术研究院马克思主义文艺理论研究所的王玉玊，非常开心和大家见面。让我们有请高寒凝老师向我们介绍她的研究和她这本书。

高寒凝（中国社会科学院文学研究所）： 各位老师好，在正式开始之前，我想与大家分享一幅海报，可能这样很难辨认图片的细节，只能看到密密麻麻的黑点和很多交织的红线，那么再让我们看第二幅图，这是对第一幅图做局部切片之后的放大版，可以看出那些黑点其实是英文单词，红线则密集地连接着几个特定的单词。（图1、图2）

图1 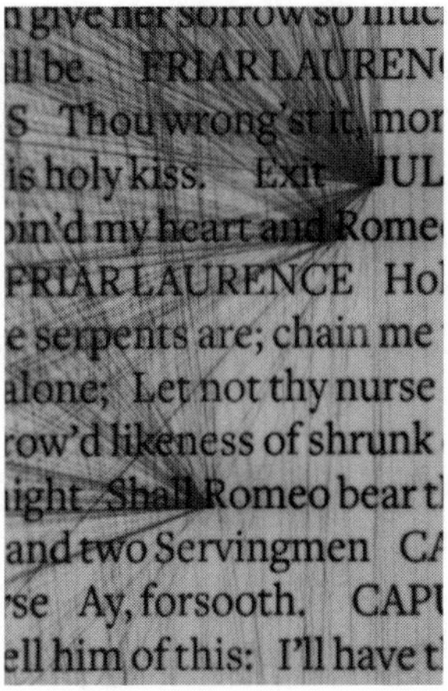　　　　　　　　　图2

汤俏（中国社会科学院文学研究所）： 我觉得像数字人文做的图。

高寒凝： 确实有点像。其实这幅图是希腊设计团队Beetroot Group以《罗密欧与朱丽叶》为主题制作的海报。它是如何绘制的呢？首先，在一张巨大的纸上打印一段《罗密欧与朱丽叶》的原著文本，标记文本中出现的名字，共计308个"罗密欧"和180个"朱丽叶"，再用55440条红线把每一个"朱丽叶"和每一个"罗密欧"连接在一起。

第一次看到这幅海报的时候，我刚好在修订《罗曼蒂克2.0》这本专著的书稿。我大受震撼，并且无法抑制地开始构想一件装置艺术的雏形：我想用大块的铅或者木头，制作很多个活字块，把这些活字块竖直码放在地面上，形成两堵独立的活字墙。其中左边的那堵墙，我可能会码成《红楼梦》里黛玉葬花的片段，而右边的那一堵墙，则是《哈利·波特》英文原文中有关伏地魔的片段。接下来，我会把两堵活字墙中出现的名字，即所有的"林黛玉"和"伏地魔"用红绳两两连接在一起。然后抓住红绳交汇的地方，用力一扯。

这会造成怎样的后果呢？显然，第一个后果就是这两堵活字墙都会倒塌，原本由活字堆成的两段相对完整而有意义的文本，会变成散落一地的既无秩序也无意义的活字块；第二个后果，则是红绳两端的"林黛玉"和"伏地魔"，会从两个原本毫不相干的文本中剥离，越靠越近，最终交织在一起。

无论是我展示的海报，还是刚才描述的装置艺术，毫无疑问都是偶发的、难以反复重现的艺术创作。而其中包裹的意象，即"曾经独立自足的文本被毁灭，只剩文本中的人物被红绳绑在一起"，则隐喻着某种此时此刻或在过去未来的许多时刻，被千千万万遍及地球每个角落的人们反反复复实践着的粉丝社群活动。这样的粉丝社群活动会给当下的网络文学、网络文艺和网络粉丝文化的创作与发展带来怎样的影响呢？这正是《罗曼蒂克2.0》这本专著所要研究的核心问题之一。

接下来我将转换视角，先解释另一个重要的问题，即为什么这本专著的主标题是"罗曼蒂克2.0"这个生造的概念，它命名的依据，以及对我本人的研究工作所起到的作用。

《罗曼蒂克2.0》这本书，其实是我的博士论文。在攻读博士学位期间，我最主要的研究工作就是作为北京大学网络文学研究论坛的成员，对商业文学网站的"女频网文"进行观察。这里需要简单地科普一下，网络文学分男生频道（简称"男频"）和女生频道（简称"女频"）。其中，男频网站的目标读者和主要用户大多是男性，女频网站则正相反。而当我的工作逐渐深入，便不免开始意识到，针对女频网文的研究，尤其不能将视野局限在有限的几个女频网站刊载的作品文本。至少，也应触及这些文本背后所关联的整个"女性向"（"女性向"的含义稍后解释）网络文艺与网络亚文化的复杂生态。

当时进入我视野的网络文艺创作与文化现象，首先当然是女频网络小说改编的电视剧，如《何以笙箫默》《甄嬛传》《三生三世十里桃花》《知否知否应是绿肥红瘦》等；其次就是各种女频网站，如晋江文学城、红袖添香、潇湘书院、云起书院的架构与生产机制；还有恋爱题材的手机乙女游戏，如《恋与制作人》《未定事件簿》等；此外还有层出不穷的在线视频网站，和依托于这类平台的流量明星、偶像选秀综艺（如《偶像练习生》《创造101》等）等现象。相信我所举例的这些网络文艺作品或文化现象，大家或多或少都有所耳闻。在博士论文的写作中，我几乎是毫不犹豫地将它们全数纳入讨论范围，这并不是在贪多或者想要充实论文的体量，事实上，在各种意义上，它们与女频网文本就是互相关联、无法分割的。

这些纷乱芜杂的网络文艺作品和网络文化现象在我眼中呈现出的关联与秩序就像一座冰山，以海平面为界，分为海面之上的可见部分和海面之下的不可见部分。其中，海平面以上的冰山贴着的标签，大多是更加商业化，也更加主流、更具可见度的，如网络剧、网络综艺、流量粉圈、网络游戏和女频网文等，其中女频网文的位置相对暧昧，几乎贴近海平面；海平面之下整座冰山庞大而不可见的基座部分，则贴着各种"女性向"同人粉丝活动的标签，如同人小说、同人视频、同人漫画、同人音乐、同人游戏等。显然，如果没有海平面之下体量庞大的同人文化，海面之上的冰山尖顶，也不过是空中楼阁。但在大多数不了解同人粉丝文化的人眼中，可能只有海平面之上的事物，才是真实存在的。

当我的脑海中浮现出这样一张结构图的时候，总是忍不住开始推想：如果说冰山的形成必然需要特定的环境与条件，那么整个"女性向"粉丝文化和它被主流文化征用、吸纳的部分，是不是也能归纳出一套相对通用的生成机制、文化土壤和内在动力呢？在这本专著中，我所给出的答案，正是"角色配对"和"罗曼蒂克2.0"。

举一个例子吧。前几天我看到一个抖音视频，视频的内容是在展示一些神乎其技的西式甜点作品。比方说桌子上摆着一个手机，用刀切开发现是蛋糕；旁边还摆着一个盆栽，用刀切开还是蛋糕；甚至一块不起眼的抹布，切开一看也是蛋糕。事实上，对研究网络文学和网络亚文化的人来说，网络小说呈现出的作为小说文本的那个外观，其实就是一个看上去像手机的蛋糕，用刀切开才能原形毕露。电视剧、游戏等亦是同理。我目前试图开展的研究，就是要突破表面化的"看图说话"，勇敢地切开那一刀，去看看这些网络文艺作品和文化现象的内在机理究竟是什么。反观当下一些不够好的网络文学研究，作者可能停留在"见手机是手机"的阶段，甚至煞有介事地开始讨论，"哎呀，这是一部安卓手机，还是打孔屏的"。当然我也不能把话说得太满，至少我并不确定我的刀切下去，每一个切面都显示它是蛋糕，我不去做这个预设，我甚至做好了它切下去其实是黏土的准备。

在此基础上，我继续介绍我的研究。在我看来，刚才那幅冰山图里，构成冰山底座的"女性向"同人小说、同人视频、同人音乐，其实是"女性向"粉丝文化活动的副产品；而网络剧、网络综艺、流量粉圈等，则不免要征用"女性向"粉丝文化社群的"数字劳动"（digital labour）。"数字劳动"这个概念的理论渊源在此不再赘述。

接下来，让我先简单地介绍一下"罗曼蒂克2.0"这个概念。"亲密关系的实验场"，它以"角色配对"为前置动作，以"女性向"为边界，在这个"实验场"里进行的实验，主要是将各种虚拟化身（avater）和虚拟实在（virtue being）进行配对，其产物则是一种虚拟化、商品化的亲密关系，即"罗曼蒂克2.0"。由于这里有很多陌生的概念，容我慢慢拆开一个个地讲。

首先是"角色配对"。这个概念最早出自日本漫画的同人社群，泛指将虚构作品中的角色相互配对的行为。在日本同人社区里一般写作"coupling"，简称CP；英语社区里则常用"shipping"来指代，本书译作"角色配对"。尽管CP或者说"角色配对"只是一种同人粉丝文化，但它在国内的知名度已经越来越高。至少从21世纪10年代以来，许多明星或公众人物都无法逃脱被"组CP"的命运，甚至因此而大红大紫。但它也绝不是什么新生事物，而是从20世纪六七十年代开始就已经盛行于北美、日本等地。主要表现为粉丝在观看电视剧、小说、漫画或动画的时候，会将作品中他们特别感兴趣的角色提取出来，无论这两个或几个人物在原著文本中是否为情侣关系，承认这一配对组合的粉丝，都会热衷于讨论他们的"恋情"，并通过创作小说、漫画、剪辑视频等行为表达自己的喜爱之情，由此形成一种社群内部的社交活动。

"伏黛"（伏地魔 × 林黛玉）是一个非常知名的配对组合。它的起源是一个同人作者与朋友的赌约，赌输的一方必须在一批经典文学或通俗文学作品中随机抽取两名角色，为其创作同人小说。这位同人作者不幸抽到了伏地魔和林黛玉，只能愿赌服输，创作了一篇"伏黛"CP的同人文《来自远方，为你葬花》，引发了许多模仿并逐渐形成粉丝社群，"伏黛"CP甚至一度排在新浪微博超级话题动漫榜第二位。

再回头去看我展示的那幅海报，创作者从原著中将罗密欧与朱丽叶的名字标记出来一个个连线的过程，就是非常具象化、极有画面感的角色配对动作。而我所构想的那个装置艺术，则更进一步揭示了角色配对这个动作的"后果"，例如，破坏原文本的完整性，同时创造出新的人物关系和文艺作品等。也就是说，角色配对不仅具有极强的破坏性，也具有极强的创造性。这种一边破坏、一边创造的活动在各种粉丝文化社群中反反复复地上演，究竟会积蓄起多么惊人的能量呢。

由此我们可以得出"罗曼蒂克1.0"和"罗曼蒂克2.0"的根本差异：如果说"罗曼蒂克1.0"的核心关键词是作为言情小说和爱情故事的"romance"，"罗曼蒂克2.0"的关键词就是作为"亲密关系实验"前置动作的"coupling"。它们之间的区别在于，"romance"是一个爱情故事和一个相对完整的有作者的作品，"coupling"则并不是任何叙事性的文本或作品，而是一个动作；构成言情小说、偶像剧核心要素的是人物、环境、情节，与角色配对直接相关的却是人设、拟环境和撒糖/插刀；言情小说主要是在一个创作、出版、传播和阅读反馈构成的文学生产的过程中生成的，而角色配对则是在多人参与的探索亲密关系问题的大型思想实验当中才成立的；言情小说多为作者独立创作，角色配对依托特定粉丝社群展开。

下面要讨论的是"亲密关系实验场"这个概念。它是以角色配对为前置动作生成的。我论述"亲密关系实验场"的那篇论文，刚好就发在《文艺理论与批评》上，玉王是我的责编，感谢玉王。刚才说到角色配对，作为一个"把某人物与另一个人物配在一起"的动作，多发生在以女性用户为主的粉丝社群之中（并不是说男性粉丝社群就完全没有这类现象）。作为一个实验动作，它的实验目的是满足粉丝的亲密关系想象，探讨亲密关系问题。为什么女性社群尤其需要讨论这类话题，我在书里有更详细的阐释。而主要的实验材料则是"人设"，它是由各种萌要素/亲密关系要素拼贴融合，并且经过粉丝社群内部的协商最终确立的。萌要素这个概念，当然是东浩纪在《动物化的后现代》中提出的，这个概念无论看起来多么抽象，我们实际上都可以简单地理解为，它们是日本御宅族群体——那些爱看动画、漫画玩galgame的男性粉丝的各种"性癖"。如果结合大冢英志对御宅族文化的研究就会知道，其实日本的漫画尤其是色情漫画，从诞生的那一刻起，就生成了一种认识性装置，他们会把原本由现实中的女性所提供的，能够引起性唤起的身体部位、着装风格等，非常整体性地置换成漫画中那些由线条和对话构成的，在男性御宅族看来非常性感、容易引起冲动的要素。

东浩纪认为，日本御宅族对动画作品和动画角色的消费，本质上是对这样一套"萌要素"或者说"性癖"汇聚而成的数据库的消费。通常情况下，喜欢看日本动画、漫画，玩galgame的男性御宅族们，他们会基于对自己的了解，而在作品中搜寻特定的萌要素，完成相应的消费行为。

在本书中，我一方面挪用这个概念，一方面尽力排除因其"地方性"所带来的限制：在承认"萌要素"消费作为一种机制的合理性的前提之下，用"亲密关系要素"替换"萌要素"。因为女性粉丝社群对虚拟角色的消费，通常并不会仅仅关注这种纯性癖意义上的、符号化的性唤起要素，而是更多地与婚恋选择有关，比方说人物的性格、职业、财力以及社会地位等。例如"霸道总裁"人设里的"霸道"就是性格，"总裁"则既是职业也象征财力。

再来看"亲密关系实验"的实验步骤。它共分两步：第一步是配对动作，对一个粉丝来说，如果她想"磕CP""搞CP"，首先要做的，必然是在她当前所消费的一些文化产品，如电视剧、动画、漫画、游戏甚至历史书里，找到两个或两个以上她觉得格外般配的角色组成配对；第二步就是围绕这个配对组合的合理性、艺术性以及能够证明亲密关系存在的各种证据和细节展开讨论，并最终形成以此为主题的文艺创作和社群交往。这两个步骤通常会形成循环，因为一旦你对当前这个CP失去兴趣之后，肯定会回到步骤一。

亲密关系实验最核心的部分，就是它的公式。这里我所举的例子是：

> 一本带感的古风穿书文，腹黑+病态占有欲【男主】×怂萌怂萌小可怜【女主】。这篇文虐点不少，接受不了的小伙伴一定慎入，剧情就是女主为了活命想逃走，但男主爱上了女主于是想强留这样的。

这其实是我在网上随便找的一篇推文帖的内容。大家都知道网络小说的总量是非常非常多的，每天都有成千上万部正在更新。虽然也有类似"榜单"这样的机制，可以筛选出相对较好的作品，但仍然是不够充分有效的。于是，"推文博主"这种自媒体账号也就应运而生了。他们通过海量阅读，挑选出自己认为最有趣的作品分享出来。然而，网文读者的口味也是非常私人化的，不可能与推文博主完全兼容，因此，就需要博主给出特定的有效信息，帮助读者判断这部小说的可读性。具体到女频推文博主，她们通常会特意强调一部作品的主CP是什么样的。例如"腹黑+病态占有欲【男主】× 怂萌怂萌小可怜【女主】"就是介绍 CP 类型时的一种固定格式，是非常常见也非常重要的信息点。

稍作拆解就不难看出，它的基本公式是：

（a+b+……）角色 A × （x+y+……）角色 B

其中，a、b、x、y 就是所谓的亲密关系要素或萌要素，它们一方面承担着"实验数据"的功能，另一方面，由它们拼贴组合所形成的"人设"，往往正是实验对象本身。"×"则是东亚"女性向"粉丝文化社群里，用于表示前后两个角色之间存在某种形式的亲密关系的符号，等价于配对动作。也就是说，我们可以从上述公式出发，把"亲密关系实验"想象成某种"计算一组亲密关系要素的拼贴组合，和另外一组亲密关系的拼贴组合，是否存在配对合理性"的实验。它不能被简单地理解为两个人物之间是否合适的判断，而是两组亲密关系要素之间的匹配度运算。

下面要讲的"女性向"概念就比较复杂了，它涉及跨语际传播过程中的语义流变问题。"女性向"的语源是日语单词"女性向け"，含义为"面向女性的、针对女性的"。常见于商品的标签文案，可译作"女式、女款"或"面向女性用户的"。为区分用户群体，动画、漫画、游戏这类流行文化产品，有时也会打上"女性向"的标签。这种情况在游戏行业更为多见，因为相比动画、漫画而言，游戏市场主要是由男性用户主导的，"女性向"游戏作为绝对的少数派，更需要明确指出。而"女性向"动画、"女性向"漫画的说法虽然也存在，但这里强调"女性向"的目的却不是为了区分男性用户和女性用户，而是为了区分成年女性和少女、小女孩的消费需求。

"女性向"这个词汇随着二次元文化的传播被引入国内之后，基本上沿用了日语原文的含义，但却在一个特定的时期被创造性地误用了。

在这个过程中，"女性向"事实上被赋予了一个日文原义中根本没有的义项，即"规避外界窥探"。

在《罗曼蒂克2.0》这本专著中，我想要采用的显然不是"女性向"的日文原义，我真正想要利用的，是"规避外界窥探"这个包含着"边界"意味的概念。并将其视为"罗曼蒂克2.0"，或者说"亲密关系实验场"的边界。

接下来要论述的，就是"女性向"这个概念和亲密关系实验场的关系。

首先，探索亲密关系必然要对包括性欲望在内的私人经验予以表达和呈现；其次，只要不去刻意地规范，角色配对一定会出现性少数配对和跨种族配对；最后是版权问题，绝大多数角色配对动作都是基于某个文化产品的二次创造，当然这个也是跟同人紧密相关，原创作品会稍微好一些。

那么，为什么在这个亲密关系实验场里生成的想象性亲密关系必然是虚拟化的呢？首先是一个非常直白的结论：要想参与各种形式的线上粉丝文化活动，就必然要借助某个网站账号或者游戏形象，也就是说必须成为虚拟化身。可以对应我在书中第三章、第四章的分析。在女频网文里对应的是魂穿、幻肢态，偶像粉丝圈也要借助这方面的经验。其次则是绝大多数的网络文化产品，都或多或少会对数字时代的虚拟化生存经验展开描摹，比如魂穿、乙女游戏。现在的手机乙女游戏正是借助手机这个数码终端，把现实中的恋爱经验和虚拟世界里模拟出来的恋爱经验非常平滑地接续起来了。

下面要说的是"罗曼蒂克2.0"概念的另外一个要点，就是它作为商品化的虚拟关系的面向。我在书中曾经举过一个例子，17世纪大西洋三角贸易的兴盛，缘于蔗糖是一种成瘾性的商品，可以有效地缓解资本主义生产过剩的问题。我当时援引邱林川老师的观点，他认为 UCG 就是21世纪的蔗糖，我对此持保留态度。但却非常确定，我书中所描绘的那种虚拟化的亲密关系、在线形式的亲密关系劳动和各种以商品形式封装出售的亲密关系要素，才是21世纪的蔗糖，至少对女性网民而言。

一个很好的例子就是乙女游戏，目前市面上主流的国产乙女游戏都是抽卡制。抽卡制意味着玩家要为特定的卡牌付费。尽管乙女游戏的卡牌也能用于对战、通过游戏关卡，但"强度"却不是玩家付费抽卡的唯一动力，甚至不是最重要的动力，因为乙女游戏的卡牌除了数值和技能之外，还包含精美卡面立绘和恋爱剧情、语音。这些立绘、剧情和语音，正是被封装在"卡牌"这件商品里打包出售的亲密关系要素，是男主角被游戏程序、美工和文案驱使，用英俊面容和甜言蜜语达成的商品化的亲密关系劳动。

在我看来，这种虚拟化的亲密关系就是一种"赛博代糖"。既是在线的、虚拟化的，也不同于真正发生在两个自然人之间的亲密关系。如果说浪漫爱情是蔗糖，那么"罗曼蒂克2.0"就是代糖。有趣的是，这种"赛博代糖"和蔗糖之间，事实上具有相似的商业逻辑和贸易路线。大家可以看我这本书的封面，不难看出它其实是一个像素化的大西洋地区的地图。"赛博代糖"的生产、传播与销售，也和17世纪的大西洋三角贸易一样，可以一一对应到这张图中。首先，商船从欧洲出发，南下非洲装满黑奴，对应着互联网公司与网文作者、网剧策划、游戏文案、同人作者签订各种成文的或不成文的合同，以微薄价格购买他们的劳动；接着，船航行到南美洲的种植园，黑奴们进入种植园耕作，生产粗制蔗糖，这对应着互联网内容生产者的辛苦劳作；最终，商船满载着蔗糖返回欧洲，对应着各种互联网文化产品（涉及"女性向"文化的部分，其实质正是商品化、虚拟化的亲密关系）被销售给刚结束了"996"劳作的公司职员和刚刚放寒暑假的学生。

最能体现这种商业逻辑的概念，则是"泛娱乐"产业链和IP。"泛娱乐"产业链最初是腾讯提出的，他们认为可以通过各种上下游贯通的版权运营，把网络小说改编成电视剧、电影、动画、游戏，形成某种产业链。在这个商业逻辑里，IP（知识产权）和流量经济毫无疑问是非常关键的因素。我在书中用一张图来解读IP这个概念在"泛娱乐"产业链的语境之下究竟是什么含义。

首先IP是Intellectual Property的缩写，是知识产权的意思。在我国的《中华人民共和国知识产权法》中，知识产权又被细分为专利权、商标权和著作权，显然当互联网公司提IP概念的时候，讲的绝对不是专利权和商标权，而是指著作权，并且特指著作财产权，它不同于著作人身权，是可以被交易、转让的。

但拆解到这一步仍然是不够的，因为尽管互联网公司在购买IP之后，主要是通过版权交易、影视改编来获得收益，这是IP作为智力成果的固有属性，但这种认知却遮蔽了一个更为重要的面向，那就是在这个过程中，互联网资本对粉丝"无酬劳动"（free labour）的剥削。以小说《全职高手》为例，它的版权隶属于腾讯旗下的阅文集团，但与此同时，它又是多个粉丝社群的"中心文本"，如小说粉、角色粉、CP粉等，由粉丝们创作的同人小说、同人图、同人视频，以及评论、转发、点赞所生成的流量数据等"信息商品"，最终都会被版权所有方，也就是阅文集团无偿占有。例如其改编动画的点击率会直接成为广告招商的重要依据等。

还有一个很好的例子，大家可能会注意到，最近几年很多有流量明星参演的电视剧，宣传方都会号召粉丝为电视剧创作同人视频、长篇评论等，通常会提供一点微薄的奖励。但与此同时，这些同人视频的点击量也会被算在电视剧的总点击量里，观众的点击、评论、转发，则会被视为剧集播放期间的"热度"写进宣发文案。也就是说，粉丝付出的劳动、获得的播放量、点击量，都被电视剧出品方无偿占有了。这就是我刚才所说的"赛博代糖"三角贸易的本质。

再说说虚拟性性征。它的基本逻辑是：首先，"罗曼蒂克2.0"的行为主体在达成某种想象性的亲密关系/性关系之前，应首先成为虚拟化身（例如"玛丽苏"作品中的女主人公，实际上就是作者自己投射在女主角身上，成为一个虚拟化身与他所喜爱的男性角色恋爱），或"虚拟实在"，就是之前讨论过的亲密关系要素拼贴而成的人设；其次，该行为主体的恋爱对象也必然是另外一个"虚拟化身"或"虚拟实在"，二者之间的亲密关系也是虚拟形态的，不存在于自然实在之中。

由此我们可以总结出"罗曼蒂克1.0"和"罗曼蒂克2.0"之间的区别："罗曼蒂克1.0"的行为主体是一个自然人或者一个文学形象，而"罗曼蒂克2.0"的行为主体则通常是虚拟实在或虚拟化身；"罗曼蒂克1.0"或多或少存在现实维度的接触或这种可能性，"罗曼蒂克2.0"的本质则是对亲密关系要素的匹配度运算；"罗曼蒂克1.0"发生在作为个体的人与人之间，"罗曼蒂克2.0"是线上粉丝活动的副产品；"罗曼蒂克1.0"主要依托于骑士文学和言情小说，"罗曼蒂克2.0"的踪迹却要在女频网文、偶像剧、乙女游戏，或是流量明星的粉丝社群里才能找到。

好的，我的报告就到此为止，请各位老师批评指正。

王玉玊：谢谢高寒凝老师非常精彩的发言，刚才的发言内容非常丰富。她有一些非常具有创造性和阐释力的概念，比如亲密关系实验场、罗曼蒂克2.0和虚拟性性征等，我觉得这样一些概念确实触及整个"女性向"文化，特别是国内"女性向"粉丝文化一些本质性的问题，此后不管是高寒凝自己的研究或者是其他同人的研究中，都可以进一步用这些概念来帮助阐释现象，以及进一步去做理论建构。

今天高寒凝老师的报告并没有简单地去做一个二元对立的价值判断，要真实的亲密关系，不要虚拟的亲密关系，或者相反，而是对于这些新出现的虚拟亲密关系形式，既有批评，也有肯定。我觉得这也是我们接下来可以讨论的一个挺有意思的话题，我们今天到底如何看待这样一些"女性向"粉丝文化，这些文化对女性消费者、女性粉丝产生着什么样的影响，我们到底应该如何判断和评价它们。

我自己有三个比较想问的问题，第一个是关于最后部分提到的亲密关系的商品化，我比较好奇的是，你觉得商品化和整个"女性向"粉丝文化的虚拟亲密关系之间是什么关系？商业化是粉丝文化的一个阶段吗？还是说商业化是资本对于粉丝文化的征用呢？还是粉丝文化发展的一个必然结果呢？

第二个是关于"萌要素"和"亲密关系要素"这两个概念之间的区分，它们之间的具体差别在哪里？这是我比较感兴趣的一个地方。

最后一个问题，在虚拟世界中讨论亲密关系的实验，也必然会涉及虚拟和真实之间的关系问题,我们怎么来看待这样一个在虚拟世界中的虚拟化身对另一个虚拟化身或者虚拟实在的虚拟关系,它在何种意义上对现实世界是有意义的,如何影响现实世界?这个应该也会是今天讨论将会涉及的问题吧,我知道薛静师姐最近在关注这个。

王玉玊: 刚才是主讲人高寒凝老师的发言,接下来请《罗曼蒂克2.0》这本书的编辑冯巍老师发言。

冯巍(中国文联出版社): 谈一下我在编书过程中的体会。可以说,这个过程既熟悉又陌生。熟悉,比如,王玉玊的书主要是谈游戏对网络文学的影响,高寒凝的书在第182页开始那部分也特别突出讲到电子游戏中的虚拟化身,所以我也联想到王玉玊《编码新世界》那本书关于游戏对网络文学影响的充分展开,以及寒凝对电子游戏的独特网络文化研究的视角;再比如,《罗曼蒂克2.0》第127页专门谈到《步步惊心》,电视剧我之前看过,寒凝以青春剧为例解释她的"罗曼蒂克1.0"和"罗曼蒂克2.0"的区别在哪里,这个角度特别容易引发大家的兴趣、理解,特别适合跟更广泛的读者群体进行沟通、交流,从中我也得到其他的启发。

陌生,不只是陌生在一些网络用语上,比如一些网络文学的说法,什么异世大陆、第四维度、亲密关系劳动以及它所引发的圈层互渗,还陌生在一些看待网络文化的视角上。但其实我跟同事也在聊一些本质上相关的话题,我们同事大多是中年人,家里的小朋友也有初中上下年龄段的,有的孩子虽然学习不错,但业余消遣却沉溺在网络世界中无法自拔。面对这种情况,家长其实挺开明的,但觉得不知道怎么去理解孩子。古话说,"水能载舟,亦能覆舟"。北大这套书,现在做完两本以后,我基本上可以确定,它的社会意义就在于通过对网络文学、网络文艺的研究,给我们找到一种"水能覆舟,亦能载舟"的途径。面对这样网络时代的经验,一方面,那些沉溺于网络世界的人觉得自己无法被人理解,自己也无法解脱;另一方面,没有沉溺在网络世界中的人,也觉得无法理解那些沉溺者——其实也不只是小朋友们,很重要的原因是我们的研究还没有成熟到或者影响力大到一定的程度,我们还没能教会大家怎么跳出来看。

也就是说,虽然网络新生代文化、网络文艺正在影响和改变着传统意义上的社会文化乃至文艺,但它远远没有被真正重视和加以研究。虽然各种领域也在说,各种相关的活动也在做,但它大多不是从一个理解与被理解的意义上做的。我觉得,这种影响和改变,不仅体现在青年或者少年儿童的日常生活和精神世界层面,甚至我们这些看似三观已经很顽固了的成年人,也因为网络新生代文化、网络文艺产生了难以忽略的各种变化。

提问的部分。如果很粗略地讲，你这本书还是在研究现实实在对虚拟实在的投入的话，我很期待你能尝试着去回答，虚拟实在对现实实在有怎样的影响和改变？在文艺上有什么积极的价值？在社会上处于怎样的位置？

特别感谢寒凝今天的报告，你的报告让我对你的书有了一些更新更深刻的认识。谢谢。

王玉玊： 感谢冯巍老师的发言。刚才冯巍老师提到一个很重要的部分，不管是我还是寒凝师姐的研究对象，虽然说都已经有一定的社会认知度和社会影响力，但同时也依旧是比较小众的亚文化现象，可能对我们而言，一个非常重要的任务是把这样一些东西翻译、解释出来，使它可以和更大的社会群体沟通。

刚才冯巍老师提了一个问题：书中所讨论的虚拟时代的亲密关系对现实的物理世界会有怎样的建设性意义，寒凝师姐是想现在回应还是等大家都发言结束再一并回应？

高寒凝： 一起回应吧。

冯巍： 我补充一句，我觉得寒凝说的在网络上的亲密关系劳动，她是讲虚拟化身的精神世界，但现实意义在于，它其实会让我们很直观地看到，有一种人的肉身虽然还在现实世界，但你感觉到，他的肉身已经深度沦陷到网络中了，被拉进去了。所以我刚才强调网络文学研究对这些人跳出来有什么意义，不是硬把他拉出来，而是在他主观理解了我们的分析之后，对他跳出来有什么意义，从而让网络文艺起到一种对我们的现实生活、日常生活、精神世界达到某种更美好状态的助力作用。谢谢。

王玉玊： 谢谢冯老师，我们有请下一位对话人，汤老师来做发言。

汤俏： 非常感谢论坛给我这样的机会，在寒凝的新书发布会上做对话人，我也不敢说做对谈，我不是社群深度用户这一型的学者，或者说学者型粉丝，刚才寒凝说到"女性向"有两个面向，其中一个面向就是"女性向"是有规避性的，我觉得在研究里，实际上也是有某种"规避性"存在的，我只能说来谈谈学习完寒凝这本书之后的感想。

寒凝这本书具有很明显的二次元或者数码时代的实验性、前沿性，特色非常鲜明。我比较有感触、觉得受益匪浅的是，这本书围绕相关概念展开历史语义学意义上的考察，去探讨"女性向"网络文化中亲密关系的生成机制、传播路径、亚文化空间的生命体验和理论体系的建构，我觉得这里面提到的很多内容，让我看到作者这种中西结合的混杂性知识结构和学养构成。"萌要素""人设""角色配对""网络民族志""数字劳动""虚拟偶像"等,这些是她这本书里一些很明显的关键词。在她最后的结语里,我很喜欢对这本书的核心体系的定位——"佩戴 VR 眼镜,开展电子代糖贸易"。一方面是指亲密关系的虚拟化,另一方面是指亲密关系的商品化,这是她整部书的脉络。在整本书的讨论里,作者始终保持一种非常严谨的态度,同时也表现出丰富的理论张力和复杂的多元性。

我昨天看到三联的一篇文章,《刷完上千本的海外言情,我总结了全球女性的情爱幻想》,中间有一句话可以引申过来:到底是什么样的现实让女性更愿意在幻想中沉沦这种亲密关系?又怎样从这样一种虚拟的亲密关系里去想象全球女性或者说东西方女性情爱幻想的共性和差异?还有一点,如果"女性向"粉丝群体总是沉浸在虚拟性的想象体验里,或者比较缺乏现实性的体验,那么她们怎么去想象这种虚拟体验呢?这样一种女性亲密关系的体验,我想在某种意义上是不是对男权或者父权制模式下的亲密关系的模仿或者翻版?怎样来理解这样的困境?或者怎样自我阐释?这是我的一些思考或者困惑,希望能在接下来的时间里,和其他老师们多交流。我就谈这么多,请各位老师多多批评。

王玉玊:谢谢汤老师的发言。今天汤老师主要提出了一些问题,向寒凝师姐探讨:一个是全球女性的情爱想象,为何需要在这样一个幻想的领域实现?东西方女性的情爱幻想有什么共性和差异?如果我们只是沉浸在虚构爱情故事或者爱情幻想之中的话,没有现实基础如何去创造这样虚拟性的想象,现在的"女性向"文艺创作者、粉丝的虚拟性的亲密关系想象,是否仍在模仿父权制下的异性恋亲密关系模式?是否能突破这样的关系模式?接下来有请熙青师姐发言。

郑熙青(中国社会科学院文学研究所):谢谢王玉玊,谢谢大家,谢谢中国艺术研究院举办这次相当及时的研讨会能让我们讨论这本新书。因为我和高寒凝是同事,有很多接触,是经常一起吃午饭的交情,所以我们平时见面时经常会聊一些学术问题。这本书出来以后,我发现我们之前粗浅聊过的零零碎碎的问题都被她十分有条理地整理进了这本书里。我今天的读后感发言分成两部分,第一部分是夸一夸寒凝,第二部分是提出一些问题。

首先,这本书的结构处理得非常好。书中内容无论是游戏、"女性向"网文写作,还是偶像工业等问题,她都有机地结合在同一个理论框架下,这是非常不容易的。因为如果没有这个框架,一个个单讲这些问题是很难将其串在一起的,所以寒凝厉害的一点是找到了把这些珠子串起来的一条线,而且这条线非常合理,给分析网络亚文化和粉丝社群的活动提供了一种可行的理论化和框架化的方式。这点很难得，也是我需要向寒凝学习的。

因为我也是这方面的研究者，我知道现在学界关于同人圈和粉丝文化经常会出现两个完全不一样的主题。一个是这本书里详细分析的所谓"代糖贸易"，工业化地把粉丝的爱和网上的劳动、写作、活动全部金钱化和数字化，成为互联网娱乐工业的一部分，这是一种分析方式。另一种分析方式是更有年头的，大家知道，比较早的粉丝文化研究都会提到粉丝社群的乌托邦式幻想。这里完全不受现实生活中社会地位、经济地位影响，只要会画画，会写文，不管你现实社会中是怎样的人，你在粉丝中间的地位和互动方式都和现实生活没有直接关系，因为粉丝社群中通行的是不一样的衡量方式，社群中的所谓"亚文化资本"，也就是亚文化社群中的文化资本，它的产生和维护并不基于经济或地位。这种粉丝圈在互联网时代之前存在线下的另类空间，如今在线上的虚拟空间，一直是女性互帮互助的亲密团体形象。"代糖血汗工厂"和"女性亲密乌托邦"这两个完全不同的形象如何互动？如何交织在一起？尤其是在当下，在所有的互联网IP工业把粉丝文化作为经济来源的时候，再谈粉丝社群的乌托邦想象，这还有可能吗？寒凝这本书里把这两部分分开和结合得很好，也提供给我们讨论和进入这个问题的一种方式，这是一点。

我还有一个很喜欢的点。寒凝讲到网络作为女性空间扩散的功能时，书中引用前人，说到电视是女性私人领域空间的扩散，网络将这个社群再进一步拓宽下去。她的书里没有明显指出，但我觉得，这跟她刚才重点说到的"闲杂免进"的"女性向"社群天然带有的含义是互通的。也就是说，如何把女性空间从私人的场合推广到虚拟空间，又在虚拟空间单独实现一个"闲杂免进"的女性社群，这是一个有趣而且吊诡的问题。互联网上女性写作的一种赋权机制就是把私人推进公开环境里，在公开环境里谈私人问题，但某种意义上这也让商业网站和私人空间有一定的混淆和重合。最近看Wendy Chun 关于社交网站的书，写到社交媒体网站混淆公开和私人领域之间的区分，会导致很多意想不到的问题，包括隐私权丧失、网络暴力等。我觉得这种矛盾是可以继续讨论下去的。

寒凝还有一种非常强的能力，她可以在理论上建立完整、具有全局性的概括性框架，同时她有很多实证例子。我们做研究时，如果做得特别细节就很容易做得琐碎，但如果做太大就容易落不到实处，寒凝把这两者把握得非常好。

另一个我要特别提出来的是，寒凝用游戏里的化身来解释同人写作。关于同人写作和游戏之间的关系，这是一个绝妙的一讲就通的理论视角。之前很多关于同人小说的论文解释同人小说是一种戏剧性、表演性的操作，寒凝把戏剧性变成了电子游戏性，我觉得是很巧妙的扩展。比如像书中重点分析的"清穿"小说里那种对于穿越的木然性，用戏剧表演来解释不太合适，但用游戏是很合适的。

下面我要进入提问时间了。我是高寒凝严格意义上的同行，她遇到的很多问题是我自己也会遇到的，所以思考也比较多，提问可能听起来会苛刻一些。首先是言情和"romance"的对译，"罗曼史"和中文的"言情"如何能对译，这是一个很大的问题。因为我们所知道的言情，在中文文学范畴下，再往前推可以推到所谓的"世情小说""社会言情"。追溯到明清小说再一路捋下来的话，像《金瓶梅》《红楼梦》这个系统和"女性向"并没有直接的关系，因为这些小说都是男性文人写的，一直到清末民初的哀情小说，所谓"鸳鸯蝴蝶派"，基本上还是男人写的。到民国年间的商业写作，写言情小说的张恨水之类也是男人。

这时候，我们如何在中文的语境下讨论"女性向"？中文并没有和西方直接对应的上承"罗曼史"的言情小说脉络。当然西方从中世纪的骑士传奇一直到后面十八九世纪的哥特小说，再到浪漫派，这一系也有性别的问题，这里不细说。那我们如何在这个意义上定义"女性向"？寒凝这本书里如果只谈港台言情是可以说圆的，但我觉得"女性向"的定义在割离了历史后还是个悬置的问题，它的"罗曼蒂克1.0"没有完全落到实处。比如像中国跳过的清末民初这一段，想一想"断尽支那荡子肠"的《茶花女》，如果不考虑其中的复杂之处，可能会在分析上出现漏洞。尤其考虑到"女性向"是个基于当下现象的概念，那我们应该如何做回溯性的定义？骑士小说怎样成为"女性向"？英语的哥特小说开始有女性写作的特征，但骑士小说并不是。类似情况，"鸳鸯蝴蝶派"是"女性向"吗？罗曼蒂克的1.0和2.0之间究竟区分在哪里？

还有一个问题。很多书中提到的问题和经典形象并不是网络时代所独有的，包括女孩子看一本小说，就会分不清现实和虚构，沉浸其中的刻板印象。"女人特别容易受到虚构小说的道德腐化"这种刻板印象很早就有，起码是从哥特小说时代就有，19世纪很多欧洲小说里写过，比如说简·奥斯汀《诺桑觉寺》里的女主看了哥特小说之后，就对古堡或者住在里面的家庭产生了不切实际的想象。这种女性经过虚构故事的浸淫，就无法区分现实和文本的刻板印象，实际上一直都存在。另外，我最近在做一个题目，牵涉福尔摩斯的同人写作，查资料发现柯南·道尔还在连载福尔摩斯的时候，就有人在写同人了，而且那时候的同人是可以发表在报纸上的。那么除了这点，这种写作跟现在的同人写作有什么不同呢？我们该在怎样的角度下，把1.0和2.0区分清楚，这种区分可以构成质变吗？还是说只是一个量变而已？寒凝在其书中第50页引用罗兰·巴特的话，提到作品和文本之间的区分，我对巴特这篇文章的印象是：他并不是说文学史里一部分是作品，一部分是文本，以前的文学是作品，现在的是文本；他说的是一种观看的角度。我们可以把文学作品作为一个个孤立的自足的实体放在历史中间，也可以把它们看成漫无边际的互相有关系的复数的存在的一部分。也就是说，作品和文本的区分不在于时代不同，而在于我们观看文学作品时，是将其看成一个个单一的作品，还是一个恒无际涯的文本网络。所以，究竟是时代和媒体自然产生了这种区分呢？还是我们的观看角度发生了变化？

以上是我自己的观点、想法，想听听高寒凝老师的见解。很多是自己在研究中遇到的问题，今天拿出来讲是为了探讨。这本书在内部行文框架中的逻辑已经说圆了，但我这里还有一些可以牵扯出去的问题，算是进一步的探讨方向吧。

王玉玊： 下一位对话人是来自清华大学的薛静老师。

薛静（清华大学人文学院）： 谢谢玉玊的介绍。今天特别荣幸能参与寒凝的新书讨论，这次活动同时又是"青年文艺论坛"系列活动的一部分，所以今天也能有机会和这么多同行老师一起，从不同角度分享自己对这本书和相关领域研究的看法。真的非常难得！

我今天想分享的主要有三个部分。第一部分是感谢，感谢四家联合主办单位，给我们带来了一个非常好的交流机会。我之前读寒凝的这本新作，是按照书中论述的逻辑在前行的，今天听寒凝的发言，又从不同的角度重新梳理了一遍其中的核心观点，获得的认知是更深一层的。特别是刚才寒凝提到封面，我才注意到原来这些像素拼成的图案表达的是糖与三角贸易。由"糖"来串联这本书，再作为埋在封面的彩蛋，特别具有设计感。这次的交流能让我们不是闭门读书，而是在交流中碰撞火花、交流巧思，感谢这次机会。

第二部分，想谈一下我对这本书的读后感。我跟寒凝是同一届的博士研究生同学，我们一起入学、一起毕业，当时都以网络文学作为博士论文的核心研究主题。博士学习阶段结束之后，走向真正的以学术为事业的路途中，也都开始寻找属于自己研究的一亩三分地。在这个过程中，我的研究脉络是顺着网络文学来到了网文的影视化，也就是网络文艺，后来伴随着实际教学，发现面对很多文艺作品与现象，受众对文本的兴趣和研究越来越少，而反馈更加强烈的其实是其中的形象，特别是影视化后的角色，再通俗讲就是明星和偶像。所以后来在学校里，我在"网络文化工业"这门课之外又开了一门课叫"偶像"。穿行在这两者之间，我有段时间感觉非常复杂，它们对我而言是有关联的，但将我的体验表达在学术上，又是非常迂回的。我记得某一年的感恩节或者圣诞节，我在寒凝家里聊这方面新的研究，后来她非常激动地告诉我说，她那段时间突然想通了这些事，能把粉丝文化、网络文学以及我们之前研究的游戏或者其他各个子类型放在同一个框架中，并且都能很好地安放和梳理在一起，作为这些思考的一个成果，就有了今天的这本书。

我觉得这本书最大的一个创新点在于"虚拟性性征"这个概念的提出，它打通了女频的言情、同人创作、粉丝文化以及乙女游戏之间的壁垒。以前的研究可能是精于某一个领域或方向，这次真的是一下子打通了。特别是围绕"虚拟化身"（Avatar）这个概念，建立起了基于现在的网络时代、媒介变革而带来的认知模式变革的这一整套体系。对之前各个深耕于某一个领域的研究者来说，这一体系为我们打开了一扇窗，使我们看到了我们在整个脉络潮流体系之中所处的位置，这是对我最有启发性的一点。另外，书中对各个概念细节和某些事件的溯源，都做得非常翔实和精准，比如我也是从书中才知道"伏黛"的起源，这些扎实工作都让我非常佩服。

第三部分，也是我想与寒凝有所交流的部分，刚才很多老师从网络文学的角度来讨论，我尝试着看能不能从网络机制的角度以及粉丝文化的角度，从书中历史的一头一尾，来和作者有一些交流。我的第一个问题是，书中对"罗曼蒂克1.0"到"罗曼蒂克2.0"的变化过渡描述得是如此自然，其研究角度是出自人们特别是女性群体的情感模式的变化，那么我也在思考，整个社会所处的外部环境或者说客观条件，是否也是促成这一变化的重要影响因素。我关注到的是，现在我们再来谈网络文化的发展史，如果往前回溯，会发现2010年是一个非常有趣的年份，很多事情都在2010年前后发生。比如根据调查，2010年前后，我国的台式电脑接入互联网的增长率已经非常平缓，但笔记本和手机的接入增长率此时飞速发展，几乎是每年达到98%左右的增量，从数据上意味着中国的互联网进入移动互联网时代。这种变化带来了新的互联网思维和资本的进入，它们以技术的方式、以"产品工业设计"的思维，尝试完成"社会工程设计"，重构社会逻辑。

在这个思维的引导下，新的价值标准、行为规范都在重新确立，人们的一系列表达方式也都发生着变化，这与文艺创作这种下游端是息息相关的。比如，2009年新浪微博上线，2010年前后各大网站也都推出类似产品，试图瓜分这个移动互联网时代到来时的社交媒体蛋糕。上一代的博客可以洋洋洒洒、充分表达自己的观点，但博客没有形成持久的扩张，它迅速被微博取代。微博最开始对140字的限制非常严格，这是它定义自我、区别于博客的重要标尺，一直到很多年后微博已经占领统领地位了，博客都差不多要消失了，它才扫尾般收留下还习惯于洋洋洒洒表达的那种旧式的网络用户，解除字数的限制。

　　字数限制看起来是一个人为制定的规则，但它背后的逻辑其实是互联网发展的需求，互联网技术如此之普及，用户增多，那么平均文化水平必然是要降低的。相比于长篇大论、遣词造句，短平快的三言两语，其实更符合这类受众的表达能力。一方面，看起来人们都能够通过这种方式与各种大V、有影响力的名人政要直接对话，实际上，另一方面，传统的知识精英如果没有掌握特殊的舆论技巧，是很难在互联网的游戏规则下充分表达清楚自我观点的。这时候我们就能发现，互联网本身并不为表达服务，更直接地说，它需要的不是真知灼见，而是争论，恰恰是让人说不清楚，才会有各种反驳、补充、议论，有你来我往、唇枪舌剑，才会产生流量。甚至微博的原型推特，连评论都不允许评论，只允许转发这条推特，在转发文中进行回应。所以我们看到这样一种外在的互联网技术的发展，各种新兴的媒体平台兴起，对于语言表达，对于人的认知是有重大影响的。落到人的情感模式，落到网络文学里，特别是"女性向"文学里，各种萌要素的出现，人们开始根据自身诉求进行拼接，我不知道能否把它也放入这样一种大的潮流中，去看到碎片化的趋势，或者说拆解与拼搭的趋势，这是整体的外界环境所带来的影响。

　　及至后来，我们说亲密关系在虚拟化之后又走向了商品化。在2022年这个新的时段里，我们看到的是商业资本更加敏感地去发掘和征用粉丝所产出的这些情感劳动成果。之前寒凝说到，粉丝所有的同人创作、视频剪辑会被放到原始剧集的播放量中，确实是这样。数据总是很有意思，这几年视频平台爱、优、腾财报上的播放量数据连年增长，一片大好，但实际上，财报上的数字叫"总和播放量"，既包括正片，同时也包含与正片同一个页面内的预告、花絮、采访、小剧场、衍生节目、同人剪辑等，这些加起来叫总和播放量。与之相对的，学者们因为学术研究的需要，有一些能从后台调取到相关的数据，或者进行数据清洗之后得到的只含正片的播放量，即"有效播放量"。看上去财报上整体的播放量每年都在上升，但正片的有效播放量，从2017年开始就非常稳步地在逐年下降，甚至是逐月下降，除了2020年的2月，大家因为新冠疫情被关在家里，那一个月大家真是老老实实看了一个月正片，其他时间都是在稳步下降。这个剪刀差说明，互联网时代的人们，确实已经高度数据库化，大家对萌要素、亲密关系要素的需求，已经远远大于文艺作品作为整体被接受的需求。

资本除了把大家辛苦剪辑的片段算在自己财报上的美好数字之中，现在的"魔爪"也越来越向前伸。2021年3月有个特别有意思的现象，优酷播了某部剧，其正片可以免费观看，但花絮是付费的，这个现象无比吊诡，但却将互联网认知模式带来的改变及其背后资本伸出的蠢蠢欲动的爪子无比清晰地呈现给大家，它已经明显意识到在大家的情感之中，正片其实是前菜，是用来热身的东西，而那个6分钟收费的花絮则是它攫取利润的来源，后续大家投入的大量的情感劳动，才是它觊觎的蓝海。所以第一点想和寒凝对话的是，从罗曼蒂克的1.0到2.0这种变化，在本书中呈现为以情感模式驱动的，我们能否把它放入整个外部环境，即互联网的变化和技术的革新中去进行交互的理解？

第二个想交流的问题是，这本书最后落到粉丝文化、虚拟偶像的出现中，这里面提到初音演唱会，它也是非常具有症候性的节点，书中写道"演唱会的现场感和互动感早已名存实亡，虚拟与真实、影像与肉身之间的界限也几乎被消解殆尽"，我想提问的是，对于新兴的虚拟偶像来说，如果互动性已经非常微弱，那么会变为单纯的粉丝的自产自销或者某种自嗨吗？以及如果在虚拟偶像的模式之下，这种互动性被降到如此之低，偶像工业中作为商品的那个偶像和日常生活中任意的一个情感寄托物，他们之间还有任何本质上的区别吗？这里是对于"互动"这个概念想请教寒凝的一个地方，大概是这两点。

整体来讲，我觉得这本书还是给我带来非常大的启发，今天我看还有许多青年学者朋友们来听会，也特别推荐大家去阅读这本书，无论对哪个领域，对网络文学、游戏、粉丝文化感兴趣的，都能从书中找出一个更加宏观的角度，带领你去看新时代下的情感模式，大概就是这些，谢谢各位。

王玉玊： 谢谢薛静老师。刚才薛静师姐提到的研究方法很有意思，现在做网络文学的研究不太可能只关注文学文本，也会不可避免地去关注偶像粉丝文化这样一些文化现象和文化事件，我自己的研究也面临同样的过程，这可能是因为网络文学本身是一个非常敏感的、处在这个时代最前沿的文学形态，所以它势必和我们最新的生活和最新的情感结构联系在一起，同时又必然处在网络亚文化的粉丝社群的交互过程中，它是在交流过程中作为一个副产品被生产出来的，网络文学与网络文化可能天然的是非常密切地联系在一起啊。我们既往的研究常常会把文学孤立起来看待，寒凝师姐的这个研究给了我们一个很好的范本去把这些不同面向的材料结合起来进行研究和讨论。

薛静师姐提到两个可以交流讨论的方向：一是关于网络的宏观技术环境，以及整个网络生态、网络文化对女性亲密关系表达的影响，也就是在"罗曼蒂克1.0"到"罗曼蒂克2.0"的转变过程中，除了情感模式变化的驱动之外，它在多大程度上包含着整个互联网技术、互联网思维、互联网模式对于人的情感结构和自我表达的影响；二是在粉丝文化维度上，当前虚拟偶像的互动性变得非常弱，就像初音未来，这时候的偶像形态是不是已经完全变成了粉丝的自产自销的过程，以及在这个意义上所谓偶像和日常生活中的幻想对象之间有什么样的区别。

社科院的李闻思老师也有参加今天的会议，李老师有没有什么想要讨论和回应的？

李闻思（中国社会科学院文学研究所）： 谢谢大家给我一个机会提问，我已经做了近十年的邪典电影研究，我发现，邪典电影研究和寒凝的研究有许多重合的地方，比如她书里提到的粉丝立场和身份认同问题，都是非常具有普遍性的问题。其实，对于我们这一代和更年青一代的学者来说，这也是每个人都会面临的问题，即每个人都"是"或者"暂时是"某种、某几种青年亚文化群体的一员。因此，我们都很难避免"学者粉丝"这一身份（在邪典研究界，fan-boys 和 academic bad-boys 的概念就是关于具有学术立场的粉丝身份的争论）。我想请教寒凝，我们在研究中是否有可能会面临双重立场，即在学术圈里的时候以亚文化粉丝的立场，强调粉丝圈内的所有权、排外性和权威性；而当我们身处粉丝圈的时候，又因为研究者和观察者的身份，而有意无意将趣味等级化，是否会存在这样一种困境？这个是我的第一个问题。

第二个问题是关于对主流意识形态的重申的，刚才各位老师也都或多或少地有所提及。我的想法是，如果"女性向"粉丝社群中的创作是当代版本的 Romance 的话，那么亲密关系的实验场也好，虚拟性征也好，是否是一种对父权制以及性别刻板印象的重申，而不是消解。因为我们从拉德威的《阅读浪漫小说》中就可以看到，Romance 的书写是有局限性的，尽管它为20世纪70年代的家庭妇女带来一定程度的从家庭关系和家务劳作中的逃离以及心理和精神上的"恢复"，但从根本上讲仍是以中产阶级白人男性为核心的父权制意识形态的延续甚至是强化。如果"女性向"粉丝创作也是 Romance 的话，那么这些作品，如同玉王和其他老师提到的，是不是也存在这个问题？比如AO3，我也是AO3的用户，也是同人爱好者，初中时代就已经和我的小伙伴进行过同人文的写作，写过《加里森敢死队》和《X档案》等作品的一系列同人文。我发现AO3等草根创作网站中的很多文章，特别是"性转文"或者OOC创作，虽然其中的性别和生理结构是流动的，但它的本质似乎还是异性恋亲密关系的延续。因此我想知道，对女性主义者或者女性作者而言，这个"亲密关系的实验场"或"虚拟性性征"究竟是令女性从真实的亲密关系中获得解放，还是像麦克罗比所说的，只是让她们有机会"变成"男性，"从文化上成为男孩的一员"？她们给读者提供的是否只是一种想象性的问题解决？这就是我所有的问题，谢谢大家。

王玉玊： 谢谢李老师的发言和提问，刚才提到两个问题：第一个其实是研究方法和研究站位的问题，也即学者和粉丝的双重立场在我们的研究中以及在粉丝社群的生活中是怎样呈现的；另外一个也是大家普遍比较关注的，也即这样一种"女性向"粉丝文化中的亲密关系实验，是不是对父权制之下的异性恋关系的刻板印象的简单复制和重申？期待寒凝师姐的回答。

高寒凝： 王玉玊的第一个问题，问的是IP化、商品化对粉丝文化的征用是阶段性的还是必然结果，它对粉丝社群来说是好事还是坏事。首先我没办法做出任何预判，没办法推测整个互联网经济、互联网文化工业会往哪个方向发展，但有一点我很确定，就是即使我国的"女性向"网络文化市场已经出现了很多成功的商业化案例，但这种实然的存在，也并不会使我将其视之为应然。

我知道似乎有人持这样一种观点，认为商业化才是"女性向"文化最好的、必然的发展方向。但至少在我看来，没有任何证据能证明它的优越性和必然性。如果放眼全球就会知道，最起码还能找到像AO3这样的反例，它可以相对自洽地保持着粉丝自我管理、自我运营，通过用户捐款实现自给自足。我的基本观点大概是，任何一种你无法反抗、无法逃避的状况，都无所谓好坏，而只是一种后果。事实上，对于中国的"女性向"粉丝社群而言，从来都不存在一种"商业化是好还是坏"的讨论空间，问题只在于资本到底看不看得上"女性向"文化的仨瓜俩枣，是不是非得放进自己兜里。这取决于他们，不取决于我们。

玊玊的第二个问题是"萌要素"和"亲密关系要素"的差别。我之所以提出"亲密关系要素"这个说法，唯一的目的在于，如果我仍然要使用"萌要素"这个概念，它一定会对我的行文造成障碍，至少读过东浩纪的读者就会认为，我所说的"萌要素"，就是他在《动物化的后现代》里论述的那种实质是"性癖"的"萌要素"。东浩纪自己也承认，他的观察对象主要是日本的男性御宅族群体，我不想无视这种"地方性"。至少在讨论以女性为主的同人粉丝社群的时候，我们应该承认，即使消费机制层面，她们与日本的男性御宅族群体存在相似之处，但她们所消费的绝不是男性粉丝所偏好的虚拟化的性欲望符号。我也承认这两个群体所消费的事物之间确实存在共通的部分，没办法泾渭分明地划出界限。只是具体到我这本书的写作，强调区分仍然远比推而广之要来得更严谨一些。

第三个问题是冯老师问的：虚拟化的亲密关系在何种意义上对现实世界是有积极意义的。我发现很多老师都会有类似的疑问，我想说这真的不是我这本书所讨论的范畴，甚至我对这件事也没有特别关心。一方面，我认为，粉丝文化社群是由许许多多个独立的个体构成的，非常复杂，并不是像很多人想象的那样，一个典型的刻板印象里的粉丝，她一旦进入虚拟世界就完全不管现实世界里发生了什么。这种情况或许是存在的，我也看过一篇新闻报道，说有一个女孩沉迷网络小说，在出租屋里不吃不喝最后死掉的极端案例。另一方面，相当多的粉丝其实是保持着虚拟、现实二者兼顾的状态。精神可以随时沉入虚拟世界，但现实中也正常恋爱、结婚、生子，这也是非常常见的。最重要的是，我没办法从自己的个体经验推断出别人会怎么样，我的研究方法决定了我没办法对这种私人化的问题做出论断。但我倾向于认为，如果一定要说虚拟亲密关系对现实世界有什么影响的话，我倒是认为我们的思考应该从反方向入手，有没有一种可能，是现实世界里的亲密关系已经足够荒芜，而虚拟世界反而是我们情感的避难所呢。

汤老师的评议里提到东西方言情小说之间的差异，这个可能涉及东亚和西方亲密关系文化之间的差异，这就比较微妙了，很难一言两语说尽，就不展开来讲了。

接下来是一个共通的问题，汤老师和李老师都问到了，那就是"女性向"粉丝文化的很多创作成果，仍然是对父权制亲密关系的继承与模仿，这是非常正常的。因为新生事物在最初阶段总是需要一个模仿对象，更何况是讨论亲密关系问题，重复异性恋亲密关系想象几乎是必然的。我所研究的"罗曼蒂克2.0"以及与之相关的粉丝文化现象，它最可贵的地方并不是它必然对父权制构成冒犯，或创作出什么性别意识特别"进步"的作品。事实上，只要它是女人参与、女人创作、女人接受，没有什么别的人来指指点点的，那就很足够了。这只是一个开始，等着看吧，日子还长。

下面是熙青师姐的问题，非常感谢熙青师姐，指出的问题是非常毒辣的，她精准地找到了我糊弄过去的那些地方。我在写这本书的时候，确实是非常狡猾地把言情小说限定在港台商业言情小说这个非常狭隘的范畴里，这是我在偷懒。因为以我现在的能力，还没有办法很好地解决这个问题，我也非常期待熙青师姐将来能有文章好好地梳理一下，非常期待在这个问题上看到新的突破。关于罗曼蒂克1.0和2.0之间的区别没有落到实处的问题，在我的叙述里其实是用各种各样的限定，基本上把逻辑讲清楚了，但中间确实有非常多的缝隙，有非常多可以再区分、再挖掘、再更加细致化处理的部分。但目前来看超出我的能力范围了，我确实做不到，而且短时间内其实想不到什么特别好的方法。

关于文本和作品区分的问题，我当时引述这个理论，仅仅是想要说清楚粉丝群体互动对粉丝文本的内在结构会造成怎样的影响，以便让读者理解为什么"人设"这个东西是在粉丝文化的语境里才能生成的，一定要粉丝之间协商、沟通，形成一种公共知识和基本共识才能存在的，否则就会产生非常多的争论。

下面是薛静的问题，薛静提到移动互联网、下沉市场等各种技术和外部环境的变化是不是也影响到亲密关系从罗曼蒂克1.0到2.0的转化？确实如此，在我论文的第二章里简略提到过这一点。我把技术革新作为区分互联网文艺发展历程的三个重要阶段的标志之一，移动互联网的普及也是其中的重要节点。第三章、第四章讨论各种的互联网文化现象的时候，这些技术、环境方面的变化被我非常细碎地拆进不同的小章节里，但没有做统一的处理，因为我认为它对不同的粉丝社群而言，产生影响的形式与范围都不太一样。例如，对偶像粉丝文化的影响，移动端平台的发展和4G、5G的普及让直播变得非常发达，这对偶像粉丝文化造成了极大的冲击，因为它把亲密关系劳动变成了固定时间、空间，形式规整又明码标价的体系。所以针对不同的状况，我其实分别做了处理，但没有想到什么统一化的表述方式。

关于初音未来和虚拟偶像互动性的消失，这个问题我和薛静私底下曾经有过一番争论。薛静非常看重互动性的问题，我却不是很看重，因为我认为，即使偶像粉丝文化存在互动性，那主要也不是发生在偶像和粉丝之间，而是发生在粉丝和粉丝之间的。我一直以来都认为，偶像本来就是虚拟的。偶像作为一个职业从他诞生那一天起，真正在运作的部分就不是一个自然人，他只是寄生在一个特定自然人身上。我在书中对偶像的解读是，它是一个亲密关系要素的分发装置，也就是把各种各样的包括官方人设、偶像自己的亲密关系劳动以及粉丝的同人创作等活动所生产出来的亲密关系要素汇总起来，再按需分配给不同粉丝的一种装置。基于这个理念，我认为偶像从诞生的那一刻起就是虚拟化的存在了。我不否认偶像自己也能承担一部分亲密关系劳动，这会成为粉丝所需要的"互动性"的重要来源，但即使这部分亲密关系劳动被压制到很低的程度，对偶像的影响往往也是很有限的。我认为虚拟偶像和真人偶像的边界，可能没有大家想象得那么清晰。

李闻思老师的第二个问题，我之前已经有了回应。第一个问题则涉及我们作为粉丝学者的立场问题。我不好代表其他人，但以我自己的经验来看，我在学术圈的时候没觉得自己是个学者，我在粉丝圈的时候也没觉得自己是个粉丝。我在粉丝圈虽然长期深入地做观察，但通常不会发表什么意见。也不太直接和粉丝社群里的参与者深度交流，除非他们原本就是我的朋友。

我的回应结束了，谢谢大家，谢谢各位老师的批评和指正。

王玉玊： 请邵老师对今天的会议做一个总结。

邵燕君（北京大学中国语言文学系）： 我做一个简单的总结，说一下我对寒凝这本书的理解。这本书确实是她生命经验的理论化阐述，对后面的研究，无论是她自己的，还是其他年轻学者的，都是一部具有奠基性的著作。我们有一个国际性的学术粉丝群，昨天大家都在问这本书怎么获得？我相信这本书对国内外"女性向"、网络粉丝文化等研究都会产生广泛的影响。当初她做博士论文的时候，提出"虚拟性性征"这个概念，我就觉得非常有突破，终于把"二次元人"的新生命经验落实到一个原创性的概念上，这样整个理论体系就有了一个新的支点。这一点非常关键。因为，如果没有一个新支点，论述就只能在旧的理论体系和话语体系中展开，这就容易把"新"事说"旧"。只有有了新支点，论文才能升级换代，才能是2.0的。然而，把整部论文的支点建立在自己原创的概念上，这确实需要勇气。这个概念立不立得住？在此基础上展开的整个理论体系是不是立得住？这是对研究者学术能力的挑战。都立得住了，哪怕还有不完善的地方，这样的研究都一定是具有开创性的。

这两年，我们团队的几个年轻的研究者还共同创造了另一个十分重要的概念：数码人工环境。这个概念玉玊在她的《编码新世界：游戏化向度的网络文学》的后记里最早发表出来，王鑫在刚刚完成答辩的博士论文《从中作"梗"：数码人工环境中的语言和主体》中也有深入的阐述。寒凝在她的著作里，用的是"拟环境"的概念，"罗曼蒂克2.0"就是在这个"拟环境"中发生的。刚才薛静也谈到，这个"拟环境"的形成和2010年前后互联网宏观技术环境的关系，从PC时代进入到移动时代，"虚拟现实"的世界不仅存在于"二次元"的文艺作品中，而是越来越将"三次元"的生活卷入，数码逻辑越来越成为控制我们生活的底层逻辑。这一点，我们在疫情以后体会越来越深。我觉得数码人工环境是一个特别重要的概念，对整个网络文学研究都有

"升级换代"的意义。它使我们多年讨论的网络文学的"网络性"问题落到实处，或者说，终于获得了理论层面的表达。我个人就很倾向于将网络文学定义为：数码人工环境中的文学。

受这个概念的启发，我下个学期想开一门课，主题是"文学中的世界"。我想以"数码人工环境"概念，反观经典的文学理论和文学作品，从柏拉图的"模仿说"，到艾布拉姆斯的"镜与灯"，再到卢卡奇、加洛蒂的现实主义、无边的现实主义；从骑士小说到罗曼司，从现实主义的"真实"到现代派的"变形记"，再到网络小说，尤其是受电子游戏影响深的类型。试试用"世界设定""人设"的概念，重新打量一下传统文学中的"典型环境"和"典型人物"，看看这些人物如何被放置在一个趣缘社群的"拟环境"中"嗑 CP"的。在一个全新的概念下重新梳理经典理论，或许我们可以打通一些东西，获得一个升级版的理论阐释。

再回到冯巍老师和汤俏老师都关注的文学与现实的关系问题。寒凝回应的时候说，这个问题至少在她写书的这个时期不在她的关心范围。这个很可以理解。我觉得，对于"网络原住民"第一代学者而言，最迫切的愿望就是将自己的生命经验贴切表达，我们看到无论是寒凝的书还是玉王的书，还是薛静正在写的书，都有很多丰富生动的案例，这是她们实在的生命经验。我看到很多本科生说："哎呀，这就是我感受到的呀，终于有人写出来了！"这是一个非常重要的阶段。

在她们的著作中，也都达到了第二阶段，对经验进行理论的阐释以及建构。她们的研究立足于自己最深切的生命经验，各开一片天地，又彼此呼应，隐隐形成一代新的学术体系，这是非常了不起的。

接下来，我觉得网络一代的学者还要进入第三步，就是和主流学术、学术传统对话。用我们常用的话就是"破壁"吧，"破壁"是双向的。我最近经常和学生说："我已经努力'破壁'向你们学习十年了，你们是不是也应该了解了解我的世界？"当然，他们也许会说："我们不是一直在你们的世界里吗？不是一直被你们世界的系统压迫着吗？"我想说的不是一种被动状态，而是一种主动的对话关系。这个对话关系，并不一定是平和的，甚至可能以反抗的方式存在，但却是一个有他者的对话关系。就像我现在想用"文学中的世界"这个主题来打通原来的文学史脉络，因为互联网这个新媒介提供了一个新的参数，甚至有了"数码人工环境"这样一个概念，可以作为"现实世界"的"平行世界"出现，提供了不同的"想象力环境"。那么，以往我们熟知的那个文学理论就可以被再度打开，这也是一个特别重要的契机，一个理论推进的方向。在这个意义上，我觉得我们的年轻学者有着非常广阔的空间，其身份不仅仅是亚文化的经验表达者和阐释者，甚至也并不仅仅是自身理论的建构者，而可以是理论的更新换代者，使诞生于印刷文明、工业文明的理论，能够进入网络文明的系统，在2.0、3.0版的更新中，获得一个连续性的发展。这个前景非常值得期待，我以为，这本身也是网络一代学者进入现实的方式。

王玉玊：我们今天的会议就到此结束，非常充实和圆满，谢谢大家！

附录
青年文艺论坛各期主题

第一期：当代文艺批评的现状与前沿问题（2011年6月28日）

第二期："底层叙事"与新型批评的可能性（2011年7月20日）

第三期：新世纪中国电影的"繁荣"与忧思（2011年8月18日）

第四期：流行音乐——我们的体验与反思（2011年9月22日）

第五期：日常生活美学——理论、经验与反思（2011年10月27日）

第六期：我们的时代及其文学表现——与著名作家座谈（2011年11月24日）

第七期：艺术史：观念与方法（2011年12月28日）

第八期：《金陵十三钗》——从小说到电影（2012年1月12日）

第九期："春晚"30年——我们的记忆与反思（2012年2月16日）

第十期：消费文化时代的四大古典名著（2012年3月15日）

第十一期：武侠——小说与电影中的传奇世界（2012年4月25日）

第十二期：多重视野下的《甄嬛传》(2012年5月24日）

第十三期：中国"新诗"的现状与前景（2012年6月21日）

第十四期：当代文学的代际更迭与当下学术格局的反思（2012年7月12日）

第十五期：红色题材影视剧的传承与新变（2012年8月30日）

第十六期：《白鹿原》——如何讲述中国故事（2012年9月20日）

第十七期：诺贝尔文学奖与当代中国文学（2012年10月18日）

第十八期："中国风"向哪里吹——当代艺术文化中的中国元素（2012年11月21日）

第十九期：《一九四二》——历史及其叙述方式（2012年12月13日）

第二十期：当前文化语境中的文风问题（2013年1月24日）

第二十一期：现代主义思潮再反思（2013年2月28日）

第二十二期：《归来》——美学批评与历史批评（2013年3月21日）

第二十三期：新工人艺术团：创作与实践（2013年4月25日）

第二十四期：青年亚文化与当代社会思潮（2013年5月16日）

第二十五期：当代大众文化中的美国想象（2013年6月20日）

第二十六期：新视野中的世界与文学——青年作家座谈会（2013年7月4日）

第二十七期："窃听故事"与意识形态的表述——以影视作品为中心（2013年8月22日）

第二十八期：娱乐文化的形式变迁与时代内涵（2013年9月26日）

第二十九期：当前文艺作品的价值观和评价标准问题（2013年10月17日）

第三十期：第一届全国青年文艺论坛：转型年代、青年与中国故事（2013年11月16日、17日）

第三十一期：左翼文艺研究——热点与前沿（2013年12月26日）

第三十二期："中国梦"与当代文艺前沿问题（2014年1月23日）

第三十三期：春晚——新民俗与文化共同体（2014年2月27日）

第三十四期：文艺与政治——意识形态去哪儿了？（2014年3月27日）

第三十五期：移动互联网时代的文化形态（2014年4月17日）

第三十六期：20世纪历史与我们时代的文化——从李零《鸟儿歌唱》出发（2014年5月21日）

第三十七期：第二届全国青年文艺论坛：文艺评论——新的方向与可能性（2014年6月26日、27日）

第三十八期：主旋律文艺生产的变迁（2014年7月17日）

第三十九期：跨文化传播中的"韩流"现象（2014年8月29日）

第四十期：文化新格局中的舞台艺术（2014年9月25日）

第四十一期：新世纪的群众文艺与公共空间（2014年10月16日）

第四十二期：第三届全国青年文艺论坛：全球文化视野中的电视剧（2014年11月27日、28日）

第四十三期：互联网时代的文化权利与数码乌托邦（2014年12月4日）

第四十四期：《智取威虎山》——文本与历史的变迁（2015年1月8日）

第四十五期：当代中国文学的前沿问题（2015年2月12日）

第四十六期：《平凡的世界》——历史与现实（2015年3月26日）

第四十七期：民族风格的实践及其困境——以中国动画为例（2015年4月23日）

第四十八期：七十年后再回首——重读《白毛女》（2015年5月28日）

第四十九期：市场化时代的劳动美学——新时期以来关于劳动的想象与书写（2015年6月29日）

第五十期：综艺节目"爆发"背后的逻辑和困局（2015年7月16日）

第五十一期：反法西斯文化再反思（2015年8月27日）

第五十二期：中国科幻文艺的现状和前景（2015年9月24日）

第五十三期："原创"的焦虑——当前文艺的困局（2015年10月22日）

第五十四期：美剧的跨文化传播与消费（2015年11月26日）

第五十五期：盘点新中国文艺（2015年12月17日）

第五十六期：重建文学的社会属性——"非虚构"与我们的时代（2016年1月27日）

第五十七期：小镇青年、粉丝文化——当下文化消费中的焦点问题（2016年2月25日）

第五十八期：未完成的"叙事"——重释"80年代文学"的可能与思路（2016年3月24日）

第五十九期：弹幕——数码时代的文化消费与媒介使用（2016年4月27日）

第六十期：数字资本时代的网络民族主义与文化政治（2016年5月19日）

第六十一期：思想边界的开拓——重读张承志（2016年6月23日）

第六十二期："新/老穷人"的文化表达（2016年7月7日）

第六十三期：网红的缘起、逻辑与未来（2016年8月26日）

第六十四期：博尔赫斯与中国当代文学的历史误读（2016年9月22日）

第六十五期：再写"人境"重构"现实"——刘继明长篇小说《人境》研讨会（2016年10月15日）

第六十六期：返乡书写——事件、症候与反思（2016年11月21日）

第六十七期：陈映真——文学与思想（2016年12月29日）

第六十八期：我国当代文化走出去的现状与问题（2017年1月5日）

第六十九期：打工春晚、乡村春晚——央视春晚之外的春晚类型及其启示（2017年2月23日）

第七十期：裸贷、苍井空——新媒体时代的另一面（2017年3月30日）

第七十一期：第四届全国青年文艺论坛：左翼文艺批评：历史经验与现实处境（2017年4月22日、23日）

第七十二期：《人民的名义》，反腐剧、涉案剧爆红背后的产业成因与传播逻辑（2017年5月17日）

第七十三期：从边缘到中心，网络文艺做对了什么？——从网综看网络文艺的IP机制（2017年6月28日）

第七十四期：《西游记》："超级IP"背后的中国故事（2017年7月27日）

第七十五期："主旋律"新变的蝴蝶效应（2017年8月31日）

第七十六期：传统艺术的当代发展——以地方戏的困境为例（2017年9月29日）

第七十七期：现实题材舞台艺术的当代路径——以国家艺术院团演出季实践为中心（2017年12月13日）

第七十八期：国外网络游戏研究、评论的现状与影响（2018年1月11日）

第七十九期：《芳华》——七八十年代的情感结构及其当代呈现（2018年1月25日）

第八十期："亚文化"正在"主流化"？——网络亚文化的当代形态和未来影响（2018年6月21日）

第八十一期："娘炮""泛娱乐"之争与主流文化治理的当代挑战（2018年9月21日）

第八十二期：表达与呈现——社会底层如何通过移动互联网赋权、赋能（2018年12月19日）

第八十三期：中国科幻文艺爆发的缘起、路径和外部挑战（2019年3月4日）

第八十四期：青年文化的现代生成、世纪变迁与中国经验（2019年5月9日）

第八十五期：中国动漫如何塑造中国英雄？（2019年9月26日）

第八十六期：从李佳琦到李子柒现象——直播、短视频背后的当代感性共同体及中国经验（2019年12月26日）

第八十七期：现实主义游戏——游戏可以把握和改变世界吗？（2021年3月18日）

第八十八期：互联网时代的文学生活（2021年4月22日）

第八十九期："鸡娃"时代，我们该给孩子什么样的文艺作品？（2021年6月11日）

第九十期：赛博时代的真实感——《编码新世界：游戏化向度的网络文学》新书发布暨主题论坛（2021年7月5日）

第九十一期：数码资本主义和快感的治理术——对福柯中晚期权力技术思想的应用（2021年11月28日）

第九十二期："主旋律"文艺与文化强国（2021年12月9日）

第九十三期：当代喜剧的"变"与"不变"（2022年3月23日）

第九十四期：算法合成时代的艺术作品（2022年4月27日）

第九十五期：数码时代的恐怖文学（2022年6月28日）

第九十六期：细描"九十年代"——"80后""90后"学人的视角与问题（2022年7月30日）

第九十七期：艺术何以乡建，乡建何以艺术？（2022年9月16日）

第九十八期：数码时代的亲密关系——《罗曼蒂克2.0："女性向"网络文化中的亲密关系》新书发布暨主题论坛（2022年11月7日）